KB058943

아마오리 레나코

고등학교 데뷔에
대성공한 소녀.
마이랑 친구가 되고 싶다.

그녀는 아마오리 레나코. 제 피앙세입니다

아니얏——!

오우즈카 마이

모든 것이
퍼펙트한 여고생
레나코와
연인이 되고 싶다.

……하？

……우와
제복이 엄청나게
귀엽잖아

코토 사츠키

흑발 미인인 문학소녀.
마이에게 남다른
감정을 품고 있다.

핫, 지금 뭔가 경솔한 소리를
해버렸다는 느낌이 들었다.

아마오리 하루나

레나코의 여동생.
언니랑 다르게 인싸인
중학교 2학년생.

············어,
사츠키 양?

나랑 사츠키 양은
둘 다 멍하니
입을 벌리고서
서로를 쳐다보았다.

우와, 예뻐······

[사츠키 양네 집에서]

CONTENTS

Friends?
Lovers?

WATA-NARE

본문 컬러, 흑백 일러스트　　타케시마 에쿠

속았다, 속았다, 속았다…….

나——아무런 특징도 없는 평범한 고등학교 1학년, 아마오리 레나코——는 몸을 떨고 있었다.

이곳은 일반 서민은 발을 들이밀 수조차 없는 호텔 파티 회장. 여기저기에 정장을 입은 남성이나 드레스 차림의 숙녀들이 활보하고 있는 인외마경…….

나는 무슨 코스프레처럼 검은색 드레스를 몸에 걸치고서, 태평양을 표류하는 뗏목 위에 올라탄 조난자처럼 잔뜩 쫄아있었다.

시야는 좁고 귀는 먹먹하다. 익숙하지 않은 정도가 아니다. 토할 거 같다.

테이블마다 둘러앉아 이야기를 나누고 있는 주변의 귀족들은 분명 주식 이야기나 외국계 자본 같은 이야기를 하고 있을 거라 생각한다. 전혀 아는 바는 없지만 아무튼 그럴 게 틀림없다.

그 순간, 어디선가 와아, 하고 환성이 울렸다.

사람들의 술렁임은 태풍처럼 미사여구의 바람을 휘감고서 조금씩 이쪽으로 다가왔다.

인파를 가르고 모습을 드러낸 사람은 금발의 미인이었다.

심홍색 루비로 짜낸 것처럼 선명하게 눈에 들어오는 새빨간 드레스 차림. 기품부터가 주변 여성들과는 확연히 달라서 손가락 끝까지 고귀함으로 넘치고 있었다.

또렷한 이목구비와 달콤한 색기를 풍기는 입술. 거기에 태양처럼 빛나는 눈동자가 파티 회장에 모인 모든 사람을 매료시키듯 사로잡았다.

많은 사람의 시선을 강렬하게 끌어당기는 여성—— 오우즈카 마이가 내 앞까지 다가와서 멈췄다.

"어때? 파티는 재밌게 즐기고 있으려나?"

미소를 짓는 순간 부드러운 애교가 흘러나온다. 반면에 내 표정은 죽상이었다.

"죽여줘, 죽여줘⋯⋯."

"너는 변함없이 별나네."

후훗, 하고 입가에 손을 올리고서 기품 있게 웃는 마이. 내 추태가 그렇게 웃긴가?

"⋯⋯어째서 내가 이런 곳에 있는 거야⋯⋯?"

나 스스로도 깜짝 놀랄 정도로 가느다란 목소리였다.

"그야 물론 내가 파티에 초대했더니 쾌히 승낙해줬으니까 그렇지."

"정말로? 멋대로 기억을 바꾼 거 아니야?"

제대로 움직이지 않는 머리로 바로 조금 전의 기억을 떠올렸다.

사태의 발단은 그렇지, 마이한테 『너에게는 많은 폐를 끼쳤으니 그에 대한 사과로 식사를 대접할 수 있게 해주지 않겠어?』라는 제안을 받았다.

뭐, 그 정도라면야, 싶은 가벼운 기분으로 OK 하려다가⋯⋯ 아니, 잠깐만.

어디 위험한 곳으로 데려가는 건 아니겠지? 하고 꼼꼼히 확인 작업까지 했을 때는 나도 레마 프렌드로서 마이에 대한 이해도가 상당히 올라갔구나 싶었다.

참고로『레마 프렌드』라는 건 나와 마이의 새로운 관계를 말한다. 구체적으로 뭘 하는 사이인지는 앞으로 졸업할 때까지 3년 동안 신중하게 정하기로 했다.

그건 뭐 그렇다 치고. 마이는 이렇게 말했다. 호텔 뷔페, 라고.

꽤 좋은 호텔이니까 가능하면 드레스를 입어줬으면 좋겠다고 부탁하기에 부끄럽지만, 아 그래그래 어차피 마이의 취미잖아, 정말이지 어쩔 수가 없다니깐, 하고서 오케이를 했더니.

이 꼴이라고!

마이의 말을 액면 그대로 받아들인 내가 너무 물렀다……. 아무것도 배우질 못했다…….

아 정말이지, 어쩌다가 이런 꼴이……. 내 인생은 대체 언제부터 잘못되고 만 걸까……? 중학교? 초등학교? 아니면 유치원……?

내가 주마등을 보고 있는 동안에도 마이는 끊임없이 다른 사람들의 인사를 받아주고 있었다.

연예인처럼 완벽한 S라인의 굴곡을 그리는 미녀나, 얼핏 봐도 비싸 보이는 정장을 입은 풍채 좋은 아저씨들도 자기 순서를 기다리며 마이한테 고개를 숙이고 있는 상황이다.

모니터 너머로 보는 영상이 아니다. 버젓한 눈앞의 현실이다.

너무 많은 사람이 자꾸만 말을 걸어오니까 마이는 나를 지루하게 만들고 말았다고 착각한 모양인지, 골치 아프게도 나를 돌아보며 웃음 지었다.

"죄송합니다. 지금은 일행과 함께 있어서."

하지만, 나를 화제에 끌어들이지 마. 그냥 이대로 영원히 내버려 둬.

"어머나, 오우즈카 씨의 지인분인가요? 부디 소개 부탁드릴게요."

빨간 립스틱을 바른 미녀의 압박감이 느껴지는 미소에 용해되어버릴 것 같다.

마이가 내 등에 살며시 손을 올렸다. 『반 친구입니다』 정도로만 말해주었다면 나도 『아, 안녕하세요』라고 인사할 수 있었을 가능성이 2%쯤은 있었을 텐데.

설마하니 하필이면.

"그녀는 아마오리 레나코. **제 피앙세입니다.**"

아니얏―!

화제가 너무 센세이셔널하잖아! 차마 목소리로 나오지 못한 절규!

미녀는 놀라운 사교성을 발휘해, "어머나, 참" 하고 입가에 손을 올리고 깜짝 놀라면서도 지나치게 놀란 기색은 드러내지 않으며 엘레강트한 미소를 지었다.

"그러면 부디 즐거운 시간 보내세요. 아마오리 씨."

"네."

내 머릿속이 새하얗게 표백되어 있는 동안 주변을 둘러싼 사람들이 어느새 사라져 있었다. 마이가 인사를 마친 모양이다. 후우, 하고 마이는 한숨을 한 번 내쉬었다.

"이제야 겨우 둘만 남았구나, 레나코."

곧게 흘러내린 머리카락이 마치 은하수처럼 반짝이고 있다.

"어때? 뭔가 먹고 싶은 음식이 있다면 내가 가져올까."

"밥알 하나조차 목구멍으로 넘길 수 없을 것 같아."

"뭐라고, 그랬던 건가. 컨디션이 안 좋아? 식욕이 없다면 미리 말해줬으면 좋았을 텐데. 미안한 짓을 했는걸."

"30분 전까지만 해도 뱃가죽이 등에 붙을 지경이었다고!"

나도 모르게 소리를 질렀더니 주변의 시선이 바늘처럼 꽂혔다.

『뭐야 저 촌뜨기 계집은』『품위가 없네요』『저 천한 자를 여기에 데려온 건 누구야?』『주제를 모르는데도 정도가 있지』라는 눈으로 쳐다보고 있다. (는 느낌이 든다.)

이젠 무리다. 더 이상 이 자리에 있다간 아마오리 레나코는 폐인이 되고 만다.

교실에서 인싸 그룹과 대화하는 것만으로도 기력이 빨려서 옥상으로 피난해야 할 정도로 연약한 나라고.

그런데 인싸의 최종진화형태가 대규모 집단을 이룬 야생의 사바나와도 같은 파티 회장에서, 고작해야 나무에 매달려 유칼립투스 이파리나 먹고 사는 수준인 내가 살아남을 수 있을 리가 없잖아?

마이의 팔을 꽈악 붙잡았다.

"응? 왜 그러는 거니?"

"됐으니까 이리 와!"

마이는 손에 든 오렌지 주스가 담긴 글라스를 둥근 테이블 위에 올려 두고서 살짝 어깨를 움츠렸다. 그건 마치 연인의 조그만 어리광에 휘둘리는 인기녀 같은 몸짓이라서 제법 진심으로 화가 치솟았다.

남들의 눈을 피하고 피해서 도피한 결과, 우리들은 청결하고 넓은 여자 화장실에 있었다.

그것도 여고생 둘이서 개인 칸 안에 들어와 있다. 조용하고, 좁고, 조명도 어둡다. 진정되네…….

아니 지금 여유를 느끼고 있을 때가 아니다. 나는 숨을 들이마시고서 노성을 질렀다.

"오우즈카 마이!"

"나를 이런 곳으로 데려와서는 대체 뭘 할 생각인 거야?"

하지 마, 뺨 붉히지 마!

"너 말이야, 정말로 나에 대해서 이해를 못 하는구나……. 왜 내가 화내고 있는지 모르겠어?!"

마이는 턱에 손을 올리고서 몇 초간 생각에 잠겼다.

"테이블에 마련된 식사는 주로 이탈리아 요리가 많았지. 저번에도 파스타를 먹고 있었으니, 나는 분명 네가 이탈리안을 좋아할 거라고 생각했는데 틀린 건가……."

"그런 건 아──무래도 좋아! 이탈리아 요리는 좋아한다고! 파스타도 피자도 봉골레도!"

"호오, 그런가. 그러면 나는 너를 제대로 이해하고 있다는 걸까."

"그 인식부터가 이미 틀려먹었어—!"

좁은데도 양팔을 휘둘렀다. 내 온몸으로 이 불합리함을 표현하고 싶었다.

"나는! 마이랑 그저 밥이나 먹으러 갈 뿐이라고 생각했어! 그런데 어째서 이런 파티에 끌려와야 하는 거야?!"

"나도 그냥 식사만 하러 올 생각이었다만?"

"일본어가 안 통해!"

손으로 얼굴을 덮었다. 지금 당장 돌아가서 이불 속으로 들어가 엉엉 울고 싶었다.

마이는 방금 전보다 한층 더 진지한 표정을 짓고서.

"아무래도 나는 또 실수를 저지르고 만 모양인걸."

"……마이."

그 순간 뭔가, 뚝 하고 내 안의 실이 끊어졌다.

"아니…… 뭐, 응…….."

"여기 셰프는 솜씨가 좋기로 유명하니까 너에게도 꼭 맛보여주고 싶었는데…… 그렇군, 네가 기뻐해 주지 않는다면 아무런 의미가 없구나."

"……그 마음만큼은 기쁘게 받아둘게."

마이가 살짝 쓸쓸해 보이는 미소를 지어서 가슴이 따끔했다.

유감스럽게도 아마오리 레나코는 뿌리부터 아싸인지라 이런 화려한 자리에 얼굴을 내밀면 존재가 소멸당할 것처럼 되어버린다.

이건 나 자신의 문제니까…… 딱히 마이가 잘못한 건 아니다.

마이가 나를 제대로 이해해주지 못하고 있다는 점은 좀 그렇지만 말이지……. 하지만 이 녀석도 순수하게 나를 기쁘게 해주려고 생각한 결과니까 뭐…….

"……무슨 파티였어? 이거."

"엄마의 회사에 출자해주고 계시는 스폰서가 계절마다 개최하는 모임이야. 특별히 정해진 목적이 있는 건 아니야."

"목적 없는 파티라는 것도 있구나……."

아무것도 아닌 날에 만세를 부르는 격이잖아…….

"우리 집에는 365일 빠짐없이 어디의 누군가가 보내온 초대장이 오고 있거든. 그래서 너를 여기에 데려오는 게 그렇게까지 상식 밖의 행동일 거라고는 생각하지 못했어."

"굉장하네, 오우즈카 마이……."

이젠 그냥 그런 감상밖에 안 나온다.

우리들은 그저 사는 세계가 달라서 서로의 당연함이 엇갈리고 있다는 걸 재확인했을 뿐이다. 그런데도 이 이상 화를 내는 건 뭐랄까 좀 꺼림칙하고…….

살짝 고개를 숙였다.

"미안, 면목 없지만 나는 먼저 돌아갈게. 마이는 아는 사람들이 잔뜩 있는 모양이니까 느긋하게 있다 와……."

그때 마이가 손목을 붙잡더니 그대로 자기 쪽으로 끌어당겼다.

"무슨 소리를. 너 혼자만 먼저 돌려보낼 리가 없잖아."

"아, 아니…… 이건 배려 같은 게 아니고, 다만 피앙세가 아니라고 똑바로 오해를 풀어줬으면 합니다만……."

눈을 반쯤 뜨고서 바라보자, 마이는 태연한 표정으로 말했다.

"연인이니까 결국은 피앙세인 거잖아? 나는 처음으로 사귄 사람과 그대로 결혼까지 갈 생각이니까."

마이는 찰랑, 하고 흘러내린 금발을 손으로 쓸어 넘겼다. 지금 차림이 차림이니만큼 그런 익숙한 동작만으로 가슴이 두근거리고 만다. 마이의 드레스 차림, 너무 전투력 발군이잖아…….

나와 마이의 승부는 지금도 계속되는 중이다.

머리를 묶고 있을 때는 친구고, 내리고 있을 때는 연인. 그런 조건은 이제 없어졌을 텐데, 마이는 아직까지도 그걸 꺼내 든단 말이지. 아무래도 마음에 든 모양이다.

하지만 나는 완고하게 부정하고 있다. 연인이 아니라 친구라고, 라면서……. 유감이지만 마이한텐 그다지 효과가 없다…….

참고로 지금 마이는 아주 당당하게 머리를 풀어 내린 상태라서.

"그렇다고 해서 남들한테 그렇게 소개하는 건…… 좀, 다르다고……."

나는 양손으로 주먹을 말아 쥐고 호소했다.

"……그렇지만."

눈을 내리깐 마이의 목소리에 불현듯이 애교가 담겼다.

그저 그것뿐인데도 가슴이 세차게 고동친다. 큭…… 야하다…….

"미리 그렇게 못 박아두지 않으면 **네가 다른 누군가한테 넘어가고 말잖아.**"

마이의 지나치게 단정한 예쁜 얼굴이 가까이 다가오는 바람에

11

나도 모르게 고개를 돌렸다.

"그, 그…… 그럴 리가 없잖아. 나는 촌스러운 계집애고, 비천한 서민이라고."

마이는 그렇게 말하는 내 목덜미를 코끝으로 간지럽혔다. 히익.

"내 눈에는 신데렐라야."

드레스로 드러난 목덜미 부분에서 살짝 습기를 머금은 소리가났다. 맨살에 키스를 당한 모양이다. 으으.

"오늘 너는 정말로 멋져."

"옷이 날개라는 속담이 있는데……."

"아주 잘 어울려."

그런 소릴 마이한테 들어봤자……!

몸의 라인을 빨아들이듯 딱 달라붙는 머메이드 스커트 드레스는 마이의 스타일을 한층 두드러지게 만들어 주었다. 어디까지나 제일 돋보이는 건 마이 자신이지만 드레스를 통해서 마이의 아름다움이 빛을 내고 있다. 반지에서 보석과 세팅의 관계 같은 거라, 옷만 붕 떠 있는 나랑은 천지 차이다.

만약에 단둘이서 있었다면 계속 마이한테 눈길이 사로잡혀 있었겠지. 그 정도로 무적인 데다 찬란하게 빛나는 존재가 지금 내 가슴께에 얼굴을 파묻고 있는 부조리함…….

"자, 잠깐만…… 마이……."

"이렇게 피부를 맞대고 있으면 절실히 실감하게 돼. 너는 나의 『운명의 상대』라고."

"그, 그럴 리가…… 하지만 어쩌다 마이가 풀이 죽어 있을 때

이야기를 좀 들어줬을 뿐이잖아……. 그런 거야 내가 아니었더라도."

"말했잖아? '어쩌다'가 아니야. 나는 그걸 운명이라고 확신했어. 만약에 그게 네가 아니었다면이라는 가정은 무의미해. 왜냐하면, 그때 나타난 게 너였으니까."

마이의 머리카락에서는 어쩔 도리가 없을 정도로 좋은 향기가 났다.

페로몬의 정체는 냄새의 상성이라는 이야기를 들어본 적이 있다. 상대의 체취를 좋아하는 냄새라고 느끼는 경우, 유전자 단계에서부터 그 상대를 원하게 된다나. 그게 만약 진실일 경우 내 DNA는 이미 완전히 오우즈카 마이한테 당했다는 뜻이 되니까 난감하다.

아니 그보다 대체 뭘 착각하고 있는 거야, DNA! 애초에 같은 여자라고!

"아, 알겠으니까. 알겠어, 알겠어. 마이의 마음은 이제 충분히 알겠으니까!"

"그러면 나를 두고서 혼자서 돌아가겠다는 말은 좀 심술궂지 않아?"

"그, 그거야 네가 나를 피앙세라고 소개하니까 그런 거잖아……!"

딱 들러붙은 마이가 나를 벽으로 밀어붙이는 바람에 꼼짝도 할 수 없었다. 마이의 등 뒤로 팔을 두르는 것도 불가능해서 말 그대로 두 손 든 상태다. 그저 심박수만이 계속 상승하고 있다.

그 순간 개인 칸 문 너머, 세면대 쪽에서 이야기 소리가 들려왔다.

"저기저기, 봤어? 오늘 오우즈카 선배가 왔었지."

"응—! 별일이네, 오랜만에 직접 얼굴을 봤더니 역시 엄청나다 싶었어. 얼굴은 조그맣고 다리는 늘씬해서 진짜 월드클래스라는 느낌—!"

대화 내용으로 짐작해 보건대, 아무래도 마이의 모델 후배 아이들인 모양이다.

"그보다 듣기론 오우즈카 선배의 피앙세가 왔다는 것 같아."

"뭐어—?! 정말로?! 어떤 사람일까!"

"잘은 모르겠지만 크리스 에반스나 브래드 피트 같은 사람 아닐까?"

"우와 진짜 잘 어울려~."

머릿속으로 정말 미안합니다, 라고 계속 외쳤다.

나는 아마오리 레나코. 외모는 평범, 성적은 중간 그 자체에, 운동신경은 중간보다 밑입니다…….

"……그것 봐, 마이. 역시 나 같은 건…….".

하지만 마이는 바깥에서 들리는 저런 목소리나 내 자학은 조금도 신경 쓰지 않고서.

내 뺨에 손을 덮더니 아래에서 건져 올리는 것처럼—— 키스를 했다.

읍, 으으으읍!

그것도 한순간의 입맞춤이 아니라 매끈거리는 혀가 입술 사이를 비집고 들어오는 듯한 농후한 애정이 듬뿍 담긴 키스.

아웃……으응…….

안 그래도 이미 한계에 다다른 상태였는데 온몸에서 힘이 쭉 빠져나간다. 기분이 좋은지…… 어떤지조차 알 수 없었다. 그저 내가 마이로 가득 메워져 간다.

잠시 시간이 지나고, 화장실에서 다른 인기척도 다 사라진 후. 평소보다 진한 밝은색의 입술이 내 입술에서 떨어졌다.

"……으으."

나는 작게 신음했다. 이런 얇은 칸막이 하나로 둘러싸인 화장실 개인 칸에서…….

재빨리 손등으로 입가를 닦으려고 했지만, 나도 마이처럼 화장을 한 상태라는 게 떠올랐다. 갈 곳을 잃은 양손은 허벅지 앞에서 머뭇거렸다. 입술이 뜨겁게 느껴졌다.

"아아, 귀여워. 레나코."

머리카락이 헝클어지지 않을 만큼의 강도로 머리카락을 쓱쓱 쓰다듬는 손길에 나는 그저 고개를 떨어뜨릴 뿐.

이거 봐. 이런 식으로 아무 말도 할 수 없게 되거나, 거북한 기분이 되잖아.

숨이 막히고, 어쩐지 가슴이 괴롭다.

그저 즐거운 기분으로만 있을 수가 없다.

역시 연인 같은 건…… 절대로 무리!

그 후, 함께 파티장을 빠져나와 마이의 배웅을 받으며 귀로에

올랐다. 태어나서 처음으로 리무진에 탔다고.

바로 집 앞까지 차를 대고서, 마이가 드레스 차림으로 손을 흔들었다.

"그러면 내일 보자, 학교에서."

"그래그래, 내일 보자. ……머리 꼭 묶고 오기다."

마이는 그저 후훗, 하고 웃고서는 아무런 대답도 돌려주지 않고 자리를 떠났다. 어이! 약속하라고!

정말이지…… 투덜거리며 현관을 열었다. 현관 앞에는 마침 목욕을 마치고서 목욕 타올을 걸친 채로 어슬렁거리던 여동생이 있었다.

"너도 그런 꼴로 집 안을 돌아다니는 건 좀 그렇잖아."

여동생의 반라 차림은 오랜만에 봤지만 역시 운동부라서 그런지 허리 부분이 잘록하게 들어가 있어서 멋진 몸매다. 인싸의 오라가 느껴진다. 물론 마이를 보고 온 직후라, 그래봤자 아마오리 집안 딸이지만…….

정작 그런 동생은 멍하니 입을 벌리고서 나를 응시했다.

"언니야말로…… 뭐야, 그 차림은."

"어?"

문득 깨닫고서 내 차림을 되돌아봤다. 지금 내 차림은…….

그렇다, 척 봐도 고급스러운 드레스를 입은, 『어? 누구지 이건?』 싶은 상태의 나.

"아, 아니, 이건."

한시라도 빨리 집으로 돌아가고 싶어서 옷을 갈아입지도 않고

바로 차를 얻어 타고 온 것이다……! 이, 이 무슨 불찰!

허둥거리면서 대답했다.

"마이한테, 그게, 파티에 초대받아서."

"파티?!"

자기가 제일 좋아하는 케이크를 선물로 사 왔을 때처럼 여동생의 눈이 초롱초롱 빛났다.

앗, 이, 이건…….

저번에도 이런 빛나는 시선을 받아본 적 있다. 그 기분 좋은 순간…… 존경의 눈빛……!

분명 내 정신은 녹초가 되어있었을 텐데도 내 입은 마치 딴사람처럼 멋대로 움직였다.

"으, 응. 뭐…… 사람들이 잔뜩 왔어. 마이네 회사에 출자하는 스폰서분이 개최하는 파티였는데 말이지. 나도 거기에 초대받는 바람에 이런 차림을 하게 됐거든."

"뭐야 그거…… 굉, 굉장……."

"요리도 뷔페 스타일이고 유명한 셰프가 만든 이탈리안 요리가 줄지어 있었어. 이야, 뭐…… 아주 대단했지."

"헤에에에!"

사실 한 입도 못 먹었지만 말이야!

나는 파티 회장에서 얼굴이 새파래져 있었다든가, 당장이라도 질식할 것 같은 표정을 짓고 있었다는 사실은 절대 입 밖에 내지 않고서 어디 귀부인인 척하며 간드러진 몸짓으로 식탁을 향해 걸어갔다.

"엄마—, 오늘 저녁밥 뭐야—?"

"어? 언니, 호텔에서 먹고 온 거 아니야?"

역시 집밥이 최고구나!

* * *

아시가야 고등학교는 게이오선 라인에 위치한, 약간 성적이 높은 공립 공학 고등학교다.

선생님도 학생들도 다들 어딘가 느긋해서, 좋게 말하면 행실이 바르고, 나쁘게 말하면 별로 남들한테 흥미가 없는 느슨한 학풍이 특징이라고 말하면 특징일까.

올해부턴 터무니없을 정도로 굉장한 특징이 탄생하고 말았지만 말이지.

그렇다, 설명이 필요 없다. 아시가야 고등학교의 여신, 오우즈카 마이다.

저 슈퍼달링이 입학한 탓에 바로 오우즈카 마이가 아시가야 고등학교의 명물이 되었다. 내년 입학 안내 팸플릿에는 표지에 커다랗게 『오우즈카 마이 재학 중!』이라고 쓰여 있을지도 모른다.

얼굴도 예쁘고, 집도 부자에다, 성격도 좋은 아시가야 고교의 문화유산 오우즈카 마이.

원래 같으면 하층민들이 함부로 말을 걸 수 있는 존재가 아니다. 하지만 입학하자마자 『친구가 되자!』라면서 돌격한 겁도 모르는 학생이 있다나.

그게 바로 아마오리 레나코지만!

모든 건 최고의 학교생활을 보내기 위해, 아싸였던 중학교 시절의 스스로를 바꾸기 위한 행동이었다. 그런 의도는 하나부터 열까지 순조롭게 진행됐다. 단지, 생각 이상으로 내 멘탈이 허약했다는 점만 제외하면!

내 자업자득으로 너무 과분한 그룹에 소속된 나는 하루하루 정신력이 깎여나가면서도 학교생활을 보내고 있었…… 는데. 아마오리 레나코의 싸움은 이제부터다. (끝)

아, 그렇지만 (계속) 오늘의 나는 좀 다르다고.

"하아, 학교는 마음이 진정되네……."

나는 아직 아무도 없는 교실에서 책상 위에 납작 엎드려있었다.

뭐니 뭐니 해도, 나는 어젯밤의 파티를 극복해낸 (극복하지 못했음) New 아마오리 레나코인 것이다. 네오 아마오리 레나코가 보기에 학교쯤이야 다 아는 얼굴들뿐인 데다, 모두 동갑내기 아이들만 모인 집단이다. 이젠 거의 가족이나 마찬가지잖아.

그런 장소에서 허둥댄다는 건 말도 안 되는 일이다.

한 단계 랭크 업을 이뤄낸 나 자신이 정말로 성장하고 말았다는 실감을 한창 짜릿하게 느끼고 있을 때였다. 교실 문이 열리며 한 사람이 모습을 드러냈다.

긴 흑발에 차가운 인상의 여성. 코토 사츠키 양이다.

고등학교 1학년 학생인데도 마치 본격적인 서스펜스 영화에 출연하는 여배우처럼 완성된 미모와 함께, 어딘지 미스테리어스 하면서 차분한 매력을 두르고 있었다. 마이와 비슷할 정도로 키도 크고, 언제나 등허리를 꼿꼿하게 편 모습은 잘 벼려진 칼날과도 같은 예술품을 연상시켰다.

"빨리 왔네, 아마오리."

"어? 으, 응, 그게, 가끔은 말이지!"

마이한테 빌린 드레스를 누군가한테 들키지 않도록 몰래 돌려주기 위해, 아침 일찍 제일 먼저 와서 마이 사물함에 넣어둔다는 미션을 달성하느라 빨리 온 거지만…….

지금 사츠키 양에게 마이 얘기를 꺼내는 건 압도적 지뢰나 마찬가지라 나도 모르게 말을 더듬었다.

과속 단속을 나온 경찰관처럼 사츠키 양의 눈이 날카롭게 빛난 것 같았다.

"그래."

"어, 아, 네."

뭔가 잘못을 저지른 것도 아닌데 절로 식은땀이 흘렀다.

내가 코알라라면, 사츠키 양의 눈빛은 마치 비단뱀과도 같았다. 저번에 있었던 일로 조금 허물없는 사이가 됐다고는 하지만 역시 단둘이서 대화하는 건 엄청나게 무섭다.

그나저나 평소였다면 인사를 나누고 나서 사츠키 양은 자기 자리로 돌아가 개인 공부를 시작하거나, 혹은 책을 펼치거나 둘 중하나였을 텐데…….

오늘은 어째선지 내 자리까지 다가오더니 물끄러미 나를 내려다보고 있었다…….

어라, 학교는 가족이나 마찬가지 아니었나……?

어째서 이렇게 괴물의 혓바닥 위에서 떨고 있는 듯한 기분이……?

단념하고서 사츠키 양을 올려다보며 왜 그러는지 물었다.

"뭐…… 뭔가 용건이라도 있으신지요……?"

"마침 잘됐어. 저기, 아마오리."

나도 모르게 부자연스러운 경어가 튀어나오고 말았지만 거기에도 아랑곳하지 않고서 사츠키 양은 교실 밖을 향해 턱짓했다.

"지금부터 **잠깐 나 좀 볼 수 있을까?**"

어라, 데자뷰려나.

여기는 옥상.

나와 사츠키 양은 급수탑 그늘에 나란히 서서 하늘을 올려다보았다.

"……덥네."

"……그러네요."

이제 계절은 7월에 접어들어서 기온이 급격히 올라갔다. 옥상 아래쪽에서 들려오는 기운찬 매미 소리가 한 번 맴맴 울 때마다 체력이 쭉쭉 빠져나가는 것 같다.

다행히도 아시가야 고등학교는 교실마다 에어컨이 설치되어 있는데 왜 굳이 시원한 교실을 놔두고 이런 옥상에서…….

더위 먹은 강아지 꼴이 된 나에 비해서, 사츠키 양은 손부채로 열을 식히고는 있어도 땀 한 방울조차 흘리지 않는다. 이게 미인은 땀도 흘리지 않는다는 법칙인가…….

여하튼 안 그래도 사츠키 양이랑 둘이서만 있느라 정신력이 팍팍 깎여나가는 상황. 거기에 수분까지 고갈된다면 풀썩 쓰러질 게 분명하다.

빨리 대화를 마치고 시원한 교실로 돌아가자……!

"저, 저기, 그래서 무슨 용건이신가요."

"……."

사츠키 양은 아무런 말도 없다.

자기가 불러놓고?!

"그, 그러니까…… 마, 마이 관련?"

움찔하고 사츠키 양의 뺨이 경련하는 게 보였다.

"죄송합니다."

사과하지 않으면 안 될 것만 같은 분위기가 느껴져서 반사적으로 머리를 숙였다.

"별로 상관없어. 그 말대로니까."

사츠키 양은 지금 한창 마이와 냉전을 벌이는 중이다.

그래서 그룹과도 거리를 두고 있는 상태고, 당연히 마이와는 한마디도 말을 섞지 않는 나날이 이어지고 있다…….

요전에 마이가 호텔에서 연인 모집 파티를 열었던 날부터 시작됐으니까 벌써 일주일 정도? 꽤나 질질 끌고 있네…….

참고로 두 사람이 싸운 이유에 대해선 마이가 괴멸적일 정도로 섬세함이 결여된 발언을 했던 게 원인이다.

마이는 너무나 자포자기 상태에 빠진 나머지 자기 자신에게 벌을 주기 위해서, 하필이면 사츠키 양한테『나를 안아줘』라며 찾아간 것이다.

게다가 이유랍시고 말한 게『그야 너, 나를 좋아하잖아?』였다.

사츠키 양은 격노했다. 저 간악무도한 슈퍼달링을 없애버려야만 한다고 결심했다.

나는 연애는 잘 모른다. 하지만 어색한 분위기에 대해서라면 남들보다 훨씬 민감하다.

실제로 사츠키 양이 마이를 좋아하는지 어떤지는 잘 모르겠지만, 만약 좋아했다고 해도, 아니면 좋아하지 않았다고 해도, 마이의 발언은 너무 오우즈카 마이였다…….

그런 거니까 마이가 빨리 사츠키 양한테 사과하고 서로 화해했으면 좋겠는데……. 유감스럽게도 마이는 자기가 잘못했다는 사실을 전혀 깨닫지 못했다.

"아, 그러면 혹시 마이랑 화해하고 싶은데 솔직하게 사과하는 건 부끄러우니까 도와줬으면 좋겠다거나?!"

그러니까 사츠키 양이 먼저 한걸음 내디뎌준다면 더할 나위 없는 일이다.

무엇보다 두 거물이 다투는 사이에 끼어서 거북한 기분을 느끼는 일 없이 끝날 테니까!

하지만.

"누가, 누구에게, 사과를 한다고?"

사츠키 양의 흑발이 크게 출렁인 것 같았다. 나는 실수로 열어버린 맹수 우리에 황급히 자물쇠를 채우는 심정으로 급히 말을 수정했다.

"……마, 마이가, 사츠키 양한테, 려나?"

"그러네. 하지만 그 바보가 자기가 저지른 짓을 깨닫는 일은 결코 없을 테니까."

사츠키 양은 크게 한숨을 내쉬었다.

"그래서 말인데, 아마오리."

사츠키 양은 천천히 내 쪽으로 얼굴을 내밀었다. 이렇게 완전 정면에서 시선을 받으면 살짝 눈꼬리가 올라간 커다란 눈동자 속에 갇힐 것 같은 기분이 든다.

"나는 그 녀석에게 복수하지 않고서는 기분이 풀리지 않아. 당하고만 있는 주의는 아니라서 말이야."

"보, 복수라니 거창하네."

한번 찍은 표적은 반드시 말살하는 킬러처럼, 사츠키 양은 도저히 농담하는 기색이 아니었다.

계속 이 자리에 있다가는 뭔가 엄청난 계획에 말려들 거라는 예감이 든다. 내 고등학교 생활이 전부 끝나버릴 것만 같은 그런 예감이.

안 되겠다, 도망치자!

"미안, 사츠키 양. 나 조금 볼일이 생각나는 바람에!"

쿵, 하고 사츠키 양의 손이 벽을 때리자 퇴로가 막혀버렸다. 전 세계 소녀들의 동경, 벽쿵이잖아! 그렇구나, 이런 기분이 드는 거였네. 아니, 그냥 엄청나게 무서울 뿐인데요?!

"하지만, 지금은 그런 복수 같은 건 아무래도 좋아."

사츠키 양은 독을 듬뿍 담고 있는 난초꽃처럼 웃었다.

아, 아무래도 좋다니…….

"저기, 아마오리."

내 귓가에 대고 이름을 속삭인다. 후욱, 하고 사츠키 양의 나른한 숨결이 귓가를 간질이자, 나는 고양이 앞의 생쥐 꼴이 되어 몸을 부르르 떨었다.

"나랑 사귀어줄 수 없을까?"

그건 사랑의 고백이라기보다, 누가 봐도 이브를 타락시킨 에덴의 뱀과 같은 유혹이었고…….

딱 굳어버린 채로 5초. 나는 넋이 나간 채로 사츠키 양의 눈을 바라보았다.

그러고서 온 힘을 다해 반문했다.

"네에?!"

마이 그룹은 아시가야 고등학교 1학년 내 계층에서 정상에 자리 잡은, 학년에 딱 한 명 있을까 말까 한 수준의 미소녀들이 모인 집단이다.

그룹의 리더인 슈퍼달링 오우즈카 마이.

이런 나한테도 상냥한 천사, 세나 아지사이 양.

교내 모든 학생의 귀여움을 독차지하고 있는 모두의 여동생, 코야나기 카호.

여배우 같은 긴 흑발을 가진 차분한 미인, 코토 사츠키.

그리고 뭔가 미꾸라지 한 마리가 물을 흐리고 있지만 그건 차치해두고.

이 중 나랑 학교에서 평범하게 대화를 나누는 사람이 아지사이 양과 카호 짱이다.

마이는 인기인이라 학교에선 그다지 얘기를 나눌 수 없지만, 사적으로는 시도 때도 없이 메시지가 날아온다.

다만, 오직 사츠키 양과는 일대일로 대화를 나눠본 적이 거의 없다. 지금까지 계속 미움받고 있다고 생각했지만, 그건 사실 내 착각이라는 걸 깨달았기 때문에 그 후로는 그다지 두려워하지 않게 됐다.

되긴 했는데…….

설마하니 나를 사랑하고 있었을 줄이야, 레나코도 예상 못 한 사실……!

하지만 뭐, 역시나 그럴 리가 없었다. 당연한 일이다.

요약하자면 이런 거였다.

사츠키 양은 마이한테 복수하고 싶다. 하지만 마이의 멘탈은 철옹성이다.

마이는 설령 자기가 사는 맨션에 화재가 나더라도『흠, 불에 타 버렸나. 어쩔 수 없지, 오늘은 호텔에서 잘까』하고 그냥 넘겨버 릴 것 같은 인간. (개인적인 이미지입니다.)

그러니 마이에게 가장 효과적인 대미지를 주기 위해서 나를 이 용할 생각인 것이다.

"맞지?! 사츠키 양!"

"아니야."

사츠키 양은 명탐정 레나코의 추리에 고개를 절레절레 저었다.

아직 아침 HR이 시작하기 전. 뜨거운 햇살이 쏟아지는 옥상에 서 사츠키 양은 담담하게 입을 열었다.

"나는 진심으로 너를 좋아하는 거야. 좋아하게 되었는걸, 아마오 리 너를. 이제 너무너무 좋아해서 위험할 정도야. 아마오리 러브."

"대놓고 국어책 읽기!"

젠장, 그렇게까지 말한다면 어디 들어보도록 할까……!

"그러면 어떤 점을 좋아하는 건가요?!"

"어? ……그러네."

사츠키 양은 한쪽 팔꿈치를 괴듯이 팔짱을 꼈다.

시선이 허공을 떠돌며 잠시 동안 생각에 잠겼다.

"……………자기 주제 파악을 아주 잘한다는 점?"

"그런 이유로 사람을 좋아하게 되겠냐고!"

거기다 마지막은 어째서 의문형인데! 차라리 거짓말이라도 괜찮으니까 단정해달라고!

"왜. 나로선 불만인 거야?"

"어?! 아니, 그, 그건."

있을 수 없는 오해를 받자 초조해졌다. 확실히 사츠키 양은 무섭지만 그렇다고 만약 정말로 고백을 받았을 때, 나 같은 게 거절할 수 있을 만한 존재가 아니다.

"불만이라니 설마 그럴 리가. 그야 사츠키 양은 미인이고…… 거기다……."

"거기다?"

"또렷하게 울리는 아름다운 목소리나, 의연하게 서 있는 모습도 좋고…… 자리에 앉아 있을 때 보이는 옆모습도 아주 멋있고…… 항상 당당하고 자신만만한 모습도 부러워……."

고개를 푹 수그린 채로 하나둘씩 말을 쏟아냈다.

이거 완전 최애한테 사랑을 전하는 음침한 캐릭터 그 자체잖아……. 그렇구나, 나는 사츠키 양한테 그런 동경의 감정을 품고 있었던 건가……. 생각지도 못한 상황에서 자아 성찰을 하게 됐구나…….

"……그래, 고마워."

사츠키 양은 뺨을 붉게 물들이며 눈을 피했다. 분명 내 숨김없는 진심 어린 말에 쑥스러워진 거라고 생각한다. 으윽. 밀려오는 수치심이 내 목을 조른다!

"아니, 하지만, 그게, 나는!"

아무리 부끄러워도 이것만큼은 꼭 전하고 싶다. 필사적으로 덤벼들었다.

"연인 관계 같은 건 무리라서! 친구라면 얼마든지 괜찮으니까!"

"아아, 그러고 보니……. 그랬었지. 너, 그래서 그 녀석의 제안도 보류해두고 있는 중이었지."

"으으으, 상대가 누구든 무리예요……. 마이가 나쁘다든가, 사츠키 양이 뭐가 어떻다는 뜻이 아니라 제가 잘해낼 수 있을 거라는 자신이 전혀 없어서……."

사츠키 양이 미소 지었다. 가슴이 두근거린다.

그건 마치 짙게 낀 구름 틈 사이를 뚫고 비치는 달빛과도 같이 따뜻해서……. 어?

"괜찮아. 어쩐지 너랑 사귄다고 해도 한 달 정도 지나면 뒤끝 없이 헤어질 수 있을 것 같은 느낌이 드니까. 안심하고 어울려줘."

"무슨 작업 멘트가 그따위야!"

내 절규와 함께 아침 HR을 알리는 예비종이 울렸다. 사람의 순정을 농락하다니!

오늘은 아침부터 엄청 지친다…….

녹초가 된 채로 사츠키 양과 함께 옥상에서 내려왔다.

나만 가지고 있는 성검이라고 생각했는데 사실은 똑같은 성능을 가진 복제품이 여기저기 굴러다니고 있었다는 사실을 깨닫게 된 옥상 열쇠로 문을 잠그고서 교실로 향했다.

할 수만 있다면 이대로 보건실로 직행해서 자고 싶다. 이제 또 수업이 있다니 실화냐? 오늘은 1교시부터 6교시까지 『낮잠 자기』 과목으로 수업해주지 않으려나…….

켁.

하지만 그때, 지금 막 등교한 마이와 복도에서 딱 마주치고 말 았다.

"좋은 아침, 레나코. 그리고…….'

마이는 화창한 웃음을 짓고서 인사를 하려고 했지만.

내 옆에 있는 사츠키 양은 아무 말도 하지 않고서 마이의 옆을 지나쳐 걸어갔다. 우와아―…….

"조, 좋은 아침, 오우즈카 양."

하다못해 나라도 뻣뻣한 웃음을 지으면서 손을 흔들었다.

마이는 살짝 생각에 빠져 "흐음……" 하고 턱에 손을 올렸다.

역시 지금 사츠키 양의 태도는…… 굉장하다. 저 마이를 무시 할 수 있는 인물이라니, 아시가야 고교는커녕 도쿄도내를 찾아봐 도 사츠키 양뿐이겠지. 아무리 마이라도 상처받지 않으려나…….

하지만 마이는 『빵이 없으면 케이크를 먹으면 되는 거 아니야? 애초에 나는 케이크를 더 좋아하니까』라고 말하는 것처럼 방긋 웃었다.

"교실에 들어가기 전에 레나코와 만날 줄이야. 오늘은 좋은 날 인걸."

"으~~~ 오우즈카 마이!"

주먹을 꽉 움켜쥐고서 고개를 수그렸다.

그런 식이니까 사츠키 양도 괜히 복잡한 수단을 쓰려는 거잖아! 나는 방금 고백받았다고! 책임을 져!

그렇다고 이런 소릴 했다가는 『물론 책임을 지겠어』라면서 사회인 평균 연봉 3년치는 되는 반지를 사 올 것만 같으니 입도 뻥긋하지 않을 거지만!

"응? 무슨 일 있어? 내 얼굴만 가만히 바라보고. 오늘도 아름다운가?"

"그러시겠지! 오우즈카 양은 오늘도 참 아름다워!"

"후후, 너에게 그렇게 칭찬받으니 낯간지럽군. 역시 오늘은 좋은 하루야. 뭐, 나는 거의 매일 좋은 날이지만."

부끄부끄 쑥스러워하는 마이의 복부에 몇 번이고 펀치를 날리는 상상을 했다. 남의 속도 모르고! 이 녀석! 이 녀서억!

참고로 나는 여전히 학교에선 마이를 『오우즈카 양』이라고 부르기로 했다. 마이는 털끝만큼도 신경 쓰지 않겠지만 너무 친근하게 굴다가 폐를 끼치고 싶지 않으니까. 내가 그리는 이상적인 『친구』는 빈틈없이 서로를 배려하는 사이니까, 겨우 이 정도로 관계가 흔들릴 일은 없다.

"아. 오우즈카 양이다— 좋은 아침이에요—."

"저번에 기타 연주 라이브를 열었다는 게 정말인가요? 엄청 듣고 싶었는데—!"

마이를 본 학생들이 몰려와서 눈 깜짝할 사이에 인파가 형성됐다. 마이는 "안녕, 모두들" 하고 아침부터 스타의 오라를 전개하며 슈퍼달링 스마일을 무료로 배포하는 중이다.

으, 꺄―꺄―와―와― 거리며 귀청을 울리는 새된 환호성은 지금 녹초가 된 나에겐 스턴 그레네이드나 마찬가지. 머리가 어지러워지기 시작했다.

드레스는 사물함에 넣어뒀다는 말은 나중에 전하기로 하고 먼저 교실로 가자…….

사츠키 • 마이의 더블 펀치는 HP가 팍팍 까인다…….

교실 안은 벌써 대부분의 학생이 등교한 상태였다. 머뭇거리며 사츠키 양이 앉아 있는 자리 뒤를 지나쳤지만, 별다른 말 없이 내 자리로 돌아가 앉을 수 있었다. 휴우……. 아니 어째서 내 교실에서 이렇게나 긴장감 넘치는 잠입 임무를 수행하는 것처럼 행동해야만 하는 거야…….

"아, 레나 쨩, 좋은 아침."

앞자리에 앉은 여자아이가 나를 보고서 웃는 얼굴로 인사를 건넸다.

아침 햇살을 받아 반짝반짝 빛나는 밝은 머리카락 위로 천사의 고리가 떠올라 있었다.

달콤한 밀크에 상냥함과 벌꿀을 넣고 애정을 듬뿍 담아서 마법을 걸어주면 탄생할 것 같은 미소녀. 세나 아지사이 양이다.

절로 흐뭇한 미소를 지으며 바라보게 된다.

"아아― 체력이 회복된다……."

"어? 무슨 얘기야?"

"아지사이 양은 RPG로 치면 분명 승려였을 거라는 이야기."

"그러려나? 나는 무도가가 좋겠어."

가슴 앞에 주먹을 꼭 쥐고서 자세를 잡는 아지사이 양. 확실히 무도가도 괜찮다. 전투 중에는 차이나 드레스의 커다랗게 벌어진 옆트임 사이로 맨다리가 슬쩍슬쩍 보이겠지. 너무 야해!

"아 참, 이게 아니었지. 레나 짱."

"앗, 넵. 죄송합니다."

"어? 아니 저야말로? 그게 아니라, 사실은."

아지사이 양이 머뭇머뭇하고 있었다. 귀여워. 아니 이게 아니라.

"사실 방금 전에 교실로 오는 도중에 봐버렸는데, 그게, 레나 짱이 사츠키 양과 둘이서 걷고 있는 게 별일이네— 싶어서."

그렇지 않아— 라고 말하려고 했지만 무리였다. 신기하게도 저절로 고개를 끄덕이고 말았다.

"확실히……."

"무슨 일 있었어?"

"어?!"

있긴 있었지— 사실은 사츠키 양한테 사랑의 고백을 받아서 말이야. 라고는——.

말할 수 있을 리가 없다!

내가 미묘한 표정을 짓고 있는 걸 깨달았는지 아지사이 양은 허둥지둥 손을 내저었다.

"앗, 미안, 절대 그런 뜻은 아니고. 그냥 무슨 일이 있었나 싶었을 뿐이니까. 정말로 괜찮으니까. 결코 신경 쓰고 있는 건 아니야. 어, 저기 오늘 참 덥네!"

갑자기 터져 나오는 빠른 말에, 나는 아지사이 양이 뭘 말하고 싶은지 알 수 없어졌다.

저번에 마이와 있었던 일 이후로 아지사이 양은 가끔씩 이렇게 빠른 템포로 토크를 쏟아내서 나를 얼떨떨하게 만드는 상황이 늘어났다.

"으, 응! 교실은 시원해서 다행이지!"

나는 이번에도 앵무새처럼 말을 받으면서 고개만 주억거렸다.

대체 뭘까…….

사실 짚이는 구석이 없는 건 아니다.

그렇다. 방과 후 교실에서 아지사이 양한테 좋아해 좋아해를 연발했던 그『창피한 짓』이다…….

아니, 더 말하지 말아줘. 그 당시 나는 여러 일로 수용량을 초과해버린 상태라 완전히 머리가 오버히트 되어 있었다. 아무리 그렇다곤 해도 그런, 그런……?

변명할 여지 없는 완벽한 흑역사. 떠올릴 때마다 이불 속에 다이빙해서 비명을 지르고 싶어진다.

분명 아지사이 양에겐 차마 눈 뜨고 보기 힘든 여자로 비쳤겠지…… 후후…….

그렇게나 필사적인 모습으로 친구한테 좋아한다는 소리를 해버렸으니…… 마치 고백같이, 응…….

아예『그때 레나 짱, 정말로 꼴사나웠지 ㅋㅋ』라면서 그냥 웃음거리로 치부해주는 편이 차라리 나았을지도 모른다. 하지만 아지사이 양은 상냥하니까 그때 일을 결코 다시 꺼내는 일 없이 모른 척해 주고 있다. 아무것도 모른다는 표정으로 나랑 계속 친구로 지내주고 있다⋯⋯. 참 착해⋯⋯.

"엇, 왜, 왜그래?"

묘하게 당황한 표정으로 나를 바라보는 아지사이 양을 향해 조용히 고개를 숙였다.

"저번에는 몹시도 폐를 끼치고 말았습니다. 정말로 드릴 말씀이 없어요⋯⋯."

"엇, 뭐야뭐야?! 저번이라니?!"

내 한없이 진지한 사과에 아지사이 양은 눈이 휘둥그레졌다.

아지사이 양은 동요하는 표정도 귀엽구나⋯⋯.

『사귀어 줘』라는 말을 꺼낸 상대가 사츠키 양이 아니라 아지사이 양이었다면 나도 좀 더 고민했을지 모른다. 뭐, 나 같은 사람을 콕 집어서 좋아하게 된 아지사이 양이라니 어떤 평행세계를 가든 존재하지 않겠지만 말이죠.

그런 생각에 빠져 있었을 때.

"저기저기, 레나찡, 아 쨩."

쭈그려 앉은 채로 내 책상 위에 턱을 올리고 있는 새로운 미소녀가 나타났다.

아시가야 고등학교 전교생의 여동생, 코야나기 카호 쨩이다. 저 허물없는 친근한 성격 덕에 남녀를 가리지 않고 누구에게나 사랑받는다는 점만 보면 조금 마이랑 닮았다. 본인도 『내 최애는 마이!』라고 외치고 있고, 사이드 헤어를 묶고 있는 노란 헤어슈슈는 마이의 메인컬러라는 모양이다.

또렷한 이목구비를 가진 조그마한 얼굴은 언제나 생기로 넘치는 매력적인 표정을 짓고 있다.

사실 조금만 분위기를 바꾸면 그야말로 엄청나게 청초한 미소녀로 변신할 수 있을만한 잠재력을 가지고 있지만, 진짜 그렇게 변하면 내가 말을 걸 수 없게 되니까 앞으로도 지금 이대로 있어줬으면 한다.

"카호 쨩, 이제 곧 수업이 시작할 텐데?"

"으, 응. 선생님 오실 거야."

"그— 전에 말이지—."

카호 쨩은 여기서만 하는 이야기라는 것처럼 목소리를 낮췄다.

"다다음주에 있을 그거에 대해 살짝쿵 이야기를 나눠보자는 거지."

"아아, 우리 다섯이서 놀러 가자는 얘기?"

"쉬—잇! 레나찡 목소리가 너무 커—!"

"엇, 미안."

"누가 봐도 레나 쨩보다 카호 쨩 목소리가 더 크지만!"

"그런 사소한 건 제쳐두고서. 사소하지 않은 문제가 한 가지 있어서 말이죠."

카호 쨩이 흘끔흘끔 시선을 던지는 방향에 있는 건 사츠키 양과 마이.

"저 두 사람, 그 전까지 화해해주지 않으려냥…… 싶어서."

"그러네…… 조금 길어지고 있네."

카호 짱과 아지사이 양은 절실히 동감이라는 듯이 마주 고개를 끄덕였다.

아침에 우연히 맞닥뜨렸을 때도 그랬지만 여전히 마이와 사츠키 양은 학교에서 그야말로 말 한마디조차 섞지 않는다.

옆에서 다른 사람이 이러쿵저러쿵해봤자 결국은 당사자들이 해결할 문제니까 우리들이 할 수 있는 일은 딱히 없다…… 나는 그렇게 생각하고 있는데.

"으으— 나는 모두와 함께 놀러가고 싶어~~! 가고 싶어 가고 싶어, 가고싶어가고싶어가고싶어~! 다 함께 가는 게 아니면 싫어~~~~!"

카호 짱이 떼쓰는 어린애가 됐다?!

쭈그려서 버둥버둥 팔을 휘두르던 카호 짱은 갑자기 뚝 하고 멈추더니 '슬쩍' 하고 나를 올려다보며 시선을 한 번 주고서는, 다시 뭍으로 올라온 물고기처럼 펄떡이며 날뛰기 시작했다.

이, 이건……!

갑작스레 찾아온 시련에 마른침을 삼켰다.

카호 짱이 보내는 아주 알기 쉬운 사인…… 저건 즉, 태클…… 태클을 걸어야 한다…… 내가……! 카호 짱에게 태클을……!

"그, 그만하렴……!"

주뼛거리며 카호 짱의 손가락 끝을 꼬옥 잡았다.

그러자 카호 짱은 전원이 끊어진 로봇처럼 얌전해지더니 쓸쓸한 눈으로 나를 바라보았다.

"하아…… 고마워, 레나찡…… 하지만 역시 나는 사 짱이 아니면 안 되는 몸이 되어버린 모양이야…….”

“죄, 죄송합니다.”

“언제나처럼 사 짱이 내 머리에 울지도 웃지도 못할 정도로 강렬한 춥을 날려주지 않으면…… 자극이 좀…….”

대각선 뒤쪽에서 “그런 적 없어”라는 말이 날아왔다. 그대로 다 들리고 있나 보다.

“적어도 둘 사이에 무슨 일이 있었는지만이라도 알 수 있으면 도울 수 있을 텐데…….”

아지사이 양의 말에 저절로 움찔했다.

아니 사실 나는 알고 있긴 하지만……. 사츠키 양의 허락도 없이 남들한테 말하기는 무리인 데다, 애초에 사츠키 양이 허락을 해줄 리도 없다.

그때 선생님이 들어왔다.

카호 짱은 주먹을 쥐고서 벌떡 일어나더니 천장을 우러렀다.

“좋아, 포기하지 않을 거야! 반드시 다섯이서 놀러 갈 거니까! 일단은 나도 가능한 한, 화해할 수 있도록 옆에서 도와주겠어! 고교 1학년의 여름은 인생에 한 번밖에 찾아오지 않으니까—!”

그렇게 적막에 잠긴 교실에 카호 짱의 외침이 울려 퍼졌다. 다 들리는 데도 정도가 있다.

나는 당사자인 두 사람의 기색을 살폈다.

마이는 작게 고개를 갸우뚱거렸고, 반면 사츠키 양은 아무것도 듣지 못했다는 것처럼 노트를 넘기고 있다.

“코야나기, 자리에 앉으세요.”

"넵! 선생님! 아, 오늘 물방울무늬 롱스커트가 참 귀엽네요!"

"그거 고맙구나."

나는 남몰래 커다란 한숨을 쉬었다.

카호 짱의 바람과는 정반대다.

사츠키 양은 지금 화해는커녕, 더욱 흉흉한 생각을 품고 있단 말이야…….

점심시간에도 사츠키 양은 혼자서 재빨리 어딘가로 사라져버렸다.

마이는 언제나처럼 명랑한 기색이었고, 우리들은 남들이 보기에는 아무런 문제도 없이 사이좋은 그룹인 채 넷이서 식사를 마쳤다.

일부러 사츠키 양에 대한 화제를 꺼내는 것도 좀 그렇지 않나 싶었기 때문에 가만히 있었지만……. 평소처럼 행동하려고 해도 사츠키 양이 이 자리에 없다는 부자연스러움을 한번 의식한 순간, 하나부터 열까지 전부 뻔뻔스럽게 느껴진다. 그야말로 피해망상이다.

나는 이럴 때 쓸데없이 심력을 소모해 버리는 타입이었던 걸까…….

큰일이다. 안 그래도 일상 회화를 하는 것만으로 정신이 피폐해지는 허약한 커뮤니케이션 능력을 가진 마당에 아무 일도 없는 척까지 해야 한다니…… 난이도가 너무 높잖아…….

이거는 무리무리, 이런 날들이 계속 이어진다니 정말로 무리!

화해하고 나면 다섯 명이서 놀러 가는 것도 나에게 있어서는 힘에 부치는 이벤트지만…… 지금은 그런 소리를 할 때가 아니다.

한시라도 빨리 사츠키 양과 마이의 관계를 어떻게든 하지 않으면 죽고 말거야!

"카호 짱, 나도 둘 사이를 회복시키는 걸 돕게 해줘!"

"어, 어어? 의욕이 넘치네, 레나찡!"

화장실 앞에서 카호 짱을 붙잡고 호소했다.

"응! 내가 뭘 할 수 있을지는 잘 모르겠다고 해야 하나, 내가 할 수 있는 건 아무것도 없을지도 모르고, 자신도 없고, 작전도 없지만 두 사람이 화해해줬으면 한다는 마음만큼은 진심이니까……. 그 마음 말고는 아무것도 없어…… 인간력이 없어…… 미안……."

"어?! 그러면 나는 그 마음만으로도 기쁘려나…… 라고 대답할 수밖에 없는 거잖아?!"

그런 대화를 나누고서 이제 방과 후.

나는 이제 그러고 있을 때가 아닌 상황에 말려들고 말았다…….

"자, 그러면 이제 다들 돌아가도록 할까."

반 애들과 인사를 나눈 마이가 우리들이 있는 자리로 다가왔다.

아지사이 양과 카호 짱은 이미 집에 갈 준비를 다 마쳤고, 아직도 꾸물거리고 있는 사람은 나 한 사람뿐. 언제나 있는 일이다.

"오늘은 어디 들렀다 갈까?"

"그렇구나, 나는 조금은 여유가 있어. 잠깐 역 앞을 산책하는
건 어떨까?"

"좋네, 재미있어 보여. 자, 레나 짱도."

"아, 네."

솔직히 오늘은 상당히 멘탈이 시들시들해져서 1조분의 1초라도
빨리 집에 가고 싶은데…… 한 번 권유를 받아버리면 도저히 거
절할 수 없다…….

내 중학교 시절의 트라우마에서 기인한 저주『결코 타인의 권
유를 거절해선 안 된다』는 아지사이 양 덕분에 어느 정도 극복할
수 있었지만, 그렇다고 해서 이제 뭐든 다 내 의지대로 살아갈 수
있게 됐다는 뜻은 아니다.

아니 그보다 남의 권유를 거절하는 건 또 그것대로 멘탈을 소
모한단 말이야!

그런 내 고뇌를 마이가 눈치 빠르게 간파했다.

"그런가, 레나코는 볼일이 있는 건가. 그러면 우리들끼리 가도
록 할까. 카호, 아지사이."

으, 또 배려를 받고 말았다.

하지만 정말로 덕분에 살았어요…….

기쁨 반, 한심함 반으로 "헤헤헤……" 하고 비굴한 웃음을 짓고
있던 바로 그때였다.

내 팔이 부드러운 무언가에 꼬옥 감싸졌다.

"맞아."

응?

마이와 아지사이 양, 거기다 카호 짱까지 깜짝 놀라서 내 쪽을 바라보고 있다. 정확히는 내 옆에 서 있는 검은 생머리의 미녀를.

사츠키 양이었다.

"아마오리는 나랑 볼일이 있어. 자, 그럼 갈까."

"엇, 잠깐?!"

마치 연인한테 어리광을 부리는 여자애처럼 내 팔을 끌어안고서 달라붙어 있다.

아니, 그게 아니야. 이건 감옥의 간수가 죄수를 밧줄로 단단히 포박하는 그런 느낌이다!

"우리 볼일이 있었지."

"아뇨, 저기?!"

"있었지?"

물끄러미 내 눈을 들여다본다.

사츠키 양의 눈동자에는 『아침에 했던 얘기를 여기서 계속 이어서 해도 상관없어. 나는 괜찮지만 반에서 네 입장은 어떻게 되려나?』라고 쓰여 있었다.

협박이잖아!

가장 먼저 뭔가 낌새를 눈치챈 카호 짱이 손가락을 딱 튕겼다.

"아하 그런 거구나! 그럼 레나찡은 사 짱을 잘 맡아줘! 우리 두 사람은 마이마이랑 돌아갈 테니까! 자, 자!"

찡긋찡긋하고 카호 짱이 나를 향해 윙크를 난발했다.

아냐, 틀려! 이건 그런 상황이 아니야!

두 사람 화해시키기 작전 같은 게 아니라 마이말살계획 권유라고!

사츠키 양이 내 팔을 꽉 붙잡고서 질질 끌고 갔다. 도, 도와줘 ~~~!

"레나코. 너는."

마이의 강렬한 시선이 나에게 틀어박히자 절로 가슴이 뛰었다.

위험해. 내가 너무 싫어하는 기색을 보였다간 여기서 마이랑 사츠키 양이 다투게 되는 거 아니야……? 그, 그건 좀 봐줬으면 한다!

"으, 응! 그렇게 됐으니까! 다들 미안해, 그럼 내일 보자!"

카호 짱을 따라 하는 건 아니지만 결국 나는 이렇게 대답할 수밖에 없잖아?!

나는 사츠키 양과 달라붙은 채 빠른 걸음으로 걸어갔다.

등 뒤에서 들려오는 "레, 레나 짱~~~? 어째서 둘이 팔짱을 끼는 거야~~~?"

그런 아지사이 양의 가느다란 목소리가 사정없이 내 발목을 잡아끌었지만 계속 걸었다.

저기요, 그건 말이죠…… 사츠키 양이 마이를 화나게 만들려고 이러는 거라고요!!

"제발 좀 봐줘."

"그래서 뭐든지 사주겠다고 말하고 있잖아."

"자판기잖아……."

"뭐야, 불만?"

"아뇨……."

덜커덩하는 소리와 함께 자판기에서 나온 녹차를 집었다. 녹차를 입에 머금자 쌉싸름한 맛에 조금이지만 머리가 맑아졌다. 그후, 사츠키 양과 함께 자리로 돌아갔다.

나는 지금 역 건물에 있는 상업 시설 푸드코트에 끌려와 있었다.

의외로 한산한 데다 시원하고 쾌적하긴 하지만, 시원을 넘어서 한기마저 느껴지는 이유는 눈앞에 있는 사츠키 양이 턱을 괴고 앉아있기 때문일까나.

"그건 그렇고."

자기는 『잡맛이 싫어』라면서 종이컵에 담긴 물을 마시고 있는 사츠키 양이 후훗, 하고 웃음을 흘렸다.

"방금 전에 그 녀석 표정 봤어? 충격을 받았더라. 정말 통쾌해."

사악한 웃음이다…….

"그럼 이걸로 한 방 되돌려줬다는 뜻이네. 좋아좋아, 사츠키 양의 역습은 대성공. 내일부터는 다시 친구 사이, 화해 완료라는 걸로!"

"당연히 이제부터가 진짜 시작이잖아."

"그러시겠죠…….

사츠키 양은 뺨에 손을 올린 채로 입꼬리를 활처럼 끌어당기면서 나를 응시했다.

"역시 너는 그 녀석에게 특별한 사람이네."

"정말로 어째서 그런 걸까요…….

"이유 같은 건 이제 아무래도 좋아. 중요한 건 너에게는 사귈 가치가 있다는 점."

"이만큼이나 타산적이면 오히려 깔끔하게 느껴지네요……."

"좋아한다고 확실히 고백까지 했는데. 내가 부끄러움을 많이 타는 성격이라 그런 말투밖에 못 한다고 가정해보면 어때?"

"귀엽긴 하지만! 절대 그렇지 않잖아?!"

테이블을 손으로 짚고서 벌떡 몸을 일으키자, 사츠키 양은 기 죽지 않고서 흡사 자기는 청렴결백하다는 것 같은 표정으로 나에 게 시선을 던졌다.

나도 모르게 숨이 멎었다. 사츠키 양의 살짝 치켜 올라간 가느 다란 눈동자는 밝고 깨끗한 게 아니라, 굳이 말하자면 어둡게 탁 해져 있었지만 나에겐 그게 너무나 아름답게 보였다.

윤기가 도는 새까만 깃털을 가진 새가 헤엄을 치는 것처럼, 촉 촉하게 빛나는 사츠키 양의 미모.

그건 한밤중에 혼자서 올려다본 밤하늘의 달처럼 어딘지 외로 이 시선을 잡아끌며 마음을 꽉 움켜쥐는 감각이었다.

바로 시선을 피해버린 건 내 쪽이었다. 평생 못 이길 것 같은 느낌이다.

"……너도 마찬가지로 많든 적든 그 녀석이 민폐를 끼치고 있 잖아."

"그거야 뭐."

당장 어제도 마이한테 속아서 파티에 끌려갔다 온 참이다. 수 명이 100년은 단축된 느낌이었다.

마이의 콧대를 어떻게든 한 번 꺾어주지 않으면 평생 우위를 빼 앗긴 채로 있게 될 거라는 사실도 잘 알고 있다.

하지만 그건 다른 사람과 책략을 꾸며서 이뤄내는 게 아니라 자기 자신의 힘으로 해내야 한다고 생각한다…….

"그렇다고 이런 식의 방법은 좀…… 나랑 사츠키 양이 사귀고 있는 모습을 보여주고 그걸로 마이에게 상처를 준다니…… 친구를 상대로는 마음이 편치 않다고 해야 하나…….."

"……친구."

작고, 무미건조한 읊조림.

사츠키 양은 멍하니 손에 쥐어진 종이컵에 시선을 떨어트렸다.

"아마오리, 우리는 친구야?"

"어?"

무슨 의미지……?

그냥 말 그대로의 의미로 받아들인다면 나는 사츠키 양을 친구로 생각하고 있느냐 어떠냐는 뜻이겠지만.

그건…… 어렵다…….

"모, 모르겠어…….."

"……엄청나게 솔직하게 대답하는구나, 너."

"그야!"

부적이라도 되는 것처럼 녹차를 움켜잡았다.

"사츠키 양이랑 일대일로 대화해본 적도 거의 없는 데다! 내가 친구라고 여긴다고 해도 사츠키 양이 그렇게 생각해주지 않는다면 충격을 받을 테고! 거기다『물론 친구야! 나는 사츠키 양을 소중하게 생각하고 있는걸!』이라고 말했다간 어쩐지 화를 낼 것 같은 분위기니까!"

"화내지는 않겠지만, 그러면 협력해 주는 거지? 라고 말할 거야."

"함정문제였어! 제발 그런 건 하지 말아주세요, 저는 바로 걸려드니까요!"

비명. 사방팔방에서 덮쳐오는 사츠키 양의 마수에 이젠 눈물까지 나왔다.

하지만 거기서 사츠키 양은 손으로 뺨을 괴었다.

"좋아, 알겠어."

"어……."

사츠키 양이 토라진 것처럼 고개를 휙 돌렸다.

"어차피 처음부터 이런 작전이 잘될 거라고는 생각하지 않았어. 딱히 너에게 무리를 시키고 싶었던 것도 아니고. 억지로 어울리게 만들어서 미안해."

"그게, 아뇨."

갑자기 사과를 받으면 부모님이랑 같이 온 낯선 거리에 나 혼자만 덩그러니 남겨진 것 같은 기분이 든다.

어떻게 해야 좋을지 알 수 없어진다.

"그리고 너와 나는 친구가 아니라 그저 같은 그룹 안에 있을 뿐이야. 그걸로 됐지. 자, 그럼 끝이네."

사츠키 양은 그렇게 말하며 이야기를 매듭지었다.

……아무래도 나는 해방된 모양이다.

하지만 여기서 사츠키 양만 내버려 두고서 『그럼 저는 이만 집에 가서 게임을 할 거라서……』 같은 소리를 하며 작별을 고하는 것도 상당히 용기가 필요한 선택지 아닌가…….

"저기."

"뭐야."

나는 사츠키 양의 안색을 살폈다.

"그럼 이제 화해하는 거라고 생각해도 괜찮을까요?"

"…………너, 지금 이런 대화를 해놓고 그런 소릴 해?"

"엇, 뭔가 잘못한 거야……?"

"바로 그런 점."

벌레를 바라보는 눈으로 쳐다본다. 무서워.

"하지만 둘이 화해해주지 않으면 너무 거북해서…… 내가 학교에 가는 게 괴로워……. 등교 거부를 해서 부모님께 폐를 끼치게 될 거라…….."

"잠깐 아마오리. 왜 울 것 같은 표정을 짓고 있는 거야. 어? 그거 협박? 네가 나를 협박하는 쪽이야?"

모르겠어…….

"아, 정말이지."

사츠키 양이 초조한 듯이 언성을 높였다.

"알겠어. 화해할게. 해주면 되잖아. 지금까지 하던 것처럼 내가 또~~~~ 양보하면 되는 거잖아. 죄책감이라고는 손톱만큼도 없는 그 녀석에게!"

"앗…… 사츠키 양 상냥해……."

"다만 그 대신에."

"무서워!"

사츠키 양이 손가락 두 개를 펼쳤다.

"**2주일**. 단 2주일 동안만이라도 괜찮으니까 나랑 사귀어줘. 그게 끝나면 화해해줄 테니까."

2주일이면 마침 여름방학에 돌입할 때쯤이다.

"이번엔 너한테 제대로 부탁하겠어. 그 바보는 계속 나 같은 건 상대도 해주지 않았지만, 드디어 약점을 찾아낸 거야. 그러니까."

살짝이지만 사츠키 양은 확실하게 고개를 숙였다.

겨우 이런 나를 향해.

"……협력해줘, 부탁이야."

지금까지 한 번도 들어본 적 없는 것 같은 진지한 목소리였다.

……사츠키 양은 단순히 마이가 미워졌다는 이유만으로 이러는 게 아니다. 나로서도 그걸 분명히 알 수 있었다.

저번에도 사츠키 양이 없었더라면 나는 마이가 뭘 할 생각인지 까맣게 모르고서 연인 모집 파티를 막지도 못했을 거고, 마이도 어디 사는 누군지도 모르는 누군가랑 사귀고 있을지 모르는 거니까.

어떤 의미로는 마이의 은인이기도 한 사츠키 양의 부탁을, 나로선……

흘끔 사츠키 양의 눈을 마주 보았다.

"그 정도라면 뭐……. 하지만 너무 말도 안 되는 부탁은 들어주지 않을 거니까."

"그래."

이제야 겨우 안도한 것처럼 사츠키 양의 뺨이 느슨해졌다.

"물론이야. 고마워, 아마오리."

"응……."

"그러면 내일부터 2주일 동안, 나랑 너는 교제하는 사이인 거야, 잘 알겠지."

"으으…… 네……."

너무 성급하게 결단을 내렸다는 기분도 드는데…….

그래도…… 응.

내가 남들의 부탁이나 권유를 거절하지 못하는 성격이라는 점을 감안하더라도 이대로 사츠키 양을 내버려 두는 건 어쩐지 불쌍하게 느껴졌다.

사츠키 양은 나같이 평범하기 그지없는 사람과는 다르게 훨씬 강한 사람이지만 말이지. 하지만 강하다고 해서 항상 당하기만 하고 손해만 봐도 괜찮다는 뜻은 아니라고 생각한다. 그런 의미에서 나는 분명 당하는 쪽에 서 있는 사츠키 양의 마음에 공감하게 되는 거겠지.

친구 사이의 싸움에 손을 빌려주는 건 무리지만 그게 두 사람을 화해하게 만들기 위해 필요한 일이라면 어쩔 수 없지…… 하고 대의명분을 부여했다.

그리고 조금, 아주 조금이지만.

사츠키 양한테 옴짝달싹 못 한 채로 『젠장!』이라고 외치는 마이를 보는 건 즐거울 거 같다는 그런 마음도 있으려나 없으려나.

나는 마음 약한 사람이야……!

"저야말로 부디 잘 부탁드립니다……."

이렇게 우리들은 단 2주일뿐이지만 연인 사이를 연기하게 되었다.

마이 다음은 사츠키 양인가…….

하지만 어떤 의미로는 좋은 기회일지도 모른다. 친구와 연인을 교대로 오갔던 마이 때랑은 다르게 이번에는 어느 정도 확실하게 정해진 기간 속에서 하는 연인체험이다. 내가 얼마나 연애에 걸맞지 않은 사람인지를 뼈저리게 느낄 수 있을 것 같다.

아냐, 적어도 긍정적으로 받아들여야 해. 하루도 지나지 않아 우는소리를 하게 될 거 같으니까!

뒷정리를 마치고 푸드 코트를 나왔다.

7월의 기온은 저녁이 되어도 식지를 않아서 더위가 몸을 휘감는다.

오늘은 많은 일이 있었네……. 사실 전부 사츠키 양 관련이었지만.

"사츠키 양?"

그 사츠키 양은 푸드 코트에서 몇 발자국 나오자마자 멈춰 서 있었다.

"저기, 잠깐 어디 좀 들러도 될까?"

"어? 응. 아, 그래도 너무 사람이 많은 장소가 아니라면야."

"뭐야 그거. 난 걔가 아니니까 괜찮아. 금방 끝날 거야."

금방 끝난다면야 뭐, 하고 나는 사츠키 양의 뒤를 가벼운 발걸음으로 따라나섰다.

역에서 걸어서 5분 정도. 사츠키 양이 멈춰 선 곳은 주택가 한 가운데에 덩그러니 놓인 신사였다. 경내는 공원처럼 되어 있어서, 저기 구석에선 학교를 마친 초등학생들이 공을 가지고 놀고 있다.

평화로운 분위기 속, 불어오는 바람도 어쩐지 서늘하게 느껴졌다.

"왠지 느낌이 좋은 곳이네."

"그래. 이곳은 말이지, 나에겐 조금 추억이 있는 장소야."

토리이를 지나 좁은 산도를 걸어가자 작은 배전이 있었다.

그나저나 신사 앞에 선 사츠키 양은 정말 한 폭의 그림이네…… 마이랑은 다르게 청초한 전통적인 미인상이라서 그런 걸까. 전통복이나 무녀복이 어울릴 것 같아.

"어어, 여기에 자주 놀러 와?"

"그래. 가령 날카롭게 의욕을 불태우고 싶을 때라거나."

"멋진 추억이 있나 보네."

"그땐 초등학생이었던 오우즈카 마이가 엄청나게 풀이 죽은 채로 체면조차 내던지고 나한테 매달렸던 걸 떠올릴 수 있으니까…… 후후후……."

"멋진 추억 맞습니까?!"

"평생 동안 빛이 바래지 않을 영원의 미주야."

옛날에 사츠키 양이 마이한테 완벽한 승리를 거뒀을 때의 추억 같은 거려나…….

"그런 옛 전쟁터 같은 곳에 나를 데려오고서 뭘 어쩔 생각인가요……."

"우리는 그 여자를 쓰러트리겠다고 결심했으니까, 약속을 나누기에 이보다 더 어울리는 장소는 없다고 생각했는데?"

"쓰러트리는 게 아니야! 화해! 인연 맺기!"

인연 맺기는 좀 아닐지도 모르겠다.

"뭐, 그러니까 아마오리, 일단은 말이지. 단 2주일뿐이지만."

사츠키 양이 머리카락을 귀 뒤쪽으로 쓸어 넘기면서 나를 마주 보았다.

석양을 등에 진 채로 뺨은 아주 살짝 붉게 물들어 있어서, 기습처럼 가슴이 두근거렸다.

"나는 결점투성이고, 설녀 같다는 말도 자주 들어. 스스로도 쌀쌀맞은 성격이라는 건 잘 알고 있어. 네가 좋아하는 타입은 아닐지도 모르지만…… 그래도 은혜는 갚는 여자야."

"아뇨, 그보다 제 타입이라니……."

"너는 금발 벽안에다 쿼터인 여성을 좋아하는 거 아니었어?"

"보통은 만나볼 일조차 없잖아?!"

"그럼 세나 같은 타입이 취향이구나."

"윽."

갑자기 튀어나온 아지사이 양의 이름에 나도 모르게 앞으로 고꾸라질 뻔했다.

"애초에 뭔가 오해하고 있으신 거 같은데 나는 여자아이를 좋아하는 게 아니니까 말이죠?!"

"그런 거야? 그럼 역시 나는 완전히 취향 밖이겠네."

저기, 그게…… 사실 좋아하지 않는 건 또 아니기는 한데…….

잠깐, 아니야 아니야! 마이한테 내 인생이 오염되고 있어!

"그런데도 네가 나랑 사귀어주는 거니까 더더욱 너의 연인에 걸맞게 행동을 해야지."

뭐, 뭔가 엄청난 일이 되어버렸다.

아예 바닥부터 공략해오는구나, 사츠키 양……

"하, 하지만 사츠키 양은 딱히 나를 조, 좋아하는 것도 아니잖아? 마이가 나를 좋아하니까 사귀는 것뿐이잖아?"

"그건 그렇지만."

그건 맞구나!

사츠키 양은 솔직담백하게 말했다.

"좋아하냐 아니냐는 별로 상관없잖아. 나는 우리가 함께 맺은 계약을 준수하겠어."

"맞선 결혼 같아……"

"그러네, 어떤 의미로는 거기에 가까울지도 몰라."

지금 시대에는 결혼의 형태도 다양하다. 아이를 키우기 위해서거나, 금전적 사정 때문이거나, 어쩌면 그저 외로웠을 뿐이거나.

서로 사랑하는 사람과 함께하는 연애보다도, 훨씬 더 다종다양한 시츄에이션이 존재한다.

우리 같은 경우, 사츠키 양은 마이한테 되갚아주기 위해서고, 나는 두 사람을 화해시키고 싶으니까.

서로에게 이득이 되는 계약이니만큼 이건 대등한 계약이지만 사츠키 양은 아직 그걸로는 부족하다고 생각하는 모양이었다.

"그래서 짧은 시간 동안이지만 아내로서 너에게 전심전력을 다

하도록 할게."

"어, 어어어어어…… 뭐, 뭐야 그 말은……."

단숨에 온몸이 확 달아오르고 말았다. 아내, 아내라니…….

역시나 사츠키 양도 쑥스러워하는 것 같다.

"뭐야, 그렇게까지 놀라지 않아도 되잖아."

"아뇨, 그렇지만 그 사츠키 양이 그런 소릴 하면 절로 움츠러든다니까요……."

"어디의 어떤 사츠키를 말하는 건지는 잘 모르겠지만, 나를 위해 사귀어주는 거잖아. 너한테도 조금은 이득을 보는 부분이 있어야겠지."

"이, 이득이라는 건 뭔가요……?"

사츠키 양은 아무 말도 하지 않고서 나를 가만히 바라보았다.

대체 뭔가요?!

"기대해도 좋아."

"히이익……."

위험해, 위험해위험해. 마치 열기구처럼 머릿속에서 망상이 점점 부풀어 오른다.

흐트러진 음란한 목소리로 나를 부르는 사츠키 양의 모습이 그려지자 황급히 손을 저어 털어냈다.

항상 무뚝뚝한 표정으로 어른스럽게 행동하는데도, 나만을 위해 특별한 표정을 보여주는 날에는 그 갭에 껌뻑 죽고 말 것이다.

나 같은 아싸는 마이같이 휘황찬란한 타입보다는, 굳이 말하면 살짝 그늘진 미인인 사츠키 양 같은 타입 쪽이 더 취향을 저격당하는 법이니까!

"잠깐…… 너, 얼굴이 완전 새빨간데."

"어?! 그런가요!"

그렇겠죠!

사츠키 양이 눈길을 피했다.

"……너, 그렇구나, 그런 거였구나. 네 취미보고 뭐라 말하지는 않을 거고, 만약 네가 그런 걸 바란다면야 나도 일단은…… 할 수 있는 만큼 최대한 노력해보겠지만……."

"기, 기다려!"

나는 그런 관계는 거북해서요! 연인보다 친구가 좋다는 걸 확실하게 이해하고 있으니까요! 이런 두근거림은 방해일 뿐이라고요!

"하, 하고 싶은 거 아니야! 그런 걸 하고 싶은 건 절대 아닙니다! 태어나서 단 한 번도 하고 싶다고 생각해 본 적 없이 이 나이까지 살아왔습니다!"

나는 지금 온 힘을 다해 무슨 소리를 외치고 있는 거야. 신사에 와서 나눌만한 대화가 아니잖아.

"그렇다면야 안심했어. 그런 걸 요구하더라도 나는 그런 쪽 지식은 별로 없으니까……."

"절대 요구하지 않을 테니까요!"

거듭 외치자 사츠키 양이 살짝 얼굴을 찌푸렸다.

"……그런데 너, 오우즈카 마이한테는 요구하고 있었지? 그건 또 은근히 마음에 들지 않네."

"그런 부분에서 대항심 불태우지 말아 줄래?! 아니 그보다 내가 요구하는 게 아니라고! 마이가 일방적으로 나한테 덮쳐들 뿐이니까!"

"나도 일반적으로 미인이라고 불릴만한 범주에 들어간다고 생각하는데?"

"이미 절실히 통감하는 바입니다! 사츠키 양은 엄청난 미인이라고요!"

그러나 사츠키 양은 머리카락을 손으로 쓸면서 상당히 별것 아니라는 듯이 "뭐, 그렇지"라고 말했다. 거기선 부끄러워하지 않는 거군요!

"그나저나 아내라든가, 결혼에 가깝다든가, 너무 그렇게 진지하게 생각하지 않아도……. 겨우 2주뿐이기도 하니까……."

"너, 그렇게 가벼운 여자였어……?"

"아니—! 그런 의미가 아니라!"

불쾌하다는 듯이 눈썹을 찌푸리는 사츠키 양. 상처받는다고!

"아마오리가 어떻든 간에 나는 내 신념대로 행동하겠어."

"애초에 동기부터가 마이한테 과시하려는 거면서……."

"신념을 토대로 행동하겠어."

아, 알겠습니다…….

"그러면 2주라는 짧은 기간 동안입니다만……."

"그래, 잘 부탁할게, 당신."

……지금 『당신』의 뉘앙스가 뭔가 조금 평소랑 다르지 않았어? 배우자를 부르는 의미의 당신이라는 느낌 아니었어? 내 기분 탓

인가……

"사츠키 양은 의외로 좋은 아내가 될 것 같네……."

"그래? 글쎄 어떠려나. 너는 밤일에 능숙한 여자가 취향일 거 같은데……."

"오해! 그건 오해야!"

이젠 완전히 나를 엄청 밝히는 캐릭터처럼 취급하고 있잖아! 어째서 이렇게 된 거야?!

사츠키 양의 추억이 담긴 신사를 엉망진창으로 더럽힌 것 같은 대화를 마치고, 이제 그만 가려고 했을 때 사츠키 양이 손을 내밀었다.

이제부터 잘 부탁한다는 의미의 악수인 걸까 싶어서 손을 맞잡았다.

"그게 아니야. 일단 이렇게 됐으니 겉모양부터…… 어떨까."

"앗."

사츠키 양의 손가락이 내 손에 얽혔다.

서늘한 감촉이 내 손바닥을 감싸 안았다.

연인 손깍지다.

"나는 뭐든 어중간한 건 싫어해."

"아뇨, 그렇지만 저기."

친구조차도 아니라는 말을 했던 상대가 갑자기 거리를 좁혀 들어오자, 가슴속이 묘하게 간질간질했다.

내 옆에 나란히 선 사츠키 양의 표정도 딸기만큼이나 빨갛게 달아올랐다.

"……괜찮잖아. 이 정도는 해주지 않으면 사귄다고 할 수 없는 걸."

입을 삐쭉이며 고집스레 말하는 얼굴은 마치 엄마의 립스틱을 몰래 바른 초등학생 여자애 같았다.

나는 처음으로 사츠키 양에게 무섭다거나, 예쁘다거나 그런 느낌이 아니라.

……귀엽구나, 하는 생각을 품고 말았다.

마주 쥔 손의 감촉도 마이와는 전혀 다르다. 다른 여자애다. 내가 지금 다른 여자아이와 손을 맞잡고 있다는 걸 실감하게 된다.

두, 두근거리기 시작했어…….

"저, 저기, 사츠키 양…… 역시 손을 맞잡는 건 좀."

겁을 먹고 있는 나를 향해 사츠키 양은 가방에서 스마트폰을 꺼내더니 기쁜 듯이 미소 지었다.

"저기, 일단 증거로 우리가 맞잡은 손을 사진으로 찍어 놓을까."

"어?"

"그렇지, 이걸 인스타에 올리는 건 어때? 그런 걸 보통 낌새를 풍긴다고 말하잖아? 후훗, 아주 즐거울 것 같아. 걔가 몸부림치며 괴로워하는 얼굴이 눈에 선하네."

"그룹 전원한테 단숨에 들킬 거야! 그런 짓을 하면 바로 이혼이니까! 이혼!"

뭐가 귀엽다는 거람! 정체를 알고 보니 공주님의 암살을 꾸미는 나쁜 마녀잖아!

앞으로 2주간. 결코 만만치 않을 거라는 예감에 나는 몸을 부르르 떨 수밖에 없었다!

* * *

그런 이유로 우리가 연인으로서 보내는 일상이 시작됐다는 뜻이다.

물론 연인이라고 해서 학교에서도 24시간 빠짐없이 사츠키 양과 함께 있을 수는 없는 노릇이다. 아니 오히려 학교에서는 지금까지 해왔던 그대로다.

또 그렇다고 해서 집에 돌아간 뒤에 둘이서 꿀이 떨어지는 길고 긴 전화 통화를 하는 것도 아니다. 심지어 문자조차 주고받지 않는다.

어, 그럼 대체 뭐가 있는 거지……? 사랑……? 제일 먼저 없는 게 그건데.

온전하게 우리 둘이서만 보내는 시간은 오로지 하교할 때가 전부였다. 으—음, 얌전하네.

참고로 우리들이 둘이서 함께 귀가한다는 사실에 대해서는 카호 짱이 다른 친구들한테 잘 설명을 해준 모양이다. 실제로도 이게 두 사람을 화해시키는 계획의 일환이라는 점은 틀림없으니까……

자, 그래서 사츠키 양과 함께하는 오늘의 귀갓길.

"아마오리, 취미는 뭐야?"

"어, 나, 나 말이야?"

질문을 받았는데도 되묻고 말았다. 그도 그럴 게 엄청 의외라는 느낌이라.

"일단 너에 대해서 여러 가지로 알아볼까 싶어서."

내 취미라…….

게임, 그리고 게임 관련 동영상 시청, 인터넷, 애니메이션, 대충 그런 느낌…….

그중에 뭘 말하든 얼굴을 찌푸리지 않으려나. 사츠키 양이라면 어쩐지 『전부 머리 나빠 보이네, 아마오리에겐 안성맞춤이야』라고 말할 것 같은 느낌이 들어……. 말하기 힘들다.

아니, 어쩌면 사츠키 양도 집에서는 게임을 굉장히 많이 하는 편이라 『그래, 나도 게임 좋아해. 몬헌은 3만 시간 플레이했어』라고 말해줄지도 몰라. 일말의 희망을 품고서!

"구, 굳이 말하자면 게임이려나."

"게임이라면 인생 게임 같은 거? 그걸 혼자서 하는 거야?"

이건 백퍼센트 게임을 하지 않는 사람의 발상이다!

"으, 응, 뭐, 그런 느낌일까."

"아마오리."

평탄한 억양이었지만 나는 그 목소리에 움찔했다.

"어째서 거짓말을 하는 거야?"

"엇."

사람의 마음을 꿰뚫어 보는 마녀의 눈동자가 내 마음속의 약한 부분을 들춰냈다.

"너에 대해서 알아보려고 질문하고 있는 건데 네가 얼버무리면 아무런 의미도 없잖아. 똑바로 대답하도록 해."

나는 울었다.

"흐으윽, 죄송합니다……."

"자, 잠깐."

간신히 눈물이 뺨을 타고 흘러내리지는 않았지만, 너무나도 강력한 정론이라서 내 멘탈 포인트는 순식간에 바닥을 치고 말았다.

"사실은 게임을 하고 있어요, 형사님……. 총으로 투다다다 하고 사람을 쏘는 야만스러운 게임입니다……."

역시 사츠키 양은 나에겐 너무 벅찬 상대다…….

분명 쓰레기를 바라보는 눈으로 보고 있을 거야. 『그래, 너는 현실이 잘 풀리지 않으니까 그 울분을 게임 속에서 풀려고 하는 거구나. 소위 말하는 게임 중독이라는 거네. 불쌍해라』 같은 느낌. 와이드 쇼에서 어른들이 편견으로 가득 찬 말을 할 때처럼 그런 소리를 듣게 될 거야!

사츠키 양은 "아아" 하고 고개를 끄덕였다.

"에프피에스라고 부르는 그거지."

"알고 계신가요?! 그 사츠키 양이?!"

"지금 그 말에서 형언할 수 없는 모욕을 느꼈는데."

"당치도 않습니다! 뭐라고 해야 하나, 사츠키 양은 그 있잖아. 언제나 깨끗하고 올곧게 걸어가고 있는 분위기라! 게임 같은 건 불량한 애들이나 하는 거고 인생의 낙오자라 그런 걸 갖고 놀면 바보가 될 테니까!"

"요즘 같은 시대에 그렇게까지 편협한 고정관념을 가지고 있는 사람이 더 드물 거라고 생각하는데…… 뭐, 가끔씩 엄마가 하고 계시는 걸 보니까."

"뭐라고요, 어머니가."

정말로 의외다. 사츠키 양의 어머님이라니, 절대 게임 같은 걸 하지 않을 이미지인데.

"뾰쪽한 안경을 쓰고서 입만 열면 공부, 공부라고 말할 것 같아?"

"내 마음을 읽었어!"

"읽은 적 없어."

사츠키 양은 나를 보며 미소 지었다.

"하지만 그렇지. 그런 이미지로 보이는 건 자주 있는 일이니까. 실제로는 전혀 달라. 네가 알 기회는 평생 없겠지만."

"앗, 넵."

웃는 얼굴만으로 매몰차게 거절하는 스타일, 대체 뭐람.

"에프피에스, 재밌어?"

"어?! 아뇨 글쎄 어쩌려나! 사람에 따라 다르다고 생각하는데!"

"뭐든 사람에 따라 다른 건 당연하잖아. 지금 나는 너와 대화하고 있는 거니까 너의 주관을 묻고 있는 거야."

"그, 그렇겠죠. 그렇다면 조…… 좋아하네요. 게임을 하고 있는 동안에는 다른 고민을 생각하지 않아도 되니까……."

사츠키 양은 쿡쿡 웃었다.

"그렇구나, 이해가 가. 나도 멋진 책과 만났을 때는 시간은커녕 침식도 잊을 정도로 푹 빠져서 읽곤 하는걸."

"헤에······. 아, 사츠키 양은 어떤 책을 좋아해?"

"대체로 뭐든 가리지 않고 읽지만 좋아하는 장르는 인간이 묘사되어 있는 책이려나."

인간. 아리송해 보이는 내 모습을 보고서 사츠키 양은 한숨을 쉬거나 하지 않고, 자연스럽게 설명을 해줬다.

"감정이라고 해야 할까. 극한 상황에 몰려서 아슬아슬한 순간이 되자 드러나는 본성이라든가, 아무리 생각해도 도저히 손쓸 도리가 없는 상황에 빠져도 필사적으로 발버둥 치며 절망하지 않는 모습 같은 거. 그런 노골적인 인간의 마음이 묘사되는 이야기를 특히 좋아해."

"그렇구나. 아, 나도 그런 거 좋아해!"

"······정말로?"

"엣, 이번엔 정말인데요?!"

비명을 지르자 사츠키 양은 새치름한 표정으로 살포시 웃었다.

"알고 있어. 이번 건 농담."

"시, 심술궂어······!"

"어째서 그렇게 필사적인데."

"그거야······."

눈을 깔았다.

"사츠키 양한테 미움 받고 싶지 않으니까······."

사츠키 양의 안색을 흘끔 살피자, 사츠키 양은 아주 살짝 놀랐는지 눈을 크게 뜨고 있었다.

나는 조금이라도 나 자신을 좋게 봐줬으면 해서 외면을 꾸미기도 하고, 어울리지도 않는 짓을 하기도 한다.

진정한 나 자신은 정말 보잘것없는 연약한 동물이고, 그런 진솔한 내 모습을 알게 된다면 분명 싫어하게 될 게 분명하니까……

하지만 마치 그런 내 연약함마저 간파한 것처럼 사츠키 양은.

"미워하지 않아."

"엇."

진심이 흘러나온 것만 같은 목소리.

사츠키 양은 머리카락을 귀 뒤쪽으로 쓸어 넘기면서 입꼬리를 치켜 올렸다.

"어차피 애초부터 너를 그렇게까지 좋아하지 않았는걸."

"잠깐잠깐잠깐잠깐—!"

상냥하게 대해준다 싶었더니 사츠키 양이 갑자기 손바닥을 확 뒤집었다.

나한테 있어서 사츠키 양은 버프를 해줬다가 갑자기 너프를 먹이는 짓을 반복하는 게임 운영진처럼 아직도 종잡을 수 없는 사람이었다.

역에 도착했다. 우리들은 서로 집이 반대 방향이다. 개찰구를 지나 각자 반대편 홈으로 향하려고 했을 때, 사츠키 양이 나를 불러 세웠다.

"저기, 아마오리."

"네, 넵."

이번엔 또 무슨 심술궂은 소리를 하려나 싶어서 몸을 굳히며 뒤를 돌아봤지만 그게 아니었다.

"혹시 괜찮다면 다 읽은 소설이 있는데…… 읽어 볼래?"

"앗, 응! 읽을래!"

"싫으면 거절해도 괜찮…… 대답이 빠르네."

"사츠키 양이 항상 어떤 책을 읽고 있는지 흥미가 있었거든!"

"……그래."

사츠키 양은 학교 가방 속에서 모노톤 북커버를 씌운 문고본 책을 꺼내더니 나를 향해 내밀었다.

"돌려주는 건 언제가 됐든 상관없어. 너라면 좋아할만한 내용이라고 생각하지만 만약 지루하다면 억지로 마지막까지 읽지 않아도 괜찮아."

"고마워!"

사츠키 양과 나누는 화제도 늘어날 테고, 실제로도 제법 책 읽는 걸 좋아한다. 그야 외톨이 시절 내 친구는 보건실이나 도서실이었으니까…….

사츠키 양은 어쩐지 안절부절못하고 있었다.

"내가 좋아하는 책을 남에게 권하는 일은 그다지 없었지만 적어도 내가 먼저 다가서야 한다고 생각했으니까."

엇, 이건 사츠키 양이 살짝 부끄러워하는 느낌……?

어제 했던 맞선 결혼 선언이 갑자기 생각나는 바람에 나도 뺨이 뜨거워졌다.

새삼 이제 와서 하는 말이지만 나랑 사츠키 양은 지금 사귀고 있는 사이지……. 좋아하는 책을 서로 주고받는다니, 어쩐지 굉장히 연인스럽잖아…….

"아마오리를 보고서 한층 더 그렇게 느꼈어."

뭣. 움찔했다. 내, 내가 뭔가 했나⋯⋯?

"기껏 사귀는 사이가 되었는데도 얼버무리거나, 겉만 번지르르하게 꾸며서야 언제까지고 서먹서먹한 느낌일 거라고. 훌륭한 반면교사가 되어줘서 고마워."

"그거참 천만의 말씀이네요!"

나는 사츠키 양이 빌려준 책을 품에 안고서 자포자기 상태로 외쳤다.

집으로 향하는 전철에 앉아 바로 책을 펼쳤다.

길이 잘 들어 있는 북커버다. 어쩐지 아직도 사츠키 양의 온기가 남아있는 것처럼 느껴졌다. 무의식적으로 얼굴에 대고 냄새를 맡아보려고 했던 자신의 행동을 깨닫고서 퍼뜩 정신을 차렸다.

나는 대체 뭘 하려고 했던 거람. 타임타임. 지금 건 무효야. 책에 집중하자.

라이트노벨도 잘 읽지만 이 책은 문학? 인 것 같았다. 으, 너무 어려운 책이면 나한텐 허들이 좀 높을지도⋯⋯.

하지만 문체는 어렵지 않았다. 아, 생각보다 읽기 쉬울 것 같다.

회사에 근무하는 27살의 여성이 주인공인 이야기다. 응응, 어디 보자.

그렇구나. 시작한지 3페이지 만에 주인공이 지나가던 여고생과 농밀한 성행위를 펼치기 시작했다. 정사를 나누는 장면의 묘사가 끈적끈적하고 세밀하게 그려진다.

．．．．．．．．．．．．．．．．．

나는 얼굴이 뜨거워져서 큰 소리로 책을 덮었다.

주변 승객이 얼굴에 물음표를 띄우고서 나를 바라보는 느낌이다.

코토 사츠키, 코토 사츠키이…….

부들부들 떨면서 마음속으로 외쳤다.

대체 뭐가 『너라면 좋아할만한 내용』이냐고!!

＊ ＊ ＊

하지만, 어디까지나 하지만이다.

다음 날 사츠키 양한테 불만을 쏘아줄 생각으로 등교했는데, 아침부터 제일 먼저 마이의 태양광과도 같은 "좋은 아침"을 쐬었더니 저절로 내 안에 죄책감의 씨앗이 무럭무럭 자라나기 시작하고 말았다.

"조, 좋은 아침……."

나도 모르게 마이를 피하는 것처럼 곧바로 내 자리로 향했다.

"흠" 하고 뭔가를 확인하려는 듯한 마이의 목소리가 들려온 것 같기도 하고 아닌 것 같기도 하고.

새삼 이건 위험하다는 생각이 들었다. 물론 분위기에 휩쓸려 사츠키 양과 사귀게 된 것 말이다.

마이랑은 연인이냐 친구냐를 두고서 온갖 싸움을 벌여놓고는 단 2주일뿐이라곤 하지만 아무렇지도 않게 사츠키 양이랑 연인이 되다니…….

양심 없다? 불건전하다? 심정적으로는 불편한 상황이지만⋯⋯ 뭐, 이것도 마이와 사츠키 양을 화해시키기 위한 거니까, 결과적으로는 마이를 위한 일이야!

친구의 마음을 배신하는 짓이 되지는 않겠지! 아마도!

인간관계라는 건 참 어렵네ー!

하지만 뭐, 응. 어쨌든 간에 2주 뒤에는 두 사람이 화해한다는 건 확실한 거니까. 학교의 거북한 분위기도 언제 끝날지 보인다면야 어떻게든 참아낼 수 있다. 응응.

내가 그렇게 생각할 수 있었던 건 아침뿐이었다!

"잠깐 괜찮을까, 레나코."

"어? ⋯⋯켁!"

나는 점심시간에 마이의 호출을 받았다.

뭐, 뭐지 이 녀석! 왕자의 감이라는 건가?!

복도로 나와 나란히 걸었다.

마이의 머리카락은 하나로 묶여있는 상태. 친구 모드라는 게 살짝 안심할 수 있는 점이었다.

"그, 그럼, 옥상?"

"아니, 미안해. 내 피부는 자외선에 민감해서 지금 계절엔 옥상에 있기 조금 힘들거든. 너와의 추억의 장소니까 만약 옥상이 좋다면야 양산을 들고 가겠지만."

"그건 역시 너무 눈에 띄잖아⋯⋯. 어, 그러면 어디로 갈 거야? 빈 교실이라거나?"

"조용한 장소야."

그렇게 말은 해도 이 학교 안에서 오우즈카 마이가 밀담을 나눌 수 있을만한 장소는 많지 않다. 방과 후라면 또 모를까, 지금은 점심시간이니까. 마이도 마주치는 학생들과 쉴 틈 없이 인사를 주고받고 있었다.

마이도 그걸 모를 리가 없을 텐데…… 아니, 정말 알고 있을까? 어쩐지 걱정되기 시작했다. 방송실에서 마이크를 켜둔 채로 사랑의 고백을 날리지는 않겠지……? 파티 회장이면 모를까, 학교에서 그런 소리를 하면 나는 전교생의 무시를 받게 되는 건…….

마이는 현관에서 신발을 갈아 신고서 그대로 밖으로 나갔다. 학교 뒤편 그늘로 갈 생각인가?

아니었다. 마이의 발걸음은 그대로 교문 쪽을 향하고 있었다. 그렇구나. 학교를 빠져나가 대화를 나눈다면 적어도 교내의 학생들이 볼 걱정은 없겠지.

그것도 아니었다. **교문 앞에 검은 리무진이 주차되어 있었다.**

어? ……어?

운전사로 보이는 정장 차림의 여성이 차에서 내리면서 뒷좌석 문을 열었다.

"자아, 타렴. 달링."

마이한테 손바닥을 붙잡혀서 그대로 안으로 이끌려 들어갔다.

차 안은 널찍한 공간 안에 당구대처럼 생긴 테이블이 놓여있는 데다, 시원하게 에어컨도 틀어져 있었다. 벽면에는 양주 몇 병이 나란히 진열되어 있다.

우오오…… 영화 속 세계……!

자리에 앉자 그대로 부드럽게 삼켜질 것만 같이 푹신푹신하다……

마이가 내 맞은편에서 긴 다리를 꼬며 앉았다. 엄청난 관록이다.

"여기라면 아무도 엿들을 수 없어. 마음껏 이야기를 나눌 수 있 겠지?"

"아니 그렇기는 한데…… 그렇긴 한데 말이지?! 『좋은 생각이 지?』라는 표정을 지어도 발상이 뛰어난 게 아니라 재력의 승리잖 아?!"

"승리가 확실하다면야 어느 쪽이든 상관없지. 자, 뭐라도 마시 지 않겠어? 스카치? 버번? 아니면 칵테일을 만들어 볼까."

"오우즈카 집안 법률과 일본 법률은 다르다고! 어디 사는 여고 생이 점심시간에 칵테일을 한잔하고서 수업에 들어가냐고!"

"우리 둘만의 달콤한 비밀이 이렇게 또 하나 늘어나고 말았는 걸."

"그냥 술을 강요하는 짓이잖아?! 설마 동급생한테 당할 거라곤 생각도 못 했어!"

그런 대화를 주고받는 사이에 운전수 언니가 유리잔에 페리에 를 따라주었다. 다행이다 그냥 조금 고급스러운 음료다…….

아니, 지금 안심하고 있을 때가 아니야. 아직 본론에 들어간 게 아니잖아.

나를 불러낸 건 사츠키 양에 관한 얘기일 게 분명하다. 마이한 테 제대로 설명해야지. 당황하지 말고, 차근차근.

마이는 빙긋 웃으면서 질문을 던졌다.

"……요즘 사츠키랑 상당히 친해 보이는데, 언제부터 그런 관계가 된 거지?"

"저기, 그게, 그그그그게 말이죠!"

갑자기 머릿속이 새하얘졌다. 나는 실전에 너무 약해!

"저기 말이지, 그게 그러니까…… 뭐였더라, 그게…… 사실은 어제부터 그랬다고 해야 하나, 가끔씩은 사츠키 양이랑도 친교를 다져볼까 싶은 거지!"

나는 뒷머리에 손을 올린 채로 하하, 하하하, 하고 어색하게 웃으며…….

"아뇨, 그게……."

"응?"

고개를 살짝 기울이는 마이를 향해 나는 몸을 90도로 굽혔다.

"정말 죄송합니다……."

"왜 그러지? 레나코. 나한테 사과해야만 하는 일이라도 있어?"

"아뇨, 뭘까요…… 왠지 모르게 그런 거긴 한데……."

나는 으으— 하고 떫은 표정으로 신음했다.

"그게 말이지, 마이……. 나랑 마이는 친구잖아……."

"지금은. 일단 레마 프렌드라는 관계에 안착하고 있지."

나는 보이지 않는 농구공을 들고 있는 것처럼 양손을 들썩이며 말했다.

"뭔가 관계를 맺고 있는 사람이 늘어나기 시작하면 그때마다 주변 사람들이 생각의 차이로 부딪치거나, 바라는 게 겹치기도 하고…… 그럴 때 나는 어떻게 해야 좋은 걸까, 싶어서……."

"설마 역으로 너한테 상담을 받을 줄이야."

마이는 쓴웃음을 짓고 있었다.

상담……? 그렇구나, 이건 상담인 건가…….

"그렇군, 무슨 말인지 알겠어, 레나코."

하지만 확실히 이럴 때 보면 마이는 정말로 믿음직스럽다는 느낌이 든다. 아니, 진짜 그런가? 눈에 보이는 예쁜 외모에 속아 넘어갔을 뿐 아닌가? 내 뇌.

"보나마나 사츠키는 내 입장에서 보면 좋지 못한 일을 꾸미고 있는 거겠지. 그리고 너는 사츠키한테 협력하면서도 내심 한구석으로는 나한테 미안하다고 생각하고 있어. 아닌가?"

"어…… 어떻게 아는 거야?"

"그야 당연히 알지. 나는 오우즈카 마이니까."

백성들의 사랑을 한 몸에 받는 공주님과도 같은 카리스마로 마이는 내 고민을 덮어주었다.

"친구가 이렇게 멋질 수가……."

친구 포지션의 마이를 향해 내 눈이 하트 모양으로 변하려는 걸 어떻게든 참아냈다.

"그리고 네가 나에게 미안하다고 생각하는 이유는 나를 마음 깊이 사랑하고 있으니까 그런 거지."

"아니, 그건 아닌데."

망설임 없이 부정했지만 마이는 그다지 신경 쓰지 않았다.

"알고 있고말고. 너는 친구를 생각하는 마음이 지극하지. 그래서 항상 사이에 껴서 괴로워하고 있어. 하지만 그건 너의 매력이니까 나는 결코 부정하지 않아. 누구 곁에 있어도 상관없어. 결국 마지막에는 이 오우즈카 마이의 곁으로 돌아와 준다면야."

뭐야 이 녀석…… 지배자야……?!

"오히려 안심했다. 너랑 사츠키가 친해진다는 건 나에게 있어서도 기쁜 일이야. 사츠키는 저래 보여도 상냥하니까 말이지. 너와도 마음이 맞을 거야."

저 마이가 사츠키 양을 저런 식으로 말하다니…….

화려한 머리카락을 쓸어 올리는 마이는 평소보다도 훨씬 어른스러워 보였다. 바로 이게 아시가야 고등학교의 슈퍼달링…….
전교생의 하트를 꿰뚫고 있는 태양의 여신…….

"저기…… 마이랑 사츠키 양은 고등학교에 들어오기 전부터 아는 사이였지."

"초등학교부터야."

그러면 소꿉친구나 마찬가지다. 아니 그나저나 나는 살짝 혼란에 빠졌다.

"두 사람한테도 초등학생 시절이 있었구나……."

"갑자기 이 세상에 뚝 떨어진 게 아니니까. 그건 그렇고 너랑 만난 게 고등학생이 되고 난 이후라서 다행이야. 옛날의 나는 그야말로 어리석은 계집애였으니까 말이지."

"그랬어?!"

마이는 입술에 손가락을 대면서 부끄러워하는 기색이었다.

"그래. 남들에게서 호의를 받는 게 당연하다고 생각하던 세상 물정 모르는 아가씨였어. 자기가 축복받은 환경이라는 사실을 깨닫지도 못했지. 무지하고 오만한 여자였어."

그건 지금도 그다지 달라지지 않은 거 아닌가……? 물론 아무리 상대가 마이라고 해도 그 말을 입 밖으로 내는 건 꺼려졌다.

"사츠키는 당시부터 나와 알고 지냈던 몇 안 되는 친구야. 솔직히 낯간지러운 생각이 들 때도 있지만……. 나는 레나코를 운명의 상대라고 말하잖아?"

"어? 응."

갑자기 이야기가 바뀌었다.

"나는 너와 만났어. 그 사실은 무슨 일이 있어도 달라지지 않아. 마찬가지로 사츠키는 옛날부터 내 곁에 있어주었어. 지금까지 함께 쌓아왔던 시간 또한 무엇과도 바꿀 수 없는 소중한 것이야."

"……응, 그러네."

나는 중학교 때까지 있었던 친구와는 이제 거의 교류가 없지만…… 마이가 말하는 바는 잘 알 수 있었다.

가령 여동생은 내가 한없이 아싸가 되었을 때도, 등교거부를 했을 때도, 변함없이 내 곁에서 밉살스러운 소리를 하곤 했다. 엄청 짜증이 치솟았던 순간도 산더미처럼 있지만 이러니저러니 해도 결국 그건 플러스 요인이었다고 생각한다.

하지만 나는 분명 마이처럼 『걔는 좋은 녀석이야』하고 솔직하게 말할 수 없을 테니까, 역시 마이는 어른이다.

"아니 그보다…… 마이는 사츠키 양을 엄청 좋아하잖아."

단순한 친구가 아니다. 분명 특별한 친구다.

마이는 후후후, 웃었다.

"그건 어쩌려나. 실제로 지금 우리들은 말도 섞지 않고 있어."

"그, 그거야, 바로 그거라고!"

마이를 향해 척 하고 손가락을 겨눴다.

"그렇게나 소중히 여기고 있다면야 당장 화해할 수도 있는 거 아니야?"

"화해라고 말해도 말이지. 나는 그다지 싸우고 있다는 생각도 안 해."

"어어······?"

작게 비명을 지르자 마이는 눈썹을 찌푸렸다.

"사츠키는 완고한 데다 융통성이 없으니까. 일단 한번 그렇다고 정한 이상 길게 끌겠지. 뭐, 괜찮아. 사츠키가 하고 싶은 대로 하도록 내버려 두지 않겠어?"

마이는 여유가 가득 담긴 미소와 함께 말했다.

······하지만 그거, 자기도 모르게 폭탄발언을 한 건데······.

"괘, 괜찮아? 정말로 하고 싶은 대로 하게 놔둬도?"

"나와 레나코의 시간을 빼앗기는 건 조금 괴롭지만 말이지. 하지만 그 정도쯤이야 괜찮아. 레나코는 그렇게 해주기를 바라잖아? 그렇다면 나는 너의 마음을 존중하겠어. 부디 사츠키를 잘 부탁할게."

지배자의 크나큰 그릇을 보여주는 마이를 향해 나는 다시 한번 더 확인했다.

"괜찮겠어? 하고 싶은 대로 하게 놔둬도 정말로 괜찮은 거지?!"

"그래, 그렇다고 말하고 있잖아. 나는 레나코와 졸업할 때까지 느긋하게 관계를 다져나가겠다고 결정했어. 조금 빙 돌아가는 것도 인생에는 필요한 법이야. 어찌 되었든, 결혼이 가능한 건 18세부터니까."

어쩌면 그건 저번에 나한테 폐를 끼치고 말았다는 실점을 회복하기 위한 마이의 허세였을지도 모르지만…….

"그렇구나…… 알겠어."

나는 내심 마이한테 엄청나게 감사하고 있었다.

이걸로 둘 사이에 껴서 숨도 못 쉬고 있던 상황에서 어느 정도 빠져나올 수 있겠지.

어디까지 알고서 저런 말을 해주는 건지는 잘 모르겠지만…… 고마워, 마이.

마이는 "후우" 하고 나른하게 숨을 내쉬었다.

페리에가 담긴 유리잔을 빛에 비춰보면서 살짝 표정을 흐렸다.

"하지만 이런 식으로 너와 단둘이 함께할 시간이 생길 줄 알았더라면 머리를 풀고 오는 쪽이 좋았겠는걸."

"하, 하지만 나는 덕분에 살았다고. 마이가 친구라서 내 상담도 받아주고."

"그런가? 그렇다면 더할 나위 없어."

마이는 부드럽게 미소 지었다.

"참고로 연인이라면 지금보다 4배는 상냥하고, 이제 더는 아무런 고민을 품지 않아도 될 정도로 너의 응석을 받아줄 수 있다만, 그건 어때?"

"『어때?』가 아니라고! 조금씩이라도 성장하려고 노력하는 새싹을 짓밟으려고 하지 말아줘!"

마이가 쏟아주는 애정은 너무 지나치고, 너무 달콤해서.

나로서는 각설탕 한 개만큼, 친구 정도의 거리감이 딱 좋았다.

"그러면 그만 갈까, 아마오리."

"으, 응."

물론 그런 대화를 나눴다고 당장 마이가 보고 있는 앞인데, 사츠키 양과 사이좋게 교실을 나서서—! 하고 기분을 선뜻 바꿀 수는 없는 게 나다운 점이다······.

사츠키 양과 함께 교실을 나서려는 순간 눈이 마주친 마이를 향해 가볍게 손을 흔들었다.

"저, 저기······. 내일 보자, 오우즈카 양."

"그래, 조심히 돌아가도록 해. 내일 보자."

마치 별이 반짝이는 것만 같은 얼굴로 싱긋 웃으면서 인사를 건네는 마이의 시선을 악녀가 차단했다.

"자, 빨리 가도록 할까? 그렇지? 당신."

"앗, 아니."

이 타이밍에 뉘앙스가 다른 『당신』은 너무 위험하다고요! 역시 다른 누구도 눈치채지 못한 모양이지만 수상한 향기가 풀풀 풍겨요, 사츠키 양!

"··········."

겉으로는 변함없이 세라믹 플레이트와도 같은 미소를 짓고 있는 마이였지만, 살짝 뺨 근육이 실룩이고 있는 것처럼 느껴지는

데요오!

으으, 내 몸이 정치적으로 이용되고 있어…….

복도로 나오자 나는 과장되게 고개를 푹 숙였다.

"너무 억지스러운 거 아닐까요, 사츠키 양…….."

"어제 말했잖아. 이득 볼 수 있도록 해주겠다고."

어?!

사츠키 양은 깜짝 놀라고 있는 나를 살짝 보면서 옅은 미소를
지었다.

"그러면 가볼까."

"어, 어디로……?"

"이미 정해져 있어. 좋은 곳이야."

나는 사츠키 양의 손에 이끌려 비장의 장소로 향하게 되었
다…… 히에엑……. 우리들은 아직 미성년자라고요……!

아아…… 오고 말았다. 비밀의 장소에…….

그곳은 조금 낡고, 조용하면서, 살짝 어슴푸레한, 비밀스러운
향기가 떠도는 공간이었다.

주변에 다른 인기척은 느껴지지 않았고, 썰렁한 분위기가 우리
들을 감싸 안고 있었다.

"아니 도서관이잖아!"

"도서관인데."

"에어컨 덕분에 시원해!"

"그거 잘됐네. 시끄럽게 굴지 말고 조금 조용히 하도록 해."

네.

이곳은 학교에서 조금 떨어진 구립 도서관이었다. 우리는 도서관내 자습실 코너에 나란히 앉아있는 중이다. 참고로 사츠키 양이 평소에 읽는 책은 여기 도서관에서 빌린 책이라고 한다.

"저기…… 제가 보는 이득이라는 건 무슨 뜻이었던 걸까요."

"그거야 당연히 내가 너한테 공부를 가르쳐주겠다는 뜻이야."

"그렇구나아……."

사츠키 양은 어리둥절해하면서 나를 바라보았다.

"왜 양손에 얼굴을 묻고 있는 거야? 눈물이 날 정도로 기뻐서…… 그런 건 아니겠네."

"뭐라고 해야 하나, 나는 더럽혀지고 말았구나 싶어서……."

여기 도착하기 전까지 나는 왜 그런 핑크빛 망상을 했던 걸까……. 사츠키 양이 그런 짓을 할 리가 없다는 걸 알고 있었을 텐데…….

"아무래도 좋지만 다음 주는 기말 테스트야. 공부는 어느 정도로 하고 있어?"

"어?"

대체 어째서 내가 공부를 하고 있다는 걸 전제로 묻는 건가요.

"사, 삼십 분 정도……?"

할 때도 있다는 느낌. 숙제가 유독 많은 날이라거나.

그렇지만 학교에서 잔뜩 공부하고 왔는데 집에서까지 공부를 한다니 그게 대체 뭐냐 싶잖아……?

사츠키 양이 눈썹을 찌푸렸다.

"그런데도 잘도 성적을 유지하고 있네. 너, 저번 시험 때 평균 점수는 몇 점 정도였어?"

어디 보자……. 저번 시험 결과를 떠올리며 대답하자 사츠키 양은 깊은 한숨을 내쉬었다.

앗, 상처 받는 리액션이다!

"나는 말이지, 성적이 나쁜 학생과 함께하고 싶은 마음은 없어."

"한층 더 직접적인 가시가 박혀들었어……. 으으, 그래도 평균을 살짝 밑도는 정도로 끝났는데요……."

아시가야 고등학교는 집에서 좀 떨어진 지역으로 학교를 다니기 위해서 열심히 수험을 쳐서 들어간 학교라, 주변 학생들의 수준이 높은 겁니다…….

"나랑 사귀는 상대라면 적어도 학년 내에서 10등 이내에 들어주지 않으면 곤란해."

"무슨, 10등 이내라니…… 전 세계를 통틀어도 세 명도 안 되잖아……?!"

"최소 10명은 있는데."

바보를 쳐다보는 시선으로 바라본다.

"오우즈카 마이가 학년 톱이라는 사실은 말할 필요도 없겠지만, 세나도 10등 이내에 가볍게 드는 데다, 카호도 그 정도는 한다고."

"그랬어?!"

우와아…… 쇼크…….

아지사이 양은 그렇다 쳐도, 무심코 카호 짱은 나랑 동류일 거라고 생각했다…….

역시 인싸 중의 인싸. 마이랑 제대로 된 이야기를 나눌 수 있는 인종이라는 것부터 이미 톱 엘리트였어……. 태생부터 평민인 아마오리 레나코와는 달라…….

추욱 처져 있었더니 사츠키 양이 옆에서 내 얼굴을 들여다보았다.

갑자기 시야에 얼굴이 불쑥 나타나면 두근거리고 만다.

사츠키 양, 자기가 미인이라는 건 주변 평가를 통해 알고 있는 모양이지만, 그 예쁜 외모가 주는 영향력에 대해선 완전히 무관심해 보인단 말이지……. 내 입장에선 마이든 사츠키 양이든 다르지 않다고!

"아무래도 상관없지만, 아마오리. 너는 다른 멤버들에게 열등감을 품고 있잖아. 자기 노력으로 차이를 메울 수 있는 부분이 존재한다면 조금은 노력해 봐도 괜찮을 거라 생각하는데."

"으……."

또다시 사츠키 양한테 정론으로 얻어맞고 있어…….

"그러네, 10등 이내라는 건 좀 말이 지나쳤어. 무리해서 남들이랑 순위를 다툴 필요는 없지. 하지만 자기 노력으로 성적이 올라가는 건 즐겁지 않아?"

"그건 조금 알 것 같지만……."

대전 게임도 마찬가지다. 상대를 이기는 것도 즐겁지만 나는 그보다도 스스로의 솜씨가 점점 능숙해지고 있다는 실감이 좋았다.

승리의 기쁨은 한순간이고, 졌을 때의 분함으로 상쇄되어 버리는 데 반해, 솜씨가 올랐을 때 감동은 계속해서 조금씩 쌓여간다.

생각해보면 미소 짓는 법 연습이나, 메이크업 특훈같이 수수하지만 착실하게 꾸준히 계속하는 게 제법 나한테 잘 맞는 걸지도 모르겠다고 느꼈던 적도 있다.

그러니까 공부라…….

"뭐, 성적이 오른다면 엄마도 기뻐해 주시겠지……."

"장점밖에 없네."

"확실히……."

"자, 그럼 시작해 보자. 너도 교과서를 꺼내 봐."

"네이~."

그리고 우리들은 함께 공부를 시작했다.

적어도 서프라이즈☆인싸들이 우글거리는 바비큐 축제! 같은 거에 비하면 사츠키 양과 함께하는 둘만의 공부 모임은 무리무리 절대로 무리 나 죽어—! 싶을 정도는 아니었다.

"저기, 사츠키 양. 이 부분을 물어보고 싶은데."

"어딘데? 아아, 이거구나. 조금 복잡하지. 알겠어? 이런 건 접근 방식을 궁리해서——."

오히려 상당히 의외로 사츠키 양의 가르침은 아주 뛰어났다.

모르는 문제가 있으면 먼저 어느 부분을 모르겠는지 확인하고 나서 하나씩 하나씩 순서대로 설명해준다. 가르쳐주는 동안 결코 화를 내지 않았고, 조바심을 내는 경우도 없었다. 논리정연하게, 인내심을 가지고 끈기 있게 함께해주었다.

"사츠키 양은 혹시 글러먹은 배우자도 출세하게 만들어주는 좋은 아내 아닐까…… . 평소에는 차가워도 가르쳐 줄 때는 상냥하게 대해주는 부분 같은 게…… 뭐야 그 당근과 채찍."

"그다지 의식하고 하는 행동은 아니야. 하지만 이럴 때 괜히 엄격하게 굴어봤자 소용없잖아. 혼을 내야 기억한다면야 이야기가 다르겠지만."

단언컨대 지금 이 상태가 좋습니다.

"사츠키 양은 사실 연인이 되면『어쩔 수 없네』라고 말하면서 여러모로 뒷바라지를 해주는 타입? 돌보는 데 능숙한 여성……?"

"있었던 적이 없으니까 잘은 모르겠지만……."

사츠키 양은 미간을 찡그리면서도 뺨을 붉히고 있었다.

"어쩐지 너한테 그런 시선을 받으니 간질거리는데……."

"어? 아니, 그게 아니라, 이건 사츠키 양을 의식하는 게 아니라 그냥 가정 삼아 하는 얘기. 단순히 사츠키 양을 연인으로 삼는 사람은 행복하겠구나 싶어서."

"……지금은 네가 연인이잖아."

"그, 그건 그렇지만요."

부끄러워하는 사츠키 양을 보니 나도 왠지 몸이 들썩인다.

어라, 나 왠지 이상하네.

허둥지둥 손을 내저으며 뺨에 열기가 오르는 걸 얼버무렸다.

"그 있잖아, 만약 마이였다면 모르겠다는 걸 이해하지 못한다는 표정을 지을 테니까."

"그런 점을 그 녀석이랑 비교당하는 건 내 정신에 대한 과도한 폭력이나 마찬가지니까 다음부터는 좀 조심해주겠어?"

"넵."

입에 가위표를 치고서 침묵에 잠겼다.

사츠키 양과 다시 공부를 시작했다.

"그래서 여기는 말이지."

새하얀 손끝이 문제를 더듬는 동작에서 묘한 색기가 느껴져서 나도 모르게 마른침이 넘어갈 것 같았다.

머릿속에 미니 마이를 불러내서 마음을 진정시켜야 해! 미니 마이는 『나는 신경 쓰지 말아줘』라면서 여유롭게 웃고 있었다. 도움이 안 돼!

"나도 옛날에는 못했으니까."

"어?"

내가 한창 내적 혼란을 겪던 중, 사츠키 양이 문득 그런 말을 흘렸다.

"계속 요령이 없었거든. 그건 지금도 마찬가지일지 모르지만. 공부 같은 건 완전 못했으니까. 조금도 흥미를 느끼지 못했고, 같은 부분을 몇 번씩 반복했어."

사츠키 양한테도 그런 시기가.

"그런데도 계속했구나."

"오기가 생겨서 말이지."

사츠키 양은 픽 하고 웃었다.

"많이 분했어. 공부든 운동이든 누구도 마이에게 이기지 못하는 게. 모두가 마이는 특별하다면서 입을 모아 칭찬하는 게. 그렇지 않아. 그 녀석은 자기 나름대로 제대로 노력해왔어. 나는 그걸 알고 있었기 때문에 같은 인간이니 이기지 못할 리가 없다면서 몇 번이고 도전했어.”

그 웃음은 결코 자조가 아니었다.

그저 옛날을 추억하는 세피아 색의 아름다운 미소였다.

두 사람이 지금까지 거쳐 왔던 걸음의 흔적이 아주 조금이지만 나한테도 보였다.

마이와 사츠키 양, 지금은 학교에서 말 한마디 섞고 있지 않지만 역시 엄청 사이좋잖아. 어쩌면 처음부터 걱정할 필요조차 없었을지도.

나는 약간 안심해서 농담을 던졌다.

“그렇구나…… 그러면 나도 노력하면 학년 2등이 될 수 있으려나?”

“노력하면 말이지.”

옛날에는 나와 마찬가지였다는 여자애는 그 말과 함께 미소를 지었다.

나는 단순하니까 현모양처 같은 아내한테 바로 넘어가 버릴 것 같다.

“그러면 조금쯤 노력해 볼까나— 싶네.”

“아아, 미안해. 수정하겠어.”

사츠키 양은 또다시 웃었다.

“모든 걸 내던지고서 피를 토할 정도로 노력한다면 분명 가능할 거야.”

"살살해줬으면 좋겠어!"

사츠키 양의 또 다른 일면을 알 수 있었던 날이었는데.

그 후, 더욱더 엄청난 새로운 일면을 알게 될 거라고는 상상도 못 하고 있었다.

저기 있잖아, 마이마이‼

카호

저기저기
저기저기저기저기저기저기

카호

마이
왜 그래?

요즘 레나찡 상태가 좀 이상한데
혹시 마이마이랑 싸우거나 그런 건 아니지?

카호

어쩐지 사 쨩이랑
딱 달라붙어 있는데‼

카호

마이
하하

마이
그럴 일은 없어

다행이다‼‼

카호

마이
걱정이 돼서 물어봐 준 건가?
너는 상냥하구나

[막간] 카호와 마이

그럼 나는 가만히 있어도 괜찮은 거지 ?!

카호

아아, 괜찮아. 지금은 그저 그 두 사람을 가만히 지켜봐 줘. 나도 마찬가지야. 너무 성급하면 안 된다는 걸 배웠어. 레나코를 괴롭게 만들고 싶지 않으니까.

마이

그렇구나, 잘 모르겠지만, 라져 ‼

카호

고마워

마이

헤헤, 호감도 올랐어?

카호

어라? 저기, 잠깐만 ‼

카호

올랐어 ?!

카호

읽씹——‼‼‼

카호

사람에겐 결코 남들에게 알리고 싶지 않은 약점이라는 게 존재한다.

예를 들어, 나 같은 경우에는 예전에 아싸였다는 과거다.

지금 그룹 친구들은 다들 착한 애들이라서 내가 아싸였다는 걸알게 되더라도 바보 취급하지 않겠지만…… 내가 주변과의 격차에 도저히 배길 수가 없어서 아무것도 모른다는 표정으로 어울리기가 괴로워질 테니까, 역시 이 비밀은 무덤까지 가져갈 생각이다.

하지만 실제로 비밀을 계속 숨기기는 어렵다. 왜냐하면 계속살아가는 한 내 과거를 아는 사람은 결국 나타날 테니까. 그야말로 과거를 말소라도 하지 않는 한.

그래서——.

"저기 있잖아, 언니. 마이 선배나 아지사이 선배는 또 안 놀러와?"

"뭐어—? 그렇게 자주 오지는 않는다니깐."

학교를 마치고 집에서 보내는 저녁. 우리 집 거실 소파에서 뒹굴거리며 휴대용 게임기를 가지고 놀고 있었더니, 여동생이 불쑥얼굴을 내밀었다.

"언니, 괜찮아?"

"어? 뭐가?"

"아니…… 뭔가 일종의 아싸 괴롭히기 같은 건 아니지……?"

"아니라고!"

갑자기 무슨 소릴 꺼내는 거야 얘는!

벌떡 몸을 일으켰지만 여동생의 시선은 여전히 뜨뜻미지근했다.

"왠지 말이야, 생각하면 생각할수록 그 음침했던 언니가 마이 선배랑 사귀느니 결혼을 하느니 하는 게 말도 안 된다는 느낌이 자꾸 들어. 역시 꿈을 꿨던 걸까."

"그게 아니야! 현실이니까! 아니 결혼은 하지 않겠지만!"

오늘은 부모님이 늦게 돌아오신다고 해도, 거실에서 당당히 나랑 마이의 얘기를 나불거리다니.

"알겠어? 그거 절대 엄마나 아빠한테는 말하면 안 되는 거다? 그리고 내가 아싸였다는 것도 학교 친구들에겐 비밀로 하고 있으니까 절대 말하지 않기야?!"

"물론, 알고 있다니깐."

여동생은 내 허벅지를 주물럭거렸다.

하지 마! 자기는 슬렌더한 체육계 몸매다 이거냐!

"나는 이제야 겨우 찾아온 언니의 봄을 질투할 정도로 못된 인간은 아니니까."

"이 자식⋯⋯."

이건가. 이 마음이 마이와 사츠키 양이 서로에게 품고 있는 마음인가. 응, 이건 솔직해질 수 있을 리가 없지.

내 심사를 (계획대로?) 배배 꼬이게 만든 여동생은 머리 뒤로 손깍지를 꼈다.

"아아— 그러고 보니 나 갑자기 도넛이 먹고 싶어지네—. 저기 저기, 같이 도넛 사러 가자. 한번 들어가 보고 싶었던 도넛 가게가 있어서—."

"에이— 귀찮으니까 오늘은 그냥 편의점이나 가자고 아까 얘기했었잖아."

여동생은 엄마한테 받은 저녁값 2천 엔을 손가락 사이에 끼우고서 팔랑팔랑 흔들었다.

"도넛을 먹지 않으면 내 입에서 뭔가 이상한 단어가 솔솔 새어 나올 거 같아서 곤란한데— 아싸아싸."

"쳐죽여 버린다, 이 녀석!"

거기다 여동생의 요구는 전철로 네 정거장이나 떨어진 곳에 있는 도넛 가게였다. 내가 여동생을 죽일 완전범죄를 계획하게 될 날도 그리 멀지 않았을지 모르겠다.

적당한 티셔츠로 갈아입고서 우리들은 퀸 도넛에 왔다.

"신난다— 언니 사랑해—."

"그래그래."

그러면서도 얘기하는 도중에 나도 도넛을 먹고 싶어지고 말았다는 점이 뭔가 진 기분이다.

퀸 도넛은 요 몇 년 사이에 점포를 늘려나가고 있는 패스트푸드점으로, 달달한 도넛뿐만 아니라 야채 빵 같은 도넛도 얼마든지 팔고 있다. 그 정도면 그냥 빵집 아닌가? 싶은 기분도 들지만 어떤 메뉴든 맛있다고 한다.

그리고 유니폼이 눈에 띈다.

신비한 나라의 앨리스처럼 하늘하늘한 앞치마 드레스다. 가게에 가본 적은 없지만 유니폼만큼은 여기저기 영상이 돌아다니고 있어서 몇 번 본 적이 있다.

가게 안으로 들어가자 계산대 앞 진열장 안에 색색의 도넛이 진열되어 있었다.

"우와— 절로 눈이 가네—."

여동생은 눈을 반짝이며 초보자 티가 팍팍 나는 발언을 했지만 나는 다르다. 전차를 타고 오는 도중에 미리 메뉴표를 음미했으니까.

"와, 장난 아니야. 언니, 이것 좀 봐, 엄청 미인인 점원분이 있어."

"헤에…… 나는 미인은 학교에서 실컷 봐서 익숙한데요?"

"마이 선배랑 아지사이 선배는 돈 받고 친구로 지내주는 일이라도 하는 거야?"

"한 달에 만 엔으로 친구를 해주거나 그러는 게 아니라고!"

아 정말이지, 말 걸지 말라고! 지금 점찍어둔 도넛을 찾고 있으니까!

머릿속으로 몇 번씩이나 주문 시뮬레이션을 하고 나서야 줄을 섰다.

이럴 때는 일분일초라도 점원을 기다리게 만들어선 안 된다는 강박관념이 밀려와. 이건 아싸라서 그런 게 아니지. 인간으로서 당연한 일인거지. ……맞지?

불안감을 느끼고 있는 사이에 내 차례가 됐다.

"어서 오세요. 드시고 가시나요? 아니면 포장이신가요?"

"아, 그게."

활기차고 명랑한 목소리가 나를 맞아주자, 나는 당황하며 카운터 안쪽의 도넛을 손가락으로 가리키려고 했다.

그 순간.

"하?"

그런 얼빠진 목소리가 바로 앞에서 들려와 고개를 들었다.

카운터 안쪽에 서 있는 사람은 긴 흑발을 가진 아름다운 언니.

아니.

"……………어, 사츠키 양?"

나랑 사츠키 양은 둘 다 멍한 표정으로 입을 벌린 채 서로를 쳐다보았다.

"……우와 유니폼 엄청나게 귀엽잖아."

"…………."

핫.

지금 뭔가 경솔한 말을 입에 담았다는 느낌이 든다.

"아마오리."

엎드려 절을 해도 절대 입어주지 않을 것 같은 큐트&러블리한 모습의 사츠키 양이 목소리를 낮게 깔았다. 무슨 코스프레 같은 느낌이지만 묘하게 잘 어울려 보이는 건, 그저 아주 단순하게 사츠키 양이 너무나 뛰어난 미인이라 그런 거였다.

"아, 그게, 저기."

게다가 옆에서 느껴지는 인기척에 고개를 돌리자, 거기에는 "응?"

하고 고개를 갸웃거리는 여동생이 서 있었다.

뭔가 있어?! 그랬다, 나는 여동생과 함께 도넛 가게에 왔던 거였다! 생각도 못 한 사츠키 양과의 조우에 한순간 기억이 날아가 있었다.

"어? 언니는 이 미인 점원분이랑 아는 사이야?!"

"아는 사이라기보단 반 친구라고 해야 하나……."

"그게 아니잖아, 아마오리."

사츠키 양은 도넛 집게를 손에 들고서 우리 둘의 관계를 명료하게 표현했다.

"여동생이구나, 처음 뵙겠습니다. 아마오리 레나코 씨와 서로 사귀고 있는 코토 사츠키라고 합니다."

"사귀고 있어?!"

여동생이 무시무시한 시선으로 나를 쏘아보았다.

여동생의 입술이 부르르 떨리고 있다. 이런 표정은 내가 중학교 수학여행 전에 친구도 없으니까 감기라도 걸려서 안 가야겠다고 얼음을 채운 욕조에 들어가 있던 걸 여동생이 목격했을 때 이후로 처음이다…….

그보다 아니, 그게…….

"어? 뭐야, 양다……? 아, 아뇨 그게, 그, 그렇구나아하하—!"

나름의 배려심으로 『양다리』라는 단어를 눌러 삼키는 여동생. 진짜처럼 들리니까 하지 마.

"그, 그건 일단 그렇다 치고! 저기, 주문, 주문을 하겠습니다!"

여동생은 아직까지 하고 싶은 말들이 있어 보이는 표정이었지만 대화를 끊고서 메뉴를 손가락으로 가리켰다.

이건 나중에 돌아가면 또 여동생한테 붙들리겠구나……. 책임지고 설명하라고 들볶일 것 같다……. 배 속에 납덩이라도 삼킨 기분이다.

그보다 그 이전에.

"아마오리. 나 이제 15분 후면 퇴근이니까 잠깐 기다려줄 수 있을까."

"어?"

사츠키 양은 싱긋, 하고 영업용 미소를 지었다.

다만, 눈은 웃고 있지 않았다.

"기다려 줄 수 있어?"

"네."

대체 나한테 무슨 볼일이 있는 건지는 알 수 없었지만 여기서 도망치면 집까지 쫓아올 것만 같은 압박감을 느꼈다. 사츠키 양과 여동생을 상대로 삼파전이라니, 아마오리 레나코는 뼈도 추리지 못하겠지. 그럴 바에야 차라리 한 명씩 상대하는 편이 낫다…….

"그렇게 됐으니 여동생이여……. 먼저 돌아가서 먹도록 해주게……."

"그건 괜찮지만, 언니. 집에 오면 나도 할 얘기가 있으니까 말이야."

여동생한테 마음의 멱살을 단단히 붙잡힌 기분이다.

지금 엄청나게 착각하고 있어…….

아니, 아무리 그래도 이건 사츠키 양 때문이잖아?! 저기, 사츠키 양! 잠깐!

여동생은 포장한 도넛을 들고서 먼저 돌아갔다.

공허한 눈으로 스마트폰을 바라보면서 점내 취식 공간에 앉아 갓 튀긴 따끈따끈한 도넛을 먹었다.

나는 식당에 혼자 있어도 별로 남들 시선을 신경 쓰지 않는 타입이다. 오히려 외식할 때는 혼자서 하는 편이 훨씬 마음이 편하다. 소문이 자자한 도넛은 바삭바삭해서 맛있었다.

15분 후. 사츠키 양이 카운터 안쪽으로 들어가는 걸 보고서 나도 다 먹은 트레이를 정리한 뒤 가게 뒤편으로 돌아갔다.

뒤편에선 사츠키 양이 쓰레기를 버리고 있었다. 알바 동료로 보이는 언니 두 사람과 함께 셋이서 뭔가 잡담을 나누는 게 보였다. 끼어들기 힘들다.

멀리서 슬쩍 상황을 엿보고 있었더니 내 모습을 눈치챈 사츠키 양이 "어라" 하고 말을 건넸다.

"아마오리, 미안해. 준비하고 올 테니까 조금만 더 기다려줘."

"아 코토 짱의 친구야─?"

"어─ 여고생? 어머─ 귀여워!"

"에헤, 헤헤헤……."

호의적인 반응에 익숙하질 않아서 이상한 웃음이 흘러나왔다.

앗, 사츠키 양이 가게로 돌아가 버리잖아! 내가 오늘 처음 본 언니들 사이에 홀로 남겨져 버려.

"코토 짱은 이제 가게에 들어온 지 겨우 한 달 정도밖에 안 됐는데 벌써 믿음직스럽단 말이지."

"뭐든 금방 기억해버리니까 정말 굉장해—."

"저기, 너는 학교 친구지? 코토 짱은 학교에선 어떤 느낌? 진지하고 성실해서 반에서 반장을 맡고 있거나 그럴 것 같아."

"아, 뭔지 알겠어—. 서류 작업 같은 거 엄청 잘할 것 같아—."

"아뇨 저기, 그게 그러니까, 마, 맞아요! 머리도 좋고, 항상 의지가 되는 친구입니다!"

요즘은 교실에서 언제나 책만 읽고 있어서 누구와도 얽히지 않으려고 하고 있지만요!

아무래도 사츠키 양은 직장에서 상당히 열심히 다른 사람들과 커뮤니케이션을 취하는 모양이다. 뭔가 친근감이 듬뿍……!

"코토 짱, 남친 있으려나—. 저만큼이나 미인이니까 있을 거 같지—."

"분명 학생회장을 맡고 있는 잘생긴 선배 같은 사람일 거야. 아니면 소꿉친구라든가."

"어울려—!"

명랑하게 서로 마주 보며 웃고 있는 유니폼을 입은 언니들.

쟤는 남친이 아니라 여친이 있고, 거기다 잘생긴 남자가 아니라 눈이 확 뜨이는 엄청난 미인 소꿉친구도 있습니다.

그렇게 말할 수는 없으니 나는 내가 가진 유일한 스킬인 『접대용 미소』를 반복하고 있었다. 미소는 만능의 마법이니까. (이런 의미로 쓰이는 말 아님.)

그런 식으로 언니들과 적당히 어울리고 있었더니, 사복으로 갈아입은 사츠키 양이 가게에서 나왔다.

"그러면 수고하셨습니다. 먼저 돌아가 볼게요."

『그래―, 수고했어―.』

인사까지 확실히 마치고 나서 내 쪽으로 다가오는 사츠키 양.
예절이 바르다.

"그럼 가볼까, 아마오리."

"으, 응."

함께 밤길을 걸었다. 사츠키 양의 발걸음은 역 쪽으로 향하고
있었다.

그러면…… 어째서 나보고 남아달라고 했는지 모르는 이상, 이
제부터 지뢰 처리다. 어떤 게 사츠키 양의 지뢰고, 어떤 게 안전
지대인지 간파해야만 한다.

윈도우 지뢰찾기 게임 고급 난이도도 클리어한 적 있는 내 실
력을 시험받는 순간이다.

"그러니까…… 아르바이트 하고 있었구나― 사츠키 양."

"…………."

시작부터 지뢰?!

사츠키 양은 이마에 손을 올린 채 작게 고개를 저었다.

"하필이면 너한테 들킬 줄이야."

아으아으. 그게 아니에요. 오늘은 여동생이 우연히 퀸 도넛에
가자는 말을 꺼냈고, 거기에 이끌려 온 거라…….

"괘, 괜찮아, 우리 학교는 아르바이트를 금지하지 않으니까 교
칙 위반도 아니고! 법을 어기는 것도 아니야!"

"그런 말로 위로해줄 생각을 하다니, 너 굉장하네."

분명 칭찬은 아니라는 느낌이 든다.

"너, 입은 무거운 편이야?"

"그, 그거야 물론이지! 사츠키 양이 싫다면야 절대 누구한테도 얘기하지 않을게!"

교칙 위반이나 법에 저촉되는 일과도 맞먹을 정도로, 어쩌면 그 이상으로 중요한 게 있다면 그건 당연히 본인의 마음이다.

사츠키 양이 어떤 이유로 아르바이트를 하고 있는지는 잘 모르겠지만 남들한테 비밀로 하고 싶어 하는 걸 어디 가서 말하고 다니진 않는다.

왜냐면 나도 남들한테 숨기고 싶은 비밀이 있다는 점에선 동료나 마찬가지니까!

"그러니까 사츠키 양. 나는 괜찮으니까 안심해줘. 아마오리 레나코를 믿어줘."

주먹을 꽉 쥐고서 정에 호소해 봐도 사츠키 양은 의심스러운 눈초리였다.

"싫어. 그럴 수 없어."

"어째서—?!"

"……나는 성격이 나쁘니까. 그렇게 간단히 남을 신용하거나 할 수 없는걸."

"그, 그렇지 않아! 사츠키 양은 성격 좋다고!"

"…………."

"죄송합니다."

"거기서 사과하니까 그건 또 그거대로 화가 나네……."

그런 식으로 상처에 소금을 뿌리는 점을 보면 성격이 나쁘다는 말에 설득력이 있다.

"아니, 하지만 일단은 연인인데……."

"그게 무슨 상관이야?"

"어?! 아니 그건, 나를 신용해서 연인 계약을 제안한 거잖아……."

"그 녀석이 말하는 『운명의 상대』는 너밖에 없었으니까. 나한테 뭘 고를 권리는 처음부터 없었잖아. 우리 두 사람의 관계성이 달라진 것만으로 너의 인간성까지 갑자기 변화해서 남의 비밀을 결코 입 밖에 내지 않는 선인으로 변모하지는 않아."

지당한 말씀이지만요!

"그렇지……. 나는 아지사이 양이나 카호 짱처럼 착한 아이가 아니니까……."

"카호는……."

사츠키 양의 목소리 톤이 한층 낮아졌다.

"네가 걔를 어떻게 생각하고 있는지는 잘 모르겠지만 그렇게까지 착한 애는 아니려나……. 뭐, 재미있는 애야."

"엇, 그런 거야? 아, 그러고 보니 사츠키 양은 확실히 카호 짱이랑 친하지."

"친하다라……. 응, 뭐, 그렇지. 보기 좋게 이용당하고 있을 뿐이라는 느낌도 들지만."

이용?! 사츠키 양이 카호 짱을, 이 아니라 그 반대?!

대체 어떻게 된 거야…….

"무슨 일이 있어도 이 일은 누구한테도 말할 생각이 없으니까. 이 주제는 여기서 끝이야."

"그래⋯⋯."

카호 짱에 대한 수수께끼가 더욱 깊어졌을 뿐이다. 언제나 명랑하고 귀여운 마스코트 캐릭터인 카호 짱한테 대체 뭐가⋯⋯.

"어, 아지사이 양도 뭔가 있는 건 아니지?"

나는 우물거리면서 물어봤다.

사츠키 양의 눈이 가늘어졌다.

"⋯⋯아무한테도 말하지 않을 거야?"

"어?!?!?!"

그야 너무하다 싶을 정도로 인격자인 아지사이 양이다. 마음속에 어둠 한두개쯤은 품고 있어도 이상한 일은 아니다. 아니, 오히려 품고 있지 않는 쪽이 더 부자연스럽다.

밤이면 밤마다 거리를 배회하면서 길고양이한테 강아지용 모자를 씌워주며 생글생글 웃고 있다거나⋯⋯ 그런 어둠이 있을 게 분명하다. 만약 그게 아니라면 그런 선인이 이 인간사회에서 균형을 잃지 않고 살아갈 수 있을 리가 없다.

하지만 그런 아지사이 양의 이야기는 듣고 싶지 않아! 아냐, 사실은 조금 듣고 싶어! 미안합니다, 엄청 흥미 있어요! 아지사이 양에 대해서 뭐든지 알고 싶어!

"마, 말 안 해!"

"그래⋯⋯."

사츠키 양은 눈을 감았다.

얼마나 말을 꺼내기 힘든 내용인 걸까.

나는 아랫배에 잔뜩 힘을 넣었다.

"세나는."

"응."

"내가 점심시간에 학생 식당에서 도시락을 꺼내 혼자서 식사를 하고 있으면 말이지."

"으, 응."

"어느샌가 옆으로 와서 오늘 너희들이 어땠다거나, 아니면 요즘 TV 방송에 대한 이야기같이 별거 아닌 잡담을 들려주러 와. 그것도 언제나 즐거운 듯이."

사츠키 양의 어조는 완전히 무서운 괴담을 들려줄 때나 할 법한 말투였다.

"⋯⋯⋯⋯그건."

나는 마른침을 꿀꺽 삼켰다.

사츠키 양은 미간에 주름을 잡았다.

"게다가 자기는 너희들이랑 점심을 먹고 왔을 테니까 분명 배가 부를 텐데. 내가 신경 쓰지 않도록 해주려고 주먹밥이나 작은 빵을 가지고 와서 어디까지나 함께 식사를 하고 있는 척하고 있어."

그 말을 들으며, 내 마음속의 아지사이 양이 부끄러운 듯이 『에헤헤』하고 쑥스러운 웃음을 짓고 있었다.

절규했다.

"그냥 초 하이퍼 엄청 착한 애잖아!"

"그러네."

자칭, 성격 나쁜 사츠키 양조차도 인정했다.

"대체 뭘 어떻게 해야 그런 인간이 탄생하는 걸까. 도저히 짐작도 가지 않아."

쓰디쓴 벌레라도 씹은 듯한 표정이다.

남을 칭찬할 때 저런 표정을 짓는 사람이 있을까?

"역시 세나를 신뢰 못 하겠다는 말을 했다간 인간적으로 결함이 있다고밖에 생각할 수 없겠지……."

"굉장해……."

저 사츠키 양의 마음마저 활짝 열어버리는 인간성…….

아지사이 양의 어둠은 대체 어디에 있는 거지……? 설마 없는 건가? 어둠이 없는 인간이라는 게 존재하나? 처음부터 아지사이 양은 인간이 아니었다. 천사였다.

"아지사이 양과 비교한다면 내 신뢰도 같은 건 상습 절도범이나 마찬가지지……."

"그보다야 조금 낫겠지만……."

잔뜩 풀이 죽은 내 목소리는 사츠키 양마저 위로를 해줄 정도였다.

"하지만, 뭐."

앞서서 걷고 있던 사츠키 양은 아주 조금 거북해 보이는 기색으로 말했다.

신뢰할 수 없는 나를 향해, 너무나도 위험한 한마디를.

"독을 먹으려면 접시까지. 라는 말을 알고 있어?"

여동생이여. 언니는 너와 달달한 도넛을 먹으러 왔을 뿐인데

최종적으로는 입 안에 독을 쑤셔 넣을 것 같단다.

　역에서 밤길을 따라 꽤 걸어갔더니 드디어 도착한 곳.
　"여기야."
　뭐라고 말해야 좋을까.
　단적으로 표현하면 『누더기 아파트』였다.
　2층짜리 건물이고, 외벽은 페인트가 벗겨져 떨어졌다. 외부 철
골 계단은 잔뜩 녹슨 상태. 아파트 앞에는 타이어 없이 방치된 자
전거들이 굴러다니고 있다.
　일층 두 번째 문 앞에 『코토』라는 명패가 걸려 있었다.
　내가 이 광경에 굳어있을 때 사츠키 양은 손잡이에 열쇠를 끼
워 넣고 몇 번인가 덜컹거리더니 낡아빠진 문을 열고서 "다녀왔
습니다"라며 안으로 들어갔다.
　어, 그러니까⋯⋯.
　"왜 그래?"
　"아, 아니."
　현관에서 나를 돌아보는 사츠키 양은 헨젤과 그레텔을 과자로
된 집으로 끌어들이는 마녀처럼 웃었다.
　"사양하지 마. 우리들은 사귀고 있는 사이잖아."
　"시, 실례합니다⋯⋯."
　별수 없이 던전 안으로 발을 들이는 나. 나쁜 예감이 피부를 찌
릿찌릿 찌른다.
　사츠키 양은 좁은 통로를 지나 미닫이문을 열었다. 그러고는

스위치로 전등을 켜고서 손바닥을 펼쳤다.

"자아, 어서 와. 내 방이야."

"그러니까……."

"좁은 집이지만 편하게 있어 줘. 이건 비유가 아니야."

"왜 굳이 한 마디를 더 보태는 건가요?!"

"아마오리의 표정이 상상 이상으로 굳어있으니까 조금 분위기를 풀어줄까 해서……."

"그런 의도를 먼저 설명하지 않고 반응하기 힘든 말을 하면 당연히 굳을 수밖에 없잖아!"

"그러려나, 그럴지도 모르겠네."

사츠키 양은 학교 가방을 방구석에 내려놓았다. 그리고 앉은뱅이 밥상을 펴서 방 가운데에 두더니, 나에게 방석을 건넸다.

내 방 크기의 절반 정도 되는 다다미방에는 낡은 옷장과 작은 책장, 전신 거울, 선풍기 등이 놓여 있었다. 여기가 사츠키 양의 방…….

나는 머뭇거리며 방석 위에 무릎을 꿇고 앉았다.

"그래서, 어때?"

"뭐, 뭐가요?"

"내 방을 보고서, 뭔가 감상은?"

"……풍취가 있네요. 복고풍 느낌."

진지하게 대답했는데도 그건 사츠키 양이 원하는 대답이 아니었던 모양이다.

"좁잖아."

"어, 그게⋯⋯."

"별로 상관없어. 그게 사실이니까."

마치 내뱉는 것처럼 말했다.

사츠키 양은 이걸 나한테 보여주고 싶었던 걸까.

내 죄책감을 자극해서 비밀을 꺼내기 힘들게 만들자는 그런 작전? 굳이 그러지 않더라도 아무한테도 말하지 않을 텐데.

그렇게나 신용 받지 못하는 건가 싶어서 조금 쓸쓸해졌다. 우리가 아직 진짜 친구는 아닐지도 모르지만, 그래도 같은 그룹 안에 있는 사이인데⋯⋯.

"저기, 사츠키 양. 나는."

어떤 이유로 아르바이트를 하고 있든 그다지 상관없다고 생각하고, 사츠키 양의 이런 일면을 봤어도 아무렇지 않다고 말하려고 했던 바로 그때.

"아—!"

지금 막 새로 갈아 낀 형광등만큼이나 밝은 목소리가 울려 퍼졌다.

누군가가 스사샤샥 하고 빠르게 기어왔다. 나타난 사람은 사츠키 양의 머리카락에 파마를 넣은 것 같은 흑발의 예쁜 여성분이었다.

"뭐야뭐야?! 친구?! 사츠키 짱도 참, 친구도 있었어?!"

"평범하게 있어요."

"와—! 저 사츠키 짱이 친구를 데려오다니! 오늘은 팥밥을 지어야 할까?!"

"아니, 그런 게 아니잖아……."

큰 키를 가진 미녀의 정체는 한눈에 알 수 있었다.

살짝 위로 올라간 가늘고 긴 눈과, 커다란 검은 눈동자. 길고 선명한 속눈썹. 전체적인 얼굴 생김새가 쏙 빼닮았다. 사츠키 양의 언니.

"앗, 저기, 처음 뵙겠습니다, 언니. 언제나 사츠키 양한테 신세를 지고 있습니다."

조금 말을 더듬으면서도 꾸벅 고개를 숙였다.

언니분은 시종일관 붙임성 좋은 웃음을 짓고 있었다.

"뭐—?! 그렇구나, 사츠키 짱이 잘하고 있는 모양이라서 정말 고마운 일이야, 정말이지. 사츠키 짱도 참 항상 이렇잖아? 그래서 학교에서도 혹시 괴롭힘당하고 있는 건 아닐까 걱정하고 있었거든. 사츠키 짱은 얌전하고 소심한 측면이 있으니까. 아아, 그래도 사실은 정말 착한 아이라는 건 진짜야."

쉴 틈 없는 수다가 날아들었다.

입을 열 틈조차 없어서 압도당하고 말았다.

게다가 얌전하고 소심해? 누가요. 혹시 내 얘기인가?

사츠키 양은 크게 한숨을 쉬었다.

"성가시네요, 정말……."

"에이 성가시거나 하지 않아. 전혀 성가시지 않은걸. 아아— 시간만 있었어도 사츠키 양이 학교에서 어떻게 지내는지 듣고 싶은데. 언니는 사츠키 짱을 정말 좋아하니까. 언니란 말이지, 언니. 우후후, 그러고 보니 요전번에는 사츠키 짱한테 이런 일이 있었는데."

언니분을 팔로 밀어내면서, 사츠키 양이 천천히 고개를 좌우로 저었다.

"저기, 아마오리. 이건 언니가 아니라 엄마야."

"엄?!"

거짓말, 그렇지만 이렇게나 젊으신데⋯⋯.

미녀의 유전자는 노화도 막아주는 거야⋯⋯?

엄청나게 깜짝 놀라고 있었더니 사츠키 엄마는 데헤헤, 하고 웃었다.

"에이— 조금만 더 언니라는 소리를 듣고 싶었는데—. 사츠키 짱 구두쇠—."

"그만해, 엄마⋯⋯."

사츠키 양은 풀 라운드를 뛰고 온 복서처럼 녹초가 된 상태였다.

"엇, 정말로⋯⋯? 어머님 엄청엄청 귀여우시네요⋯⋯."

"괜찮아 아마오리, 굳이 칭찬하지 않아도. 들개한테 먹이를 주지 말도록."

"사츠키 짱 너무해!"

사츠키 엄마는 볼을 빵빵하게 부풀렸다.

딸이랑 쏙 빼닮은 외모인데도 눈이 반짝반짝 빛나고 있어서 내 뇌가 버그를 일으킬 것 같다. 어른이 되어 분위기가 부드러워진 사츠키 양은 이런 느낌이려나. 평행 세계의 사츠키 양인가⋯⋯? 마이랑 만나지 않은 세계선의 사츠키 양일지도 몰라.

"그보다 엄마, 오늘은 일이 있지 않았나요."

"응, 맞아. 하지만 손님이랑 밖에서 만나서 같이 갈 거니까 조금 늦게 나갈 거야."

"그런가요…… 실수했구나……."

뭐, 응……. 가족이 이렇게 친구한테 들러붙으면 굉장히 미묘한 기분이 들겠지…….

나도 여동생이 마이랑 아지사이 양 사이에 끼어 들어왔을 때는 이걸 대체 어떻게 해야 하나 싶었는걸. 나도 그 마음 알아, 사츠키 양.

"아, 하지만 이젠 슬슬 준비해야겠어. 음, 아마오리 짱!"

"네, 넷!"

사츠키 엄마가 내 손을 꼭 쥐었다. 어른의 향기가 났다.

"사츠키 짱을 잘 부탁할게. 우리 애는 여자애면서 애교라고는 조금도 없지만 그래도 정말 착한 아이야. 요전에 내 생일에는 손수 짠 양말을 선물해줬으니까. 뜨개질 책을 빌려 오고, 친구한테 배우면서 계속 연습했다지 뭐니."

"엄마!"

"우후훗, 무서워라 무서워. 그럼 편히 있다 가렴!"

사츠키 엄마는 한창 수다를 늘어놓은 뒤 자리를 떠났다. 사츠키 양이 학교에서 하루 동안 하는 말을 다 합친 것보다 많았다.

자리에 남겨진 나와 사츠키 양. 그리고 굉장히 불편한 침묵…….

적어도 이 불편한 침묵만큼은 타파하고자 사츠키 양이 작게 입을 열었다.

"저게, 우리 엄마야."

"으, 응."

"혹여 착각하지 말아줘. 바보처럼 보일지도 모르지만 일단은 여자 혼자서 나를 지금까지 키워준 사람이니까. 아니 정말로 바보일지도 모르지만⋯⋯."

바보라고 생각한 적은 없지만 그래도 무지무지 즐거워 보였지⋯⋯.

"사츠키 양은 그래서 아르바이트를."

"하지 마, 엄마한테서 뭔가를 보고 나를 이해한 느낌이 들지 말아줘."

"앗, 네."

나는 단순히 가계에 보탬이 되고자 그런 거였구나, 굉장하다, 라고 생각했을 뿐인데요⋯⋯.

그런 눈으로 보는 것도 싫은 건가, 사츠키 양⋯⋯.

하지만 사츠키 양은 생각을 고쳐먹은 것처럼 고개를 흔들었다.

"⋯⋯그래도, 그렇지. 이게 맞선 결혼이라면 중요한 부분이겠지. 성격, 직업을 물어보면 다음은 집안이잖아."

"⋯⋯그게『독을 먹으려면 접시까지』라는 의미?"

"맞아. 숨기고 있었던 건 아니지만 말하지 않고 가만히 있는 것도 기분이 나쁘니까."

사츠키 양의 눈은 빛을 잃고 있었다.

"집을 보여주고, 아르바이트 하는 곳에서 부끄러운 모습을 보여 버린 만큼, 조금은 심술을 부리고 나서 역까지 바래다줄 생각이었지만."

"으, 응."

"여기까지 전부 보여줄 생각은 없었어. 나는 이제 끝장이야."

사츠키 양은 그 자리에 힘없이 풀썩 주저앉았다.

그, 그건 괴롭지⋯⋯. 자기가 집에서 어떤 캐릭터인지를 엄마 입으로 폭로 당하는 둥⋯⋯.

내 안의 공감성 수치가 팍팍 반응하고 있었다.

"괘, 괜찮아, 사츠키 양⋯⋯. 나는 아무한테도 말하지 않을 거니까⋯⋯."

"신용할 수 없어⋯⋯. 어차피 내일이 되면 전교생한테 퍼져 있을 거야⋯⋯ 내가 엄마 생신 때 수족냉증용 털실 양말을 선물하는 여자라고⋯⋯."

"미담이잖아?!"

"쿨한 척 남녀 가리지 않고 쌀쌀맞은 태도를 취하지만 엄마한테는 상냥한 마더콘이라더라, 하고 뒤에서 손가락질당하면서 살아가게 될 거야⋯⋯."

"그냥 효심 깊은 효녀잖아⋯⋯!"

사츠키 양은 완전히 우울해지고 말았다.

이, 이게 사츠키 엄마가 말한 얌전하고 소심한 부분⋯⋯?!

하지만 실제로 사츠키 양은 학교에선 모두가 엄청 멋있는 미인이라고 생각하니까⋯⋯. 그런 미인이 사실은 굉장한 효녀라니, 그 갭은 무조건 플러스요인으로 작용할 게 분명할 텐데⋯⋯.

어, 어쩌지.

여기서 『아, 슬슬 시간도 늦었으니까 나는 그만 갈게. 내일 보자!』라고 말해버려?

항상 선택지 제일 위쪽에 도망친다는 선택을 올려놓지 말라고, 아마오리 레나코! 그거야말로 사츠키 양이 3년간 외톨이가 되어 고등학교 생활을 보내게 될 거야!

나는 으으, 신음하며 고민했다.

"저, 저기, 저기 있지!"

"……뭐야……?"

긴 털이 물에 푹 젖어버린 고양이처럼 된 사츠키 양이 고개를 들었다.

"나, 나, 나 말이지."

나는 왜 이런 말을 꺼내려고 하는 걸까, 알 수 없었다.

그저 사츠키 양이 결코 보여주고 싶지 않았던 모습을 들켜서 상처 입고 말았다면, 나만 뻔뻔스레 멀쩡한 상태로 있는 건 너무 미안하다는 느낌이 들었으니까.

서투른 나에겐 하늘을 나는 재주는 없으니까, 기껏해야 상대랑 같은 높이까지 나를 낮추는 정도밖에 할 수 없다.

이게 조금이라도 사츠키 양에게 위로가 되길 바라며 고백했다.

"나는! 고교 데뷔 전까지 계속 아싸였어!"

말했다, 말해버렸다.

이것만큼은 그 누구한테도 들키고 싶지 않았다. 내 중학교 시절 이야기 같은 건 마이한테도 말한 적 없는데.

결국은 내가 무덤까지 가져가려고 했던 비밀을 사츠키 양에게만 털어놓고 말았다.

무서워. 사츠키 양의 리액션을 보는 게.

내 전력을 담은 자백에 사츠키 양은——.

살짝 고개를 들고서, 말했다.

"그래."

"반응이 옅어?!"

깜짝 놀랐다.

사츠키 양은 텅 빈 눈으로 띄엄띄엄 입을 열었다.

"아니 그게…… 뭔가 『역시 그렇구나』 싶은 느낌밖에 없어."

"그렇구나?! 이렇게나 고교 데뷔에 대성공을 거둔 나한테 『역시 그렇구나』는 뭐야?!"

"가끔씩 거동이 이상한 데다, 괜히 자기를 비하하기도 하고, 자기 평가가 낮아. 눈동자가 갈 곳을 잃고 흔들리는 모습도 자주 보이고, 그런가 싶으면 혼자서 스마트폰을 들여다보고 있을 때는 행복해 보이기도 하니까."

"하지 마! 분석하지 말아줘!"

"오히려 거꾸로 물어보고 싶은데 너, 그렇게 털어놓으면 『엇, 원래부터 초 인싸라고 생각했어!』라는 반응이 돌아올 거라고 생각했던 거야? 제정신이 아니네. 세나도 쓴웃음을 지을 거야."

나는 묵직한 팩트에 너덜너덜해졌다.

"그렇게나 노력했는데!"

벌떡 일어섰다. 울면서 머리를 감싸 쥐었다.

"나, 스스로를 바꾸려고 계속 노력해서……. 그런데도 과거는 언제까지고 내 뒤를 쫓아오고 있어—!"

"앗, 잠깐만."

사츠키 양의 목소리도 뿌리치고서 그대로 아파트를 뛰쳐나갔다.

도저히 견딜 수가 없어서 나도 모르게 옥상으로 도망쳤던 그 날처럼.

나는 밤의 거리를 하염없이 달렸다.

그리고 미아가 됐다.

헥, 헥…… 여긴 어디…….

스마트폰 배터리도 다 닳았고, 주변은 깜깜하고, 지나다니는 사람이나 차도 보이지 않았다. 사실 누가 지나다닌다고 해도 모르는 사람한테 길을 물어본다니 내가 할 수 있을 리가…….

점점 추워지기 시작했고, 불안하고, 뭔가 주변에 논밭이 보이고…….

이젠 끝이다. 나는 여기서 죽는구나.

이렇게 될 줄 알았다면 마이한테 조금만 더 상냥하게 대해줄 걸 그랬……어…….

길모퉁이에 쭈그려 앉아서 멍하니 하늘을 올려다보았다.

구름에 가려져 희미하게 빛나고 있는 달이 아름다웠다.

나는 저런 달처럼 아름다운 걸 동경했다.

나에게 있어서 그건 언제나 내가 아닌 다른 누군가였다.

예를 들어 그건 인스타에서 본 초등학교 동급생들의 빛나는 모습일 때도 있고, 반에서 휘황찬란한 빛을 내뿜는 태양과도 같은 여자, 오우즈카 마이기도 했다.

그저 멀리서 바라보고 있을 뿐이었다면 분명 이렇게 괴로워할 필요 없이 끝났겠지.

하지만 나는 나도 저렇게 되고 싶다는 마음을 품고 말았으니까.

예를 들어 그건, 태양의 빛을 받아 반짝이는 달처럼.

"차, 찾았다……."

고개를 들었다.

그곳에는——.

긴 머리를 뒤로 모아 묶고서 숨을 몰아쉬는 사츠키 양이 서 있었다.

"어……."

눈만 끔뻑이며 사츠키 양을 올려다보았다.

"어째서 여기에…… 사츠키 양……."

"네가 갈만한 장소쯤이야 알고 있어."

내 마음을 꿰뚫어 보는 눈을 찌푸리고서 사츠키 양은 다시 한숨을 내쉬었다.

"……그렇게 말하고 싶은 참이지만, 사실은 전혀 짐작 가는 바가 없었으니까 열심히 뛰어다니면서 찾아다녔어. 자, 이거."

"아, 내 지갑……."

"이걸 잊으면 전차로 돌아갈 수도 없잖아."

가볍게 휙 하고 넘겨받았다. 지금까지 지갑을 두고 왔다는 사실조차 잊고 있었다는 걸 깨달았다.

나는 정말 글러 먹은 여자다.

이 밤중에 사츠키 양이 일부러 찾아다니게 만들었다.

"으으, 사츠키 양…… 폐를 끼쳐서 미안합니다……."

크게 화를 내더라도 어쩔 수 없는 일이라고 몸을 움츠리고 있었을 때.

"괜찮아."

사츠키 양은 쌀쌀맞은 어조로 말했다.

"나는 그런 건 이미 익숙하니까."

가볍게 손을 내민다.

나는 몇 번씩이나 내 손과 사츠키 양의 손을 번갈아 가며 보고 나서야 머뭇거리며 손을 뻗었다.

손을 잡아끄는 힘에 일어섰다.

저번에 잡았을 때 같은 차가운 감촉이 아니라 살짝 땀이 배어 나오고 있는 사츠키 양의 따뜻한 손. 정말로 뛰어다니면서 나를 찾아다녀 준 거구나.

"정말이지, 바보네."

"응…… 미안해."

어째서일까, 사츠키 양의 평소와 다르지 않은 태도가, 한없이 상냥한 사람처럼 보였다.

그대로 우리는 손을 맞잡은 채 잠시 동안 걸었다.

어느새 구름이 걷히고 하늘에 높이 뜬 달이 발밑을 비춰주고 있었다.

"엄마는 물장사를 하고 계셔."

"응."

"그래서 잔뜩 취해서 아침이 되어야 집에 오는 일도 종종 있고, 언제나 남의 뒷바라지를 하고 있어. 엄마뿐만 아니라…… 덩치만 큰 여자도 우리 집에 종종 굴러들어오고는 해."

"그렇구나."

"응."

내심으로 말을 고르고 있자니 사츠키 양이 맞잡은 손에 힘을 주었다.

"어째서?"

"응?"

짤막하게 말을 꺼낸 사츠키 양이 평탄한 어조로 거듭 질문을 던졌다.

"어째서 인싸가 돼야겠다고 생각했어?"

나에게 흥미가 있을 거라고는 생각할 수 없으니 이건 아까 그 자리를 이어가기 위한 질문인 거겠지만.

"그러니까…… 뭐라고 해야 하나, 눈부셨으니까……."

"……어떤 점이?"

"친구들이 잔뜩 있고, 떠들썩하고, 학교가 끝나면 함께 뭘 먹고, 그러면서 연인을 만들기도 하고……. 나 혼자가 아니라 함께 하는 즐거움이 어쩐지 굉장히 눈부시게 느껴졌으니까……."

미아가 된 채로 깜깜한 밤중에 혼자 있었던 탓인지, 누군가와 대화할 수 있다는 사실에 안도감을 느끼고 있는 걸지도 모른다.

사츠키 양에게는 나도 모르게 아무래도 좋은 것들을 무심코 재잘재잘 털어놓고 만다.

"흐음……."

이번에도 반응은 시큰둥했지만 상관없지 싶었다.

이건 딱히 내 마음을 알아줬으면 해서 말하고 있는 게 아니니까.

"집에 돌아와서 게임을 하는 일상도 싫지는 않았다고 해야 하나, 나는 확실히 즐거웠지만…… 하지만 어쩐지 그냥 그거뿐이라면 언제든 가능한 거니까……. 혼자서 즐기는 게 아닌 것도 해보고 싶어졌다고 할까……."

더듬더듬 얘기를 이어갔다.

나, 이렇게 말을 꺼내고 보니 뭔가 분에 넘치는 소리를 하고 있구나……. 주제에도 맞지 않는 소망을 품고서 먼바다를 향해 배를 저어 나아가는 어리석은 자…….

자기가 선택한 주제에 한계 상황에 몰리자 도망쳐버리다니 정말 최악이다.

"그래."

사츠키 양은 조용한 수면에 파문조차 일지 않을 정도로 작고, 조용히 말했다.

"너에게 있어선 소중한 거였구나."

"으, 응……."

"그렇다면 고마워. 얘기해줘서."

뭘까 이거. 이 느낌…….

쑥스러운 것 같은, 간지러운 것 같은 기분이다.

만약 대낮이었다면 참을 수 없는 근질거림에 가슴을 쥐어뜯고 싶어졌겠지. 하지만 나를 보고 있는 건 저 달님과 사츠키 양뿐.

얘기해줘서 고맙다는 말을 들으면 얘기해서 다행이다, 하고 우쭐거리게 될 것만 같다.

마치 사츠키 양과 뭔가를 공유할 수 있게 된 것 같은 느낌이라.

분명 아마도, 소중한 무언가를.

"자, 그러면."

"엇, 앗, 역이 아니야! 여기 사츠키 양네 집이다!"

"몸이 다 식었잖아. 아무리 7월이라고는 해도 손까지 이렇게 차가워져서는. 목욕물을 데울 테니까 오늘 밤은 자는 편이 좋아."

"어어? 아무리 그래도 그건 너무 미안……."

거기까지 말을 꺼낸 순간 떠올랐다.

그러고 보니 오늘은 집에서 여동생이 기다리고 있다.

내가 마이랑 사츠키 양 사이에 양다리를 걸친다고 착각하고 있는 여동생이 귀신같이 눈을 부라리고 있다.

상대하기에 너무나도 성가시다……. 으으…….

"집에 연락할 거라면 내 스마트폰을 써."

"……네."

감사히 제안에 따르기로 했다.

내가 이 집에 막 왔을 때까지만 해도 묵고 가게 될 거라고는 전혀 생각 못 했는데…… 조금은 마음의 거리가 좁혀진 걸까.

또다시 사츠키 양네 집에 실례하기로 했다. 아파트는 연식이 오래됐고, 방도 결코 넓은 편은 아니었지만, 잘 보면 커튼에 자수가 곁들여져 있거나, 부엌에는 조미료들이 잘 정리정돈 되어 있었다. 생활감이 느껴지는 환경 속에서도 은근히 드러나는 화려함이 아른거렸다.

아까는 전혀 깨닫지 못했어. 어쩐지…… 마음 편한 곳이야.

바로 사츠키 양의 스마트폰을 빌려서 집에 전화를 걸었다. 으엑, 벌써 이런 시간이었나……. 뭐, 당연히도 부모님은 크게 걱정하셨지만 어떻게든 기세로 밀어붙여서 넘어갔다.

"하아……. 내일 학교 가기 전에 집에 가서 옷도 갈아입어야지……."

"적당히 핑계를 대고 체육복으로 등교하면 어때? 내 걸 빌려줄게."

"사츠키 양 체육복을 빌려 입고 둘이서 함께 등교……."

한번 상상해봤다. 내 머릿속 마이가 『오아아아아아─!』라고 절규를 내지르며 분노에 피를 토하고 있었다.

"역시 그건 너무 위험한 거 아닐까?!"

"그래? 나는 어느 쪽이든 상관없지만…… 크크크……."

"우와, 사악한 표정……."

마이의 의표를 찔러 당황하게 만들기 위해서 나를 이용하는 건 그만둬줬으면 하지만, 애초에 내가 이 관계의 발단이나 마찬가지였다.

"목욕 준비가 다 됐어. 속옷도 새로 사둔 게 있으니까 써도 괜찮아."

"엇, 아니야 그렇게까진……."

"3장에 980엔이니까, 326엔이네. 6엔은 깎아주도록 할게."

"제대로 돈을 받는구나?! 아니, 마이보다야 훨씬 낫지만!"

127

뭐든 자기가 내주려고 하는 여자보다는 사츠키 양처럼 각자 자기 몫은 자기가 내는 상대가 교제하기 훨씬 편하다. 아니, 여기서 말하는 교제는 그런 의미가 아니고 말이죠!

"그러면 욕실을 빌리겠습니다."

"응."

실내복으로 갈아입은 사츠키 양한테 양해를 구하고서 탈의실로 향한다.

입고 있던 옷을 벗어서 바구니에 넣고 욕실로 들어갔다. 스테인리스 욕조다. 게다가 스위치를 딸깍거려 봐도 전기가 들어오질 않는다.

"어라."

전구가 나가버린 걸까…….

역시 건축연수가 오래돼서 그런가…….

따뜻한 물로 샤워를 마치고서 머뭇머뭇 욕조에 발을 담갔다. 따뜻해…… 하지만 왠지 마음이 진정되질 않는다.

으으, 역시 창문으로 들어오는 달빛만으로는 어두워서 한치 앞도 구분하기 힘들다.

"수건은 여기에 둘게…… 그런데 아마오리, 어째서 깜깜하게 해놓고 들어가 있는 거야."

두 팔로 다리를 감싸 안고서 물 안에 몸을 담그고 있었더니 상태를 살피러 온 사츠키 양이 놀라서 물었다.

"어? 그야 전기가 들어오질 않았으니까……?"

"아아…… 그랬지, 미안해. 잠깐만 기다려줘."

탈의실에서 부스럭거리는 소리가 들린다. 무슨 일일까.

그 순간 욕실 문이 열리며 사츠키 양이 들어왔다.

"아니 어째서 알몸인가요?!"

"기왕 이렇게 됐으니까."

"아니 무슨 말인지 전혀 모르겠는데요!"

"너, 걔랑은 호텔에서 함께 욕조에 들어갔잖아. 그러면 이걸로 승부는 일대일이 되는 거지."

"대체 뭐야?! 나는 아까 길을 헤매다가 결국엔 인생에서 레나코와 몇 번이나 같이 목욕했는지가 특별한 가치를 지니는 이세계로 흘러들어 온 거야?!"

"시끄러워, 게다가 좁네……. 조금만 더 그쪽으로 붙어봐."

"시끄러운 것도, 좁은 것도 전부 사츠키 양 탓이라고!"

그나마 천만다행이었던 건 주변이 깜깜해서 사츠키 양의 알몸도 잘 보이지 않았다는 점이다.

만약 여기서 전등이 훤히 비추고 있었다면 나는 영원히 벽만 바라보고서 구석에 찌그러져 있었겠지…….

둘이서 들어갈 정도의 공간이 없어서 사츠키 양은 욕조 가장자리에 앉아 다리를 꼬고 있었다.

"아마오리, 잠깐 다리 좀 비켜줘."

"어? 아, 네."

펴고 있던 다리를 접었다.

욕실 안에 작은 빛 덩어리가 둥둥 떠다녔다.

마치 마법 같다. 환상적인 빛에 눈길을 빼앗겼다.

"이건……?"

"특제 욕실 조명이야. 그렇지만 이것만 있는 게 아니야."

이어서 사츠키 양은 샤워기 앞에 있는 간접 조명 스위치를 켰다. 그러자 욕실 벽에 그려져 있던 꽃다발 문양이 허공으로 떠올랐다. 파랑, 빨강, 하양. 활짝 핀 꽃들이다.

굉장해. 굉장해, 굉장해.

"어때? 괜찮지, 이 벽면 스티커. 다음은 이걸로 완성."

사츠키 양이 작은 상자를 거꾸로 뒤집자 대량의 꽃잎들이 욕조에 흘러내렸다.

우와, 엄청나. 이거 꽃잎 목욕이다. 좋은 향기가 나!

벽에 붙어있던 아네모네가 어딜 둘러봐도 시야 가득 피어있었다. 마치 화원 한가운데 놓인 욕조. 동화 속 한 장면 같았다.

"예뻐! 사츠키 양!"

"후후, 그렇지?"

신이 나서 사츠키 양을 향해 시선을 올린 순간, 나는 후회했다.

"우와, 예뻐……."

"응?"

나도 모르게 시선이 사로잡혔다.

"무슨 일 있어?"

금속 머리핀으로 머리를 한데 모아 묶은 사츠키 양. 한 줄기 머리카락이 어깨를 타고서 피부에 달라붙어 있었다. 이슬이 맺힌 것처럼 물방울이 하얗고 윤기가 도는 매끈한 피부를 따라 흘러내리자 한층 더 정취를 자아냈다.

쓸데없는 군살은 어디서도 찾아볼 수 없다. 안 그래도 예리하게 벼려져 있는 도검과도 같은 날 선 미모가 두 가지 간접 조명을 받아 더욱 돋보이고 있다.

미술관에서 제일 마지막에 전시해 놓으면, 코스를 돌던 관람객들의 머릿속에서 지금까지 봤던 미술품 같은 건 전부 날아가 버리지 않을까 싶을 정도로 차원이 다른 아름다움이었다.

"아하, 그렇게나 마음에 들었던 걸까? 우리 집 욕실이."

"아, 응, 뭐, 그렇지……."

시선을 피하면서 입가까지 물에 몸을 푹 담갔다.

"봐, 목욕용 책 받침대도 있어. 이건 내가 DIY로 직접 만든 거야. 꽤 괜찮지?"

"으, 응."

안 되지, 안 돼. 무심코 깜빡 잊어버리고 만다.

지금 여기 있는 사람은 오우즈카 마이보다 나을지언정 결코 뒤떨어지지 않는 예쁜 외모를 가진 아시가야 고등학교 여자 그룹의 톱 엘리트, 코토 사츠키 양이라는 사실을.

원래 같았으면 나 같은 건 함께 목욕을 하기는커녕, 제대로 말도 섞기 힘든 사람이다.

할 말을 잃어버릴 정도로 요염한 자태에 새삼 그 사실을 다시 상기하게 된다.

자기가 좋아하는 욕실을 칭찬받아서 그런지 사츠키 양은 굉장히 들떠있다.

"그렇지, 아마오리. 내가 몸을 씻겨줄게."

"후엣?! 어, 어째서?!"

"함께 목욕하러 들어갔다고 말해도 그냥 들어갔을 뿐이라면 그 녀석을 재기불능으로 만들기엔 아직 재료가 부족한걸. 왜? 부끄러운 거야?"

"그야 당연히 부끄럽지!"

"그러면 그 상태로도 괜찮아."

"후왓?!"

사츠키 양이 욕조 안으로 뛰어들었다.

다리를 펴기도 힘들 정도로 좁은 욕조다. 둘이서 들어가려면 어쩔 수 없이 몸을 딱 밀착시킬 수밖에 없다.

게다가 사츠키 양은 나와 똑바로 마주 보고 있는 자세였다.

마치 테트리스 블록을 끼워 맞추는 것처럼 사츠키 양의 긴 다리가 내 다리 사이에 파고들어 오는 바람에 그 감촉이, 감촉이!

"사사사사사사츠키 양!"

"어, 왜 그래. 무슨 일이야, 안색까지 변해서는."

사츠키 양은 손을 뻗어 샤워기 앞에 놓인 용기를 집고서 손바닥 위에 약간 짜냈다.

"이건 욕조 안에 들어간 채로도 씻을 수 있는 바디워시야. 내가 씻겨줄 테니까 얌전히 있도록 해."

"무리! 무리인데요!"

"대체 왜 그러는 거야, 아까부터."

사츠키 양은 눈살을 찌푸렸다. 입술이 반월을 그린다.

"자, 어차피 이런 거 좋아하잖아. 아내가 몸을 씻겨준다니 기분 좋겠네요, 당신."

"기분 좋다고 해야 하나!"

이제는, 이제 더 이상은!

완전히 야한 기분이 들고 마는데요?!

어째서 사츠키 양은 아무렇지도 않은 거야?! 이거 그냥 평범한 스킨십이라고 생각하는 거야?!

사츠키 양은 바디워시에 거품을 내더니 먼저 내 오른손을 잡았다.

"자자, 가만히 있어."

양손으로 꽉 붙잡고서 세심하게 씻겨주기 시작했다. 히익, 손가락 끝 한 마디 한 마디까지 꼼꼼히. 사츠키 양의 가느다랗고 부드러운 손이 내 손가락을, 손가락을……!

거기다 씻기는데 열중하느라 눈을 살짝 내리깔고 있는 사츠키 양의 속눈썹에 매달린 물방울이 반짝여서, 마치 절세의 미녀한테 시중을 받는 것 같았다. 이게 꿈이라면 정말 최고겠지만, 현실이라서 그냥 힘들 뿐이라고!

이젠 무리다. 오른손 손가락만으로도 머리가 어떻게 될 것만 같은데 이대로 온몸을 애무 당했다가는 이게 끝날 때쯤엔 내 뇌속 쾌락신경계가 전부 타버려서 폐인이 되어버릴 거다.

"저, 저기, 저기 말이지, 사츠키 양……."

"왜 그래?"

조물조물조물, 만지작만지작만지작.

"지금, 사츠키 양이 하고 있는 이거."

"응."

용기를 내서 눈을 꽉 감은 채로 전심전력을 다해 호소했다.

"어, 엄청나게 야하다고 생각하는데요!"

"그래. …………어?"

이제야 드디어 사츠키 양의 시선이 내 쪽으로 향했다. 지근거리에서 눈이 마주친다. 사츠키 양의 눈초리가 급격히 날카로워지더니 그에 비례하듯이 얼굴이 귀밑까지 새빨개졌다.

"야, 야하다니…… 잠깐 너, 무슨 상상을 하고 있는 거야?"

"아니 그치만!"

이건 내 잘못이 아니지?! 나는 잘못한 거 없지?!

"너무 노골적이잖아!"

"아니라고! 몸을 씻겨줄 뿐이잖아?! 등을 밀어주는 거나 마찬가지야!"

"완전 다르다니깐! 성적인 느낌이 팍팍 나는걸!"

"서, 성……."

사츠키 양이 뭐라 말하기 힘들다는 듯이 입술을 우물거렸다.

"자, 잠깐 아마오리…… 너 정말로 그런 건…… 사람의 취향이나 기호는 자유라고 말했지만 틈만 나면 뭐든 그런 쪽으로 결부시키지 말아줬으면……."

"아닙니다─! 사츠키 양이 너무 야한 겁니다─! 아, 기억났다! 애초에 나한테 빌려줬던 책도 그렇잖아! 그걸 전철 안에서 펼쳤단 말이야!"

"어디서 책을 읽든 상관없잖아. 그런 걸 하나하나……. 아."

사츠키 양은 그제야 떠올린 건지 한층 더 표정이 험악해지더니, 그 눈동자에 점차 물기가 맺혔다.

"그러고 보니 조금은 그런 쪽의 묘사도, 있었을지 모르겠네."

"대놓고 있다고! 시작하자마자 장장 40페이지에 걸쳐 성행위였잖아?! 게다가 언니랑 여자애 둘이서 엄청 농밀하게! 사츠키 양은 나를 정말 무슨 눈으로 보고 있는 거야?!"

"그, 그게 아니야! 너는 그런 부분만 콕 집어서 보지 말고 제대로 작품 전체를 읽도록 해, 작품을! 그 장면도 작품의 테마를 전하기 위해서 필수불가결한 장면이니까!"

"아, 정말이지 나 먼저 나갈 테니까 말이지?! 더 이상 야한 짓을 당했다간 정신이 이상해질 거야!"

"자, 잠깐만 기다려, 아마오리! 애초에 우리는 같은 여자끼리니까 이건 절대 그런 게——."

내가 황급히 일어서려고 하는 바람에 욕조에 닿은 손이 바디워시 거품에 주르륵 미끄러졌다.

"우왓."

"잠, 아마오리——."

나는 머리부터 욕조에 처박고 말았다! 이 덜렁이!

첨벙, 하는 소리와 함께 뜨거운 물이 비산하며, 꽃잎이 허공에 날아올랐다.

어푸…… 아야야…….

어, 어라? 아프지 않네?

나는 부드러운 무언가에 안긴 덕분에 큰일 없이 넘어갈 수 있었던 모양이다. 휴우, 살았다.

"······아마오리······."

한기마저 느껴지는 목소리가 머리 위쪽에서 울려 퍼졌다.

"어?"

손가락 사이에 뭔가 걸리는 게 느껴진다. 그건 스피커 볼륨 스위치 정도 되는 크기고, 만지작거리고 있으면 이상한 기분이 들기 시작하는 것 같다.

설마, 이거, 이건······.

내가 얼굴을 박고서 손으로 덥석 쥐고 있던 건 사츠키 양의 가슴이었다.

"그, 그러니까······."

서로의 피부가 밀착되어 있는 상태로 나는 천천히 사츠키 양을 올려다보았다.

사츠키 양은······ 방금 전에 세 사람쯤 살해하고 왔습니다, 싶은 표정으로 나를 노려보고 있었다.

무셔······.

"미, 미안해······."

"······됐으니까 빨리 비켜."

"그, 그래도! 사츠키 양의 가슴, 부드럽고, 따뜻하고, 정말 감촉이 좋아! 고마워!"

백 명쯤 살해하고 왔다는 표정으로 변했기 때문에 입을 다물었다.

"그, 그럼 이만 실례······."

천천히 무릎에 힘을 주고 몸을 일으켜 세웠다.

가슴에서 손을 뗀 순간, 갑작스레 사츠키 양이 눈살을 찌푸렸다.

"으웃⋯⋯."

"⋯⋯⋯⋯⋯."

야한 목소리⋯⋯.

저 사츠키 양이⋯⋯ 언제나 쌀쌀맞은 표정으로 문고본을 펼치고 있는, 모두가 동경하는 쿨 뷰티 사츠키 양이⋯⋯.

"자, 잠깐 아마오리⋯⋯ 빨리."

"핫, 넵, 지금 당장!"

이번에야말로, 황급히 휙 물러섰다. 어깨를 움츠린 나는 혹여나 심장이 쿵쾅거리는 소리가 새어나가지 않도록 가슴을 억누르고서 욕조를 빠져나왔다. 욕실을 나올 때 슬며시 뒤를 돌아봤다.

"⋯⋯아마오리."

"왜, 왜 그러시나요?!"

"⋯⋯제대로 샤워기로 거품을 씻어내도록 해."

"네?! 아, 그렇네요!"

나는 사츠키 양 말대로 거품을 다 씻어내고서 욕실을 나왔다. 일부러 미지근한 물로 샤워를 했는데도 화끈 달아오른 몸의 열기는 전혀 식지 않았지만.

사츠키 양이 건네준 속옷을 입고 위아래 잠옷까지 빌린 나는 손님용 이불 속에 들어가 있었다.

사츠키 양의 방이다. 우리는 목욕을 마친 뒤로 몇 마디 간결한 대화만 주고받고서 잘 준비를 마치고 자리에 누웠다.

내 옆에 나란히 이부자리를 편 사츠키 양은 나에게서 등을 돌린 채로 자고 있…… 지만.

자, 잠이 안 와…….

내가 사랑하는 이불 속에 들어와 있는데도 전혀 마음이 진정되질 않았다.

눈을 감아 봐도 사츠키 양의 알몸이 눈앞에 어른거려!

그뿐만 아니라 마이랑 함께 목욕을 했을 때의 기억까지 다시 되살아나는 바람에 내 머릿속은 핑크빛 아지랑이로 충만해져 있었다.

아, 정말이지 이러니까 얼굴이 예쁜 여자들은…….

갑자기 사츠키 양이 몸을 뒤척였다. 우왓, 내 망상이 흘러나왔나 싶어서 깜짝 놀랐다.

하지만 사츠키 양은 색색거리는 잠든 숨소리를 내고 있다.

눈이 어둠에 적응되자 사츠키 양이 평온하게 잠들어 있는 얼굴이 보였다.

나도 모르게 감탄 어린 한숨이 흘러나올 것만 같았다.

정말로 아름답다. 미인을 이런 식으로 실컷 바라볼 수 있다니, 너무나 귀중한 찬스다. 내 얼굴과는 어디가 다른 걸까나……. 앗, 전부 다였다.

정말, 지금도 믿기지가 않는다.

아시가야 고등학교에 입학해서, 오우즈카 마이랑 만나 친구가 되지 않았다면 평생 인연이 없었을 인종과 이렇게 한방에서 같이 잠을 자게 되다니.

사츠키 양은 분명 나 같은 사람이야 인생의 철로 아래에 깔린 자갈 한 개 정도로밖에 여기지 않겠지만.

나에게 있어서 사츠키 양은 저 하늘에서 반짝이며 손을 뻗어도 결코 닿을 리 없는 빛이다.

오늘 하루를 통해 사츠키 양의 여러 일면을 알 수 있었다. 아르바이트를 하고, 가족을 사랑하고, 지는 걸 싫어하고, 나를 찾아다녀 주고, 목욕을 좋아하고, 이러니저러니 해도 상냥하고.

음침하고 소심한 나는 지금 현재를 열심히 살아가고 있는 사람들은 역시 모두 대단하다는 생각이 든다. 지금까지 계속 여러모로 노력해왔겠지, 인생의 경험치부터가 다르다.

그저 학교에서 대화를 나누는 것만으로는 결코 알 수 없었다.

아마오리 레나코는 이 인싸의 길을 이제야 막 걷기 시작한 참…….

한줄기 서늘한 바람처럼 속삭임이 들려왔다.

"……벌써 잠들었어?"

움찔했다.

"아, 아직."

"그래."

사츠키 양이 가늘게 눈을 뜨고서 이쪽을 바라본다.

어둠 속에서 보석과도 같은 눈동자가 반짝이고 있다.

"사실 이 이불은 말이야, 자기가 묵으러 올 때를 위한 거라면서 마이가 놔두고 간 거야."

"아, 그래서……."

"뭔가 있었어?"

"아, 아니."

마이의 향기가 난다, 같은 소리를 하면 조금 변태 같아…….

"그렇게나 자주 와? 마이는."

"초등학생 때는 거의 매일같이. 하지만 그 녀석도 점점 일이 바빠지기 시작했으니까."

"요전번엔 해외에도 갔었지."

잠시 대답이 돌아오지 않아서 흐암, 하고 작게 하품이 나왔다.

사츠키 양은 몸을 뒤척이더니 나에게 등을 돌렸다.

"내일도 학교에 가야 하니까 빨리 자도록 해."

"아, 응…… 잘 자."

"잘 자."

억지로 눈을 감아봤지만…… 여전히 가슴의 두근거림이 멎지 않아서 졸음이 밀려오려면 아직 조금 더 시간이 걸릴 것 같았다.

옆에는 사츠키 양이 누워있고, 이불에선 마이의 향기가 나서…… 크윽.

하지만 옆에서도 잠시 동안 계속 몸을 뒤척이는 소리가 들려왔다.

……혹시 나와 마찬가지로 사츠키 양도 오늘 있었던 일이 마음에 남아서 잠을 못 이루고 있으려나, 하고.

그럴 리가, 우리들은 그저 계약으로 엮인 연인 사이인데, 마치 마음이 통하는 친구라도 된 것처럼 생각해버렸다.

……사츠키 양이랑도 친구가 될 수 있으면 좋을 텐데.

그런 생각을 하면서 꿈틀거리고 있었더니 화장실이 가고 싶어
졌다.

조심히 일어나서 사츠키 양을 깨우지 않도록 조용히 방을 나섰
다.

살금살금 고양이 걸음으로 볼일을 마치고 돌아왔다. 다시 이불
속으로 들어가려고 했던 바로 그때.

"그렇지."

목소리가 들렸다.

"어라…… 미안 사츠키 양, 나 때문에 깼어……?"

내 말에는 대답하지 않고서 사츠키 양은 머리맡으로 손을 뻗어
스마트폰을 집었다.

"찍는 걸 깜빡했어. 그런 분위기를 풍기는 증거사진."

"뭐어……? 그거, 필요해?"

"물증이 없으면 여차 싶을 때 증명할 수 없잖아."

여차 싶을 때 같은 건 안 온다니깐…….

"기왕 이렇게 됐으니까 이번에는, 그렇지. 조금 대담하게 나가
보도록 할까."

"대담하게라니……."

나는 졸음으로 가득한 눈을 비볐다. 손발이 무거워서 현실과
꿈의 경계선이 애매했다.

"키스 사진이라거나. 어때?"

그 말도 어쩐지 멀리 옆방에서 들려오는 것만 같았다.

"어……."

"자, 아마오리. 뺨을 이쪽으로 대봐."

스마트폰을 겨누는 사츠키 양이 조금씩 내 쪽으로 몸을 가까이 붙였다. 사람의 체온이 느껴진다.

아무래도 바라는 걸 이루기 전에는 자게 해주지 않을 모양이다.

어쩔 수 없네……

"정말이지 참, 절대 유출하면 안 되니까 말이지……"

"알고 있어. 이 총탄은 얌전히 주머니에 넣어둘 뿐이니까 괜찮아. 실제로 쐈다간 경찰서행인걸."

"네에네에……"

사츠키 양의 얼굴이 천천히 다가왔다.

나는 반사적으로 그쪽으로 고개를 돌렸다.

입술에 느껴지는 부드러운 감촉.

사츠키 양의 입술은 살짝 차가워서 사츠키 양다웠다.

한순간의 밀회. 입술과 입술이 떨어졌다.

사츠키 양은 딱딱하게 굳은 채로 아무런 말조차 없었다. 사진도 찍지 않은 모양이다.

……어라?

"……사츠키 양?"

사츠키 양의 얼굴이 새빨갛게 화악 달아올랐다.

"너, 너, 너, 너……?!"

"네, 네?"

"뭘 하는 거야?!"

"키스한다고 말했던 건 사츠키 양이잖아."

화난 목소리에 조금이지만 잠기운이 달아났다.

"보통 키스라고 말하면 뺨에다 하는 거잖아?!"

어, 응……?

나, 지금 뭘 한 거지?

사츠키 양이랑…… 키스했어?

"처, 첫 키스였는데."

…………

나, 설마하니 터무니없는 짓을 저질렀나?

마치 중요한 약속에 늦잠을 잤다가 깜짝 놀라 눈을 뜬 것처럼 심장이 벌렁벌렁 떨리기 시작했다.

"아니, 그게!"

튕겨 오르듯이 일어나서 허둥지둥 손을 내저었다.

"괜찮아! 친구끼리 하는 키스는 노 카운트니까!"

아니, 이게 아냐!

"우리들은 친구 사이가 아니라 연인 사이였지……. 그렇다는 말은 유효……?"

이럴 수가, 아무리 졸린 상태였다고는 해도, 평생 단 한 번밖에 없는 사츠키 양의 퍼스트키스를 빼앗고 말다니.

"아니 일단 미안해, 정말로 미안해. 나는 그럴 생각이 아니라."

필사적으로 사과했다.

만약 사츠키 양이 첫 키스를 정말로 소중히 여기고 있었다면 나는 도무지 돌이킬 수 없는 짓을 저질러버린 것이 된다. 내가 할 수 있는 일이라면 뭐든지 해서 사죄하지 않으면…….

공황상태에 빠진 나한테 등을 돌리고서 사츠키 양은 다시 조용히 이불 속으로 들어갔다.

"……뭐, 별것도 아니었지만."

"새치름한 표정 지어도 귀까지 엄청 빨개져 있는데요!"

"키스 정도야 맨날 하고 있는걸. 딱히 처음도 아니었어. 3억 번쯤은 했다고."

"지금 그거 누구한테 하는 거짓말이야?!"

"그럼 책임져주겠다는 거야?!"

"아뇨, 그건, 저기…… 책임이라는 건 어, 어떤 의미로……?"

사츠키 양도 말문이 막혔다.

"아, 아무것도 아니야! 바보! 됐으니까 빨리 자!"

사츠키 양이 빽 소리를 질렀다. 옆얼굴은 여전히 새빨갛게 붉어져 있었다.

우리들은 서로의 비밀뿐만 아니라, 훨씬 더 엄청난 비밀을 공유하게 되었다……. 어째서 이렇게 된 거지…….

아아, 진짜 잠이 하나도 안 온다고~~~~!

사 짱 ♥

카호

왜?

사츠키

요전번에 양말은 어땠어?

카호

아아, 응

사츠키

기뻐해 주셨어

사츠키

고마워

사츠키

별말씀을,
나랑 사 짱 사이잖아 ♥

카호

미안, 지금 조금 바빠서

사츠키

어, 그래?

카호

아마오리가 행방불명됐어

사츠키

어?!

카호

사츠키

그 바보, 지갑도 우리 집에 그냥 둔 채로 어딘가 가버려서 찾느라 뛰어다니고 있어
더워 죽겠네

괘, 괜찮아? 나도 갈까?

카호

사츠키

괜찮아, 고마워

사츠키

아, 그렇지 카호

사츠키

다음은 핸드워머를 만들고 싶어. 또 가르쳐줘

오케이! 수예 재봉을 갈고닦아 최종적으로는
드레스도 만들 수 있을 정도로 만들어 줄 테니까‼

카호

사츠키

거기까진 됐어

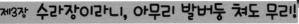

꿈을 꿨다.

내가 대학생이 되어 멋진 자취생활을 만끽하는 꿈이었다.

나는 이제 완벽하게 인싸로 전직해서 대학에 가서도 인기인. 친구들은 3만 명을 넘어섰고, 여기저기서 나를 끌어당기느라 야단이다. 스케줄은 분 단위로 짜여 있어서 오늘도 나를 부르는 목소리가 유명 록밴드의 앙코르 연호처럼 끊이질 않는다.

『하여간, 정말이지. 다들 어쩔 수가 없다니깐.』

큼지막한 침대에 누워서 스마트폰을 확인하자 새로 도착한 메시지가 999건을 넘었다. 하나하나 답장하는 것도 큰일이다. 후후.

입가에 미소녀다운 웃음을 걸고 있었더니 방에 누군가가 들어왔다.

상대는 물론 내 꽃미남 남친인데, 연 수입이 2억 엔이나 되는 유명 배우다. 맞아, 그렇지. 남친의 연줄로 나는 다음 달부터 유명방송국의 월요일 황금시간대 드라마에도 출연하기로 되어있다.

고교 데뷔에 대성공을 거둔 이후로 내 인생은 순풍만범이다.

대학생이 되자 나는 모든 것을 손에 넣고 말았다. 하지만 내 꿈은 아직 끝나지 않는다. 그래, 바로 엔드리스 드림······.

『자, 레나코. 오늘도 멋진 하루의 시작이야.』

남친이 나를 향해 손을 내민다. 그 반짝이는 미소는 아침 햇살보다도 밝게 빛나고 있었다.

행복해. 남친한테 사랑받고 있다는 사실을 피부로 느낀다. 나는 남친의 가느다란 흰 손을 잡고…….

『아니, 오우즈카 마이! 어째서 여기에?!』

『어째서라니, 그야 당연하잖아. 나는 너의…… 후후후, 새삼 내 입으로 말하게 할 생각?』

마이가 침대로 기어들어 왔다. 그러고는 새하얀 시트를 머리에 뒤집어쓰고 나한테 착 달라붙더니 장난을 치기 시작했다. 히익.

『잠깐만, 좀! 꿈속에까지 난입해오지 말라고!』

대형견처럼 마구 달라붙는 마이의 머리를 꾹꾹 밀어냈다.

기분 최고였는데 단숨에 손바닥 뒤집듯 악몽으로 돌변!

『나는 마이랑 연인이 될 생각이 없다니깐! 친구! 레마 프렌드! 이건 내 심층 심리도 뭣도 아니니까! 착각하지 말아줘!』

열심히 외쳐봤지만 나는 순식간에 마이한테 밀려 넘어지고 말았다.

시트에서 머리를 내민 마이는 이미 실오라기 하나 걸치지 않은 모습이 되어 나를 내려다보고 있었다. 끼야악.

목덜미를 타고 쏟아져 내리는 흑발이, 마찬가지로 어느새 알몸이 된 내 쇄골을 간지럽혔다.

……어, 흑발?

별 하나 없는 새까만 밤하늘에 휘영청 떠있는 달과 같은 눈동자가 반짝이며 빛을 내고 있었다.

『저기, 아마오리…….』

『거짓말이지?!』

지금까지 본 적 없는 사츠키 양의 고혹적인 미소에 나는 숨조차 쉴 수 없었다.

그대로 사츠키 양은 내 입술에, 자신의 입술을 천천히 겹쳤다.

『좋아해, 당신을……. 사랑하고 있어, 아마오리…….』

"으꺄악!"

나는 이불을 홱 걷어차면서 벌떡 일어났다.

최악의 기상이다.

그날, 사츠키 양네 집에서 묵었던 날부터 나는 가끔씩 이런 꿈을 꾸게 되었다.

아니 대체 뭐야……. 어째서?

백 보 양보해서 마이는 괜찮아. 아니 괜찮지는 않지만. 아니 근데 친구들이 나를 잡아끄느라 난리라는 것도 자의식이 폭주했다는 느낌이 들어서 엄청 마음이 쓰리지만 일단 그건 뒤로 밀어두자.

어째서, 어째서 사츠키 양이 꿈에 나오는 거야…………

게다가 완전 해버릴 생각으로 만만이잖아 이거……. 서로 알몸으로 말이야…….

어디까지나 설마 싶지만 나는…… 사츠키 양을 좋아하는 거야……? 아니아니아니아니! 겨우 꿈 가지고 영향을 너무 받잖아 나!

그저 사츠키 양의 가슴을 만지고, 한방에서 같이 자고, 키스를 했을 뿐인데.

이미 넘치고도 충분하네!

으으— 나는 같은 동년배 여자애들에 비해서 성욕이 강한 편이라든가 그런 건 아니겠지……. 다들 이런 이상한 꿈을 꾸기도 하는 걸까……. 물어볼 만한 상대는 없지만…….

내가 세면대 거울 앞에서 골머리를 앓으며 앞머리를 세팅하고 있자니 뒤에서 슬그머니 나타나는 그림자.

"언~ 니~."

여, 여동생!

집 안에서 어떻게든 피해 다니고 있었는데 결국은 붙잡혀버렸다…….

"오늘에야말로 반드시 털어놓게 만들 테니까 말이지."

"네, 넵."

"뭐라고 해야 하나, 확실히 언니는 고등학교 데뷔에 성공해서 지금 한창 들떠있을지도 모르지만. 그런 건 좋지 않다고 생각해."

"으윽."

팔짱을 낀 여동생은 생활지도 선생님처럼 완전히 설교 모드에 들어가 있었다.

"무슨 일이든 제일 중요한 건 성실함이야. 자기가 재미있다고 해서 주변 사람들을 이용하기만 해서야 금방 자기 주위에 아무도 남지 않게 될 테니까."

"으으."

딱히 바람을 피울 생각은 없다고 해야 하나, 애초에 마이랑은 연인 관계조차도 아닌데 어쩐지 저 말은 나한테 푹 박혀 들었다.

"궁극적으론 언니의 인생이니까 나랑은 관계없지만 말이야. 그래도 언니가 하고 있는 짓은 인싸도 리얼충도 뭣도 아니야. 조금 인기 있다고 해서 남한테 상처를 줄 만한 행동을 하는 건 그냥 나쁜 사람이잖아."

여동생 선배님……!

중학교 2학년짜리 여자애한테 엄청나게 진지한 설교를 듣는 바람에 나도 모르게 『죄송합니다』 하고 당장 사죄의 절이라도 올려야 할 것 같았다.

"뭐, 내가 말하고 싶은 건 그것뿐. 그러면 나는 아침 연습이 있으니까 먼저 갈게."

"네…… 정말 감사합니다……."

세일러복을 입은 여동생 선배는 포니테일을 휘날리며 호쾌한 걸음걸이로 떠났다.

뒤에 남겨진 나는 거울 속에 비치는 죽은 눈을 한 여자를 바라보면서 앞머리에 머리핀을 꽂았다.

대충 이 정도려나…… 헤헤헤…….

여동생의 진지한 설교가 내 가슴을 꾹꾹 옥죄고 있지만, 괜찮아. 사츠키 양과는 단 2주뿐인 연인 관계고, 그게 끝나면 마이랑 화해해줄 거고, 모든 게 원만하게 풀릴 테니까.

그러니까 내가 꾼 저 불순한 꿈도 앞으로 2주 후면 그림자조차 남지 않고 깨끗이 사라질 게 분명하다.

……정말이니까!

누구한테 하는 변명인지도 잘 모르겠는 채로 등교했다.

이런 상태로 사츠키 양과 만나면 나는 대체 어떻게 되는 걸까…….

아냐, 사츠키 양이니만큼 차가운 표정으로 『무슨 생각을 하는 거야…… 너 바보야?』라면서 지능을 의심하는 시선으로 쏘아보 겠지. 분명 그럴 거다.

나도 알고 있어. 얼굴이 새빨개져서는 『바, 바보라니깐……』하 고 부끄러워하는 사츠키 양은 내 상상 속에서조차 존재하지 않는 다는 건 잘 알고 있으니까.

"아, 좋은 아침이에요! 아마오리 양."

"좋은 아침입니다~."

교실에 들어가자, 하세가와 양과 히라노 양이 제일 먼저 인사 를 건넸다.

"아, 응. 두 사람도 좋은 아침."

사츠키 양의 환영을 밀어내고 쓴웃음에 가까운 미소를 지으며 손을 들어 인사했다.

그러자 두 사람은 가슴을 쓸어내리는 것처럼 휴, 하고 한숨을 내쉬었다.

"하아— 아침의 이 시간…… 미소녀한테 인사를 해도 누구한테 도 혼나지 않는 지극히 행복한 한때……!"

"아마오리 양한테 가까이 다가갈 수 있는 건 아침 시간뿐인걸 요……. 아아, 오늘은 인생 최고의 날이에요~."

"어, 뭐, 뭐야 그게? 아하하…….."

두 사람은 이렇게 얼굴을 마주할 때마다 나를 떠받들어줘서 나 는 이 둘이 정말 좋았다. 나는 나를 좋아해주는 사람이 좋다.

인정욕구가 팍팍 차오른다. 그래, 나는 아마오리 레나코……

누가 뭐라고 해도 마이 그룹의 멤버, 아마오리 레나코다⋯⋯. 싶은 마음에 우쭐해진다.

아지사이 양을 내 영혼에 인스톨해서 청초한 미소를 지었다.

"에이 무슨 말이야, 언제든 이야기를 나누자. 나도 두 사람과 친해지고 싶은걸."

"정말인가요?! 어어—?! 인싸 특유의 립 서비스가 아니고요?! 아니지, 설령 립 서비스라고 해도 기뻐요!"

"와~ 우리 친해져요, 아마오리 양~ 우와~ 이 얼굴을 언제든 볼 수 있다니 너무 행복해. 혹시 연락처 교환도 해도 되는 건가요~?"

"응, 물론이지! 친하게 지내자!"

아아, 행복해. 이거야 이거. 무리해서 학교 내의 지위를 유지하려는 게 아니라, 마음이 맞는 친구와 함께 시간을 보낼 수 있는 건 얼마나 즐거운 일인가.

그런 식으로 셋이서 즐겁게 웃으며 대화를 나누고 있을 때였다.

"⋯⋯좋은 아침."

이어서 교실로 들어온 사람은 사츠키 양이었다.

"히엑⋯⋯ 사, 사츠키 양, 안녕⋯⋯."

사츠키 양은 잠깐이지만 내 근처까지 와서 멈칫하더니, 자기 자리로 향했다.

두, 두근두근했어⋯⋯. 꿈속의 사츠키 양이 또다시 빼죽 고개를 내밀었다.

"아, 그래서 연락처 말인데."

다시 몸을 돌렸다.

그랬는데 하세가와 양과 히라노 양의 눈은 하트 마크로 변해 있었다. 어?!

"지금, 코토 양이 좋은 아침이라고 인사해줬어……! 저 흑발미인의 코토 양이…… 어어? 이건 꿈은 아니지……?"

"설마 코토 양이 말을 걸어줄 줄이야…… 오늘은 베스트 오브 최고의 날이에요……."

"잠깐만, 저기요?! 연락처, 연락처!"

농담도 뭣도 아니라, 진짜로 내 목소리가 들리지 않는 모양이다. 두 사람은 뺨에 홍조를 띄우고서 멍하니 사츠키 양의 옆얼굴만 응시하고 있다. 어떻게 이럴 수가 있어?!

"아아, 저 아름다운 흑발…… 가녀리고 스타일도 좋고, 그야말로 완벽해……."

"하아…… 다시 태어난다면 저 얼굴이 되고 싶어……."

아무리 말을 걸어 봐도 전혀 귀에 들어오지 않는 것 같아서 나는 어쩔 수 없이 터덜터덜 내 자리로 돌아왔다.

이게 현실이라는 건가…….

그런데 사츠키 양의 옆을 지나갈 때, "아마오리" 하고 사츠키 양이 나를 불러 세웠다. 읏.

"왜, 왜 그래?"

"그게…… 다시 방과 후에."

시선을 피하면서 조용히 말하는 사츠키 양의 목소리에 가슴이 쿵 하고 뛰었다. (는 느낌이 든다!)

"아, 응……."

어, 잠깐, 뭐야 이거······. 바로 그 사츠키 양이 긴장을 하고 있는데요······.

뭐야 이거, 무서워, 뭐야 이거, 무서워. 단 두 마디 대사가 내 주변에서 왈츠를 추면서 빙글빙글 맴돌고 있었다.

이래선 마치 사츠키 양이 나를 의식하고 있는 것 같잖아!

그게 아니라니깐. 나는 이제야 드디어 사츠키 양과 어쩌면 친구가 될 수 있으려나 싶은 생각을 하고 있었는데. 그런데 이래서야 엄청난 퇴보라고!

나는 긴장한 채로 자리에 앉았다. 뒤를 돌아보자 사츠키 양과 눈이 딱 마주쳤다.

아으······.

우리들은 눈이 마주쳤다는 사실조차도 은폐하려는 것처럼 황급히 눈길을 돌렸다.

하세가와 양과 히라노 양도 말했지만 역시 너무나 예쁜 얼굴이다······.

아니 그러니까 그게 아니라니깐!

뭐야 이 첫 키스를 한 다음 날, 서로 얼굴을 똑바로 마주 보지 못하는 풋풋한 중학생 커플 같은 새콤달콤한 분위기! 나랑 사츠키 양은 그런 게 아니니까!

"빨리 왔네~ 좋은 아침~ 레나 짱."

자리에서 몸을 부르르 떨고 있자니, 아지사이 양이 다가왔다. 나는 머뭇머뭇 고개를 들었다.

아아, 오늘도 최고로 귀여워······. 폭신폭신 머리카락의 천사……. 나도 모르게 합장을 하고 말았다.

"엇, 뭐야뭐야? 그건 무슨 의미?"

"아지사이 양, 좋아해……."

"뭐어?!"

내 마음속에서 자연스럽게 우러나온 본심을 듣고서 아지사이 양은 얼굴을 새빨갛게 물들였다. 저 반응이 또 퍼펙트함 그 자체인 소녀다운 리액션. 사츠키 양과는 다르다.

"그러니까, 저기, 어어…… 레나 쨩, 이런 곳에서 그런 대담한 고백을 하면……. 아니 그보다 저기…… 계속 물어보고 싶은 게 있었는데…… 저기, 그게."

아지사이 양은 다른 사람들의 시선을 살피면서 당황한 기색으로 머리를 만지작거렸다.

머리부터 손톱 끝까지 귀여움을 듬뿍 담아 이루어진 여자아이에게 필사적으로 애원했다.

"아지사이 양만큼은 마지막까지 내 친구로 있어 줘……. 일생, 계속, 언제까지나 우린 친구야……. 평생 친구야……."

"엇? 으, 응! ……어?!"

그날은 아지사이 양에게 치유를 받으면서 어떻게든 방과 후까지 버텨낼 수 있었다.

우리 반에 아지사이 양이 있어 줘서 다행이다. 만약 아지사이 양이 없었더라면 나는 1교시 도중부터 계속 보건실에 틀어박혀 있었을 테니까.

마이는 가끔씩 나를 신경 써 주었지만, 오히려 마이를 대하는 내 쪽이 더 거북했기 때문에 결과적으로 마이를 피하는 것처럼 되고 말았다…….

으으, 본의는 아니지만 내 정신력이 연애 같은 건 견뎌내지 못한다는 사실을 나 스스로 증명해버렸구나…….

뭐, 학교가 끝나고 나서부터가 본격적인 시련의 시작이겠지만 말이지!

이젠 누구라도 좋으니까 나를 여기서 탈출시켜주지 않으려나……. 백마 탄 왕자님이라거나…… 아니 역시 남자는 긴장되니까 패스! 공주님으로 부탁드립니다!

방과 후, 내 인생에는 그렇게 형편 좋게 공주님이 나타나 주지 않았지만, 대신 그보다 훨씬 상위호환인 천사님이 내 소매를 살짝 잡아당겼다.

"저, 저기 말이야, 레나 짱."

"으응―?"

집에 갈 준비를 서두르던 손을 멈추고 돌아보니 아지사이 양이 상큼발랄한 웃음을 짓고 있었다.

푸른 하늘에 무지개가 걸려있는 듯한 미소였다. 반하겠어.

"저기, 오늘 나, 아무와도 약속이 없는데."

"아, 그렇구나, 별일이네."

"아니, 그렇게까지 드문 일은 아니지만……."

그렇게 말한 순간, 아지사이 양은 마치 뭔가 번뜩인 것처럼 짝,

하고 손뼉을 쳤다.

"아니! 레나 짱 말이 맞아! 몹시 드문 일이야!"

갑작스러운 인기 어필에 절로 웃음이 나왔다.

아지사이 양은 반에서도 인기인이라, 매일같이 누군가와 놀기로 한 약속이 잡혀있다. 스케줄 수첩 달력에는 꽃모양 마크들이 화원을 이루고 있다.

학교에서만이라고는 해도 이 세상에 단 한 명뿐인 아지사이 양과 친근하게 대화를 나눌 수 있다니 나는 정말 행운아다.

그래서 나는 되도록이면 다른 인간들처럼 평등하게 하루에 24시간만 주어진 아지사이 양의 가용시간을 빼앗지 않기 위해 어서 빨리 시야에서 사라져줄 생각이었는데, 아지사이 양은 아직 나한테 하고 싶은 말이 있는 것처럼 보였다. 양손의 손가락을 꼼지락꼼지락거리며 나를 살짝 올려다 보았다.

"그러니까, 그게, 오늘은 어쩔까나— 싶어서."

"응."

"…………어쩔까나—? 싶어서."

"으, 응……?"

나를 물끄러미 바라보는 아지사이 양의 시선이 떨어질 줄을 모른다.

뭐, 뭘까, 이 뭐라 형용하기 힘든 불편함은. 초침이 똑딱똑딱 흐르는 소리와 함께 뭔가의 결단을 내리길 재촉당하고 있는 듯한 느낌이 든다……!

어, 뭐지, 모르겠어! 나는 대체 어떻게 해야……. 아지사이 양

의 기대에 부응해서 아지사이 양을 기쁘게 해주고 싶어!

그러나 눈만 데굴데굴 굴리던 사이에 타임 리미트가 찾아왔다.

"아마오리, 뭐 하고 있어?"

사츠키 양이 다가온다. 마치 칠흑의 암막커튼처럼 아지사이 양의 광채가 가로막혔다.

"아, 그게…… 아무것도 아니야. 그러면 아지사이 양, 내일 또——."

작게 손을 흔들며 인사하려고 했더니, 아지사이 양은 충격 받은 표정을 짓고 있었다.

뭐야?!

"그, 그러니까…… 왜, 왜 그래? 아지사이 양……."

저런 예능적인 표정을 보여주는 아지사이 양은 처음 봤다. 마치 마이한테 쌀쌀맞은 취급을 받은 카호 짱 같아…….

하지만 납작해진 쿠션이 다시 원래 형태로 돌아오는 것처럼 아지사이 양은 이내 정신을 차렸다. 원래의 미소녀 아지사이 양이다. 활짝 피어오르는 명랑한 웃음과 함께 아지사이 양은 땀을 흘리며 양손을 내저었다.

"으, 으으응! 아무것도, 아무것도 아니었어! 잘 생각해보니 나도 오늘 볼일이 있었던 것 같아! 나 무지무지 바빠! 그러니까 내일 또 보자!"

"네, 넷."

뭐, 그렇겠지. 아지사이 양이 한가할 리가 없는걸.

나도 내일 보자고 인사를 돌려주고서 사츠키 양과 나란히 걸었다.

아침에는 동요하는 기색을 숨기지 못하던 사츠키 양도 지금은 많이 진정된 모습이다.

"세나는 무슨 일 있었어?"

"한가했는데 잘 생각해보니 역시 바빴던 모양이야. 아, 다음번엔 아지사이 양도 공부 모임에 초대해 보는 게 어떨까? 혹시 아지사이 양이 한가할 때가 있으면 다 함께 말이야."

"미안하지만 너무 여럿이서 공부하는 건 별로 좋아하지 않아. 효율이 떨어지는걸."

그러려나. 나는 사츠키 양한테 공부를 배우는 입장이라서 할 말이 없었다. 사츠키 선생님의 수업방침을 믿고 따르는 어린 양이다.

내 고삐를 꽉 쥐고 있는 마녀 앞에, 금발 벽안의 미소녀가 나타났다.

"어라, 레나코. 오늘도 사츠키와 함께인 건가?"

오우즈카 마이는 가슴에 손을 댄 채 여유 가득한 웃음을 짓고 있었다.

"어때, 사츠키. 레나코는 정말로 멋진 여성이지? 함께 있으면 가슴이 뛰고, 마음이 따뜻해져. 바로 그거야, 그게 레나코의 매력이지."

마이는 혼자서 응응, 하고 고개를 끄덕이면서 완전히 혼자만의 세계에 빠져 떠들고 있었다.

평소 같으면 사츠키 양은 마이를 완전히 무시하고서 옆을 휙 지나쳐 걸어간다. 그리고 마이는 어깨를 으쓱이는 게 매일 벌어지는 일과였다.

그러나 오늘은 달랐다.

"그러네, 확실히 아마오리는 평범한 녀석은 아닐지도 모르겠네."

"어엇?"

내 옆에 선 사츠키 양은 허리에 손을 올리고서 싫지만도 않아 보이는 웃음을 짓고 있었다.

"실제로 나도 여러 가지로 많이 배우고 있어. 요전만 해도, 그렇지? 아마오리."

네? 요, 요전이라니…… 그거 설마 사츠키 양네 집에서 묵었던 날?

떠올리는 순간, 내 뺨이 점차 뜨거워지기 시작했다.

아니, 그보다 그런 소릴 했다가는 아무리 마이라도 맞받아칠 게…….

하지만 그렇지 않았다. 여전히 마이는 평소와 다르지 않은 표정으로 싱글벙글 웃고 있다.

"호오? 대체 무슨 일이 있었던 거지?"

"그건 조금 말하기 힘드네. 그렇지? 아마오리. 『남』한테는 그다지 말하고 싶지 않지?"

"그, 그야 당연하지!"

함축성이 다분한 말이라는 걸 알면서도 나는 사츠키 양의 말을 긍정할 수밖에 없다.

그런 걸 교실에서 큰 소리로 떠들 수 있겠냐!

아아, 이거 봐, 이런 식으로 싸움을 걸면 이번에야말로 마이가……

싱긋 웃고 있어! 뭐야, 어떻게 된 거야?

"과연 그렇군. 둘만의 비밀인가. 언젠가는 나도 동료로 받아줬으면 싶은걸."

"유감이지만."

사츠키 양은 여봐라는 듯한 태도를 숨기지 않으면서 내 가슴에 꼬옥 안겨들었다. 우와아. 뭐야 이거, 무슨 아침드라마의 한 장면이야?!

"『나와 아마오리』의 『단둘』만의 『비밀』이라서. 그렇지? 아마오리."

제발 좀 살려줘. 창백해진 표정으로 시선을 돌렸다.

그러자 교실 한가운데서 다른 그룹 사이에 섞여 있던 카호 짱과 눈이 마주쳤다.

카호 짱은 척, 하니 엄지 손가락을 치켜올리며 뭐가 됐든 전부 만사형통으로 흘러갈 것이고, 앞으로도 근심 걱정 따위는 결코 없으리라 확신하고 있는 듯한 멋진 미소를 보여줬다.

마이는 날 때부터 여제였으니까 이해가 가지만 카호 짱의 저 긍정적 마인드는 대체 뭘까……. 있는 그대로의 자기 모습을 남들이 사랑해주니까 나올 수 있는 자기 긍정의 힘……?

마이가 어흠, 하고 헛기침을 하고서는 옆으로 살짝 물러나며 길을 비켜줬다.

"그런가, 이거 실례했군. 둘만의 세계에서 부디 마음껏 깊은 인연을 맺도록 해줘. 매너 없이 둘 사이에 끼어드는 짓은 하지 않겠어."

마지막까지 싱글벙글 웃는 표정을 유지하면서 마이는 우리 두 사람을 보내주었다.

분명 나와 했던 약속을 지켜주고 있는 거다.

나는 어깨를 움츠리고서 터벅터벅 걸어갔다. 으으.

사츠키 양은 입가에 손을 올린 채, 아주 기분 좋은 듯이 뺨이 느슨해져서는 후훗, 웃었다.

"그 녀석, 상당히 분한 기색이었네."

"여, 역시 그래?"

예전에 마이가 나를 덮쳤던 계기는 마이가 아지사이 양한테 질투했기 때문이다. 질투심 많은 마이가 다른 누구도 아닌 사츠키 양 상대로 적의를 꼭꼭 감추는 건 상당한 고통이었겠지.

"······어쩐지 조금 불쌍해지기 시작했는데."

"그러네, 좀 더 깊이 캐물어 왔다면 나도 자랑스럽게 증거사진을 보여줬을 텐데."

"그건 그만둬 줄래?!"

이번에는 내가 사츠키 양을 꾹꾹 잡아당길 차례였다.

이런 상태로 사츠키 양과 마이가 화해하도록 만든다니, 과연 가능하려나······ 그렇게 생각하면서도 이제 약속한 날까지 앞으로 1주일.

두 사람의 관계 수복은 여전히 아무런 진전도 보이지 않았지만 시험공부는 순조롭게 진보를 보였다.

"아마오리, 너 또 내용을 완전히 이해하기 전에 다음 진도로 넘어갔지."

"어? 아니 그치만 그러는 편이 효율적이겠다 싶어서……."

"그저 시험에서 좋은 점수를 얻는 것만 목적이라면 그렇겠지. 하지만 지금은 아직 1학년이니까 앞일을 생각하면 확실하게 한 걸음씩 다져가는 편이 좋아."

"사츠키 양, 내 장래까지 생각해서……?!"

"어?"

"아."

도서관에서 나란히 앉아 공부를 하던 중에 사츠키 양의 손과 내 손이 맞닿았다.

단지 그것뿐인데도 가슴속에서 작고 둥그런 불씨가 피어올랐다.

내가 스스로의 마음에 당황하고 있는 사이, 사츠키 양은 저도 모르게 빼낸 자신의 손을 물끄러미 응시하고 있었다.

"……저기, 미리 말해두겠는데, 아마오리."

"네, 넵."

"분명 나는 너랑…… 이, 입맞춤을 했어. 그렇다고 해도 내 마음은 내 것이야. 누구에게도 빼앗길 일은 없어. 그러니까, 그게…… 너무 우쭐대지 말도록."

마치 자기 자신에게 들려주듯이 최대한 담담하게 말하는 사츠키 양의 뺨은 붉게 달아올라 있었다.

……그러니까 그런 표정을 지으니까 나도 덩달아 부끄러워지는 거라니깐!

167

"우쭐거릴 생각은 없지만요…… 예를 들어 어떤?"

"그러네, 예를 들어…… 나를 자기 여자로 취급한다든가."

"그런 적도 없잖아요?!"

"내가 힘들게 벌어 온 푼돈을 갈취해서 도박에 탕진할 생각이지, 언제나처럼……. 괜찮아, 당신을 고른 건 바로 나니까……. 다음번까지 당신을 위한 용돈을 제대로 마련해 둘게……."

"벌써 기정사실인 것처럼 말하지 말아줄래요?!"

외치고 나서야 이게 사츠키 양 나름의 농담이자, 보복이라는 사실을 깨달았다.

나 따위한테 쑥스러움을 느끼고 말았다는 게 분했던 거겠지. 불합리해.

"아니, 그런데 왜 내가 가정폭력 남편 같은 설정이야……."

"너는 여자 기둥서방을 하고 있는 모습이 어울리는걸."

"잠깐만요, 아무리 그래도 그건 너무 심하지 않나요?! 사츠키 양이야말로 안 팔리는 밴드맨 뒷바라지나 해줄 것 같으면서!"

"즉, 나와 네가 함께한다면……?"

"안 팔리는 밴드맨이자 기둥서방인 나를 사츠키 양이 열심히 일해서 돌봐주게 된다는……?"

상상해봤다. 나는 엎드려 TV를 보면서 『괜찮아 괜찮아, 언젠가는 빅스타가 될 테니까!』라며 입만 번지르르한 소리를 하고 있다. 최악의 미래였다.

마이의 애완동물이 되는 것보다도 훨씬 더 심하다…….

"무엇보다 사츠키 양이 그렇게 남 좋을 대로 이용당할 리가 없잖아요. 내가 직장을 잃으면『일자리 정해졌으니까. 내일부터는 여기로 가도록 해』라면서 사츠키 양 집에서 내쫓길 거 같아…….”

“그러네, 그렇게 할게. 그래도 안심해 줘. 일을 마치고 오면 제대로 따뜻한 컵라면을 만들어줄 테니까.”

“사츠키 양은 요리도 할 줄 알면서 굳이?!”

사츠키 양이 후훗, 하고 웃었다. 그러고 나선 다시 후우 한숨을 내쉬었다.

“하지만 그거참 안됐네. 나는 누구도 좋아하게 될 일이 없는걸. 연애 같은 건 의미 없어.”

우옷, 엄청 사츠키 양다운 대사가 나왔다.

저 말이 진실인지 아닌지는 알 수 없다. 하지만 조금씩 사츠키 양에 대해 깨달을 수 있었다.

사츠키 양은 자기 자신에 대한 건 스스로도 모르는 법이라고 말했지만…… 사츠키 양은 분명『스스로가 이렇게 되고 싶다』고 생각한 걸 실천하고 있는 거다.

나도 마찬가지라서 알 수 있다.

내가 리얼충 인싸라면 이렇게 행동해야만 해, 라고 생각한 걸 행동으로 옮기면 약간이라도 이상에 가까워지는 듯한 느낌이 드니까.

그래서 나는 사츠키 양의 말과 행동을 응원해주고 싶다.

“말은 그렇게 하면서도 사츠키 양, 사실은 나를 정말로 좋아하게 되어버린 거 아니야—?”

사츠키 양을 흉내 내면서 심술궂게 웃었다.

사츠키 양이 자를 들고 내 이마를 찰싹 때렸다.

"아얏!!"

"또 웃기는 소리를 했다간 전 과목 0점이 될 정도로 때려주겠어."

"단순히 농담이잖아?! 진심으로 무서운데요!"

우리들은 시끌벅적하게 떠들면서 서로 밉살스러운 소리만 주고받는 것 같았지만.

그렇지만 우리 두 사람의 대화는 어쩐지. 엄청나게 친한 친구 같았다.

그리고 그날 밤.

지금 돌이켜 보면 1학기를 마무리 짓는 소동의 발단은 전부 그날이 원인이었던 것이다.

* * *

한밤중, 나는 내 방에서 혼자 공부를 하고 있었다. 오늘은 날도 선선해서 창문을 열고 선풍기 바람을 쐬는 것만으로도 집중력이 끊어지지 않았다. 스스로가 대견해.

왠지 요즘은 공부를 즐기는 법을 깨달은 것 같은 기분이 든다.

나는 학교의 숙제와 더불어 사츠키 양이 내준 과제를 해치우는 중이다.

어떤 게임이든 그렇지만, 함께해 주는 친구가 있으면 즐겁단 말이지.

격투 게임이나 FPS는 말할 것도 없고, 1인용 액션게임이나 RPG도 『어디까지 갔어—?』라며 함께 이야기를 나눌 수 있으면 행복하다. 뭐, 나한테 그럴만한 상대는 없지만!

공부도 마찬가지다. 열심히 공부하는 사츠키 양과 함께 있으니 나도 덩달아 영향을 받게 되었다고 생각한다.

사츠키 양이 아니더라도 학교 수업에서 즐거움을 발견할 수 있었다면 좋았을 테지만…… 안타깝게도 나는 그 정도로 우수한 학생은 아니었으니까…….

하아— 집에서까지 공부를 한다니 정말로 전교 1위를 해버리면 어쩜담! 사츠키 양한테 원망을 사는 건 아니려나—!

나는 그런 건방진 상상으로 의욕을 끌어 올리고서 남은 문제에 달려들었다.

그러나 상상은 상상일 뿐. 겨우 며칠 노력한 정도로 레나코의 학력이 급상승할 리가 없는지라 마지막 문제에 발목을 잡히고 말았다.

그냥 포기하고 내일 사츠키 양한테 물어보면 되겠지만…… 으—음, 한 문제만 남겨두는 것도 조금 마음에 안 들어…….

스마트폰을 집었다. 친구 목록에 있는 사츠키 양의 이름을 띄워놓고서 팔짱을 낀 채 신음했다.

하지만 지금 아르바이트를 마치고서 집에 가는 중이면 피곤할 테고, 폐가 되려나…….

그 순간 스마트폰이 부릉부릉 떨렸다.

이런 시간에 나한테 메시지를 보낼만한 녀석은 오우즈카 마이밖에 없다. 보나 마나 호화로운 셀카나 보냈겠지…… 어라.

아지사이 양한테서 온 메시지다! 어째서?!

『지금 한가해?』

어엇……? 하, 한가하다면 한가하지만, 뭘까……?

지금 한가한데, 라고 답장하면『그럴 줄 알았어ㅋ 웃겨ㅋ』라는 대답이 돌아오는 패턴……?

아니지 아냐. 아지사이 양은 그런 소리 안 해!

솔직하게 "한가합니다!"라고 답했다. 그러자 바로 날아오는 답장.

『전화해도 될까?』

네?!?!?!

잠깐 기다려, 네? 어, 어쩌지.

나는 스마트폰을 손에 쥐고서 열어뒀던 창문을 닫고 방 안을 안 절부절못하며 돌아다니기 시작했다.

전화라는 건 아싸를 죽이는 병기. 일대일 커뮤니케이션을 강요 당하는 무서운 처벌……. 게다가 대화하는 상대의 표정이나 몸짓 이 보이지 않기 때문에 목소리만으로 모든 걸 파악해야만 한다! 말하는 타이밍이 겹치기라도 했다가는 면목 없는 마음에 죽어버 리는 그것!

싫어…… 아지사이 양한테『어쩐지, 레나 짱은 전화가 서투르 구나. (웃음)』라고 놀림 받고 싶지 않아…….

으으, 만약에『어? 무슨 일이야? 꼭 전화로 해야 하는 용건이 야?』하고 미리 용건을 물어보는 건 어떠려나. 사전에 내용을 들어두면 마음의 준비를 할 수 있으니까 조금쯤은 침착하게 대화를 나눌 수 있을…… 지도 몰라. 하지만 문장이 너무 쌀쌀맞아 보이는 것 같아…….

어떻게 해야 아지사이 양한테 좋은 인상을 줄 수 있을까. 아무것도 알 수 없어져서 "응! 괜찮아!"라고 대답하기로 했다. 정작 내 위는 전혀 괜찮지 않았지만.

대답하자마자 기다리고 있었다는 듯이 (당연히 기다리고 있었겠지!) 전화가 울렸다.

히익. 도망치고 싶어.

나는 권총을 관자놀이에 겨누는 심정으로 스마트폰을 귀에 가져다댔다.

"여…… 여보세요."

그러자마자.

『아, 여보세요?』

통통 튀는 아지사이 양의 목소리가 전화기를 통해 귀에 꽂혔다.

우오오오……. 나도 모르게 몸을 떨었다.

『다행이다. 혹시 레나 짱이 벌써 자는 건 아닐까 싶어서, 어떻게 할까, 혹시 폐가 되지는 않을까 하고 고민했어.』

아지사이 양이, 아지사이 양의 목소리가 이렇게 가까이!

마치 귓가에서 속삭이는 것 같아!

"아, 아냐, 저기, 공부하고 있어서."

『그렇구나, 미안해. 방해한 걸까?』

"아냐! 전혀 그렇지 않아! 지금 막 끝난 참이니까!"

『아— 그렇구나, 다행이야.』

황급히 말을 고쳤다. 수화기 너머로 안도하는 듯한 목소리가 들려와서 나는 마음속으로 눈물을 흘렸다.

사실은 대화 울렁증이 악화되고 있어서 전화는 되도록 피하고 싶었다고는 도저히 말 못 해. 으으.

"그래서 어떤 용건이신가요? 일부러 전화로……."

『음, 그게…… 그냥 어쩐지?』

어쩐지라니! 천사의 변덕이었다.

아니 하지만 잠깐만 기다려봐. 어, 뭔데, 남한테『그냥 어쩐지』라는 이유로 전화를 걸어도 되는 거야? 인싸들끼리만 통하는 룰? 핫, 그렇다면 나는 지금 아싸 티를 내버린 건가……? 한심한 꼴을 보여줘 버린 모양이다…….

고개를 붕붕 휘저었다.

"그, 그렇지! 어쩐지 모르게 전화를 하고 싶을 때가 있지!"

『으, 응. 맞아.』

아지사이 양이 맞장구를 치면서 대화가 끊어져 버렸다.

나는 무언의 공포를 견디지 못하고 황급히 말을 꺼냈다.

"아, 아지사이 양은 뭐 하고 있었어?"

『음— 목욕하고 나왔어. 머리를 말리고 있었더니 문득 레나 짱은 뭘 하고 있을까— 해서.』

"아지사이 양이 집에 있을 때 나를 떠올려 주는 순간이 있다니……."

아지사이 양의 머릿속 일부분을 차지하고 말았다는 사실에 죄책감을 느꼈다.

『어라? 자주 있는걸.』

에헤헤, 하고 웃는 목소리가 들려와서 뭐라 말할 수 없는 따뜻한 온기가 가슴속에 퍼졌다.

행복해. 이게, 행복……? 나는 처음으로 행복의 의미를 깨달았다. 사전에서 행복이라는 단어를 찾아보면 거기에는 『밤에 아지사이 양과 전화하는 것』이라고 적혀있을 게 틀림없다.

"그, 그럼, 예를 들어 어떨 때?"

『음, 예시라. 정말 멋진 곡을 들었을 때라거나. 레나 쨩도 이런 곡을 좋아할까? 싶었을 때?』

전화로 대화를 나누니 확실히 알 수 있었다. 아지사이 양은 음색이나 억양만으로도 자신의 감정을 완벽하게 표현하고 있다는 점이다.

아지사이 양의 모습은 보이지 않는데도 지금 어떤 식으로 웃고 있고, 어떤 몸짓을 하고, 손짓을 하는지가 자연스럽게 전해진다. 이건 사실 상당히 엄청난 거 아닐까.

『말하고 보니 레나 쨩은 어떤 노래를 들어?』

"엇…… 저, 저 말인가요? 그게, 저는…… 요, 요즘 노래는 잘 몰라서."

실제론 게임 노래 같은 걸 즐겨 듣는다. 텐션을 올리고 싶을 때는 최종보스전 BGM을 무한 반복으로 재생해놓기도 한다.

다른 사람한테는 솔직하게 말하기가 껄끄럽다. 꼭 아지사이 양이라서 그런 게 아니라, 순수하게 『어째서?』라는 질문이 날아올 경우 나는 『어, 뭔가 좋지 않나요……?』말고는 대답할 말이 없는 사람이니까.

"오, 오히려 나는 아지사이 양이 듣는 곡에 흥미가 있는걸! 괜찮다면 다음에 가르쳐줬으면 좋겠네! 아지사이 양이 좋아하는 곡!"

『조, 좋아한다고?!』

"어? 응. 좋아하는 곡."

갑작스레 아지사이 양의 목소리가 뒤집혔다. 어째서지.

핫…… 설마 이 화제는 지뢰였다거나……?!

"아, 아니 싫어하는 곡이라도 상관없는데?! 제일 싫어하는 곡이라거나!"

『어, 어어~? 싫어하는 곡이라니……. 뭐야 그거, 레나 짱. 아하하.』

내 얼빠진 발언에 아지사이 양은 크게 웃었다.

반에서도 별로 들어보지 못한 것 같은, 편안한 폭소였다.

그러니까…… 잘은 모르겠지만 지뢰는 아니었던 걸까.

아지사이 양은 즐거운 모양이다. 진심으로 다행이다.

어라? 그렇게나? 싶을 정도로 한바탕 웃고 난 아지사이 양은 이제야 진정했는지 『하―』하고 숨을 내쉬었다.

『맞다, 레나 짱. 같이 게임하자.』

어엇? 가, 갑작스러워!

둘이서 백화점에 화장품을 사러 갔을 때의 아지사이 양을 떠올렸다. 학교에서의 부드럽고 온후한 아지사이 양이랑은 다르게 솔

직하고 구김살 없는 느낌. (어휘력 부족)

어쩌면 아지사이 양도 마이처럼 어딘가 남들이 바라는 캐릭터를 연기하는 구석이 있다거나 그러려나. 분명 자기 입으로 훨씬 어리광쟁이라고 말한 적 있었지. 품행이 단정한 착한 아이가 되려고 노력하고 있는 걸지도.

응. 깜짝 놀라긴 했지만 그래도 집으로 돌아온 천사님이 조금은 마음 편히 쉬고 싶으시다면야 얼마든지 어울려주고말고요. 하계의 일반인 대표로서!

"무, 물론 좋지만 어떤 게임?"

『그러네, 어떤 걸 해볼까─.』

아지사이 양은 쇼윈도 속 케이크를 마음껏 골라 담는 것처럼 즐거워 보인다.

『아, 그렇지. 있잖아, 저번에 레나 짱이랑 같이 했던 게임은 어떨까? 인터넷으로 함께 할 수 있었지?』

"아아─ 그랬었죠, 할 수 있었죠. ……어, 해볼까요?"

『응!』

저 목소리는 인싸 레벨이 50은 되어야 익히는 최강의 공격마법! 이라는 감상이 들 정도로 기쁨으로 넘쳐흐르는 대답이었다. 나도 모르게 내 눈도 하트 모양으로 변해서 심쿵사 해버릴 것 같다.

안 된다고, 아지사이 양…… 그렇게 이 사람 저 사람 가리지 않고 그런 목소리를 내버리면…….

남자쯤이야 단 한 방에 아지사이 양을 좋아하게 만들어버릴 거야……. 나는 다행히도 사랑 같은 건 무리무리니까 겨우 피할 수

있었지만. 정말이지, 조심하지 않으면 안 된다고, 아지사이

양……

『방에 게임기 가져올게. 미안, 잠깐만 기다려줘.』

"아, 네. 알겠습니다."

그러더니 아지사이 양은 스마트폰을 귀에 댄 채로 이동하기 시

작한 모양이다. 조용한 침묵 속, 아지사이 양의 숨소리가 들려와

서 어쩐지 두근두근거려…….

"아, 그러고 보니 나, 친구랑 인터넷으로 노는 거 처음이야……."

『그랬어?』

"응."

애초에 친구랑 같이 게임을 하며 노는 것 자체가 마이에 이어

아지사이 양이 두 번째였으니까.

그러자 아지사이 양은 헤에―, 하고 맞장구를 치며 말했다.

『그렇구나. 내가 레나 짱의 처음인 거구나.』

"어? 으, 응."

그 목소리는 아지사이 양답지 않은 느낌이라 어떤 감정이 섞여

있는지 잘 알 수 없었다. 잘 모르겠지만 뭔가 야시시한 느낌 아니

었어?! 내 정서가 이상한 거야?!

내가 혼란 상태에 빠져들 것 같은 기분에 허우적대고 있을 때.

『그러고 보니 레나 짱은 언제 우리 집에 놀러 와 줄 거야?』

"우엣?"

장난꾸러기 악마와도 같은 속삭임에 나도 모르게 목소리가 나

왔다.

"오, 오늘 밤의 아지사이 양은 적극적이야……!"

『후훗.』

아지사이 양의 달콤한 웃음소리가 뇌리를 간지럽힌다! 아아―, 그러면 안 된다고요!

"그야 물론 아지사이 양이 권해주는 거라면 언제든, 어느 때라도……."

사실 시험이 끝나기 전엔 좀 힘들지만…… 그래도 전에 한번 거절한 전적이 있는 이상, 두 번째는 설령 차에 치여서 뼈가 부러지더라도 당장 뛰어가야만 한다……. 그게 바로 나의 맹세…….

『하지만 시험 전에는 힘드려나? 레나 짱, 지금은 사츠키 짱이랑 둘이 딱 붙어 있는걸.』

"아뇨, 절대 그런 건 아니고!"

그런 식으로 말하면 마치 내가 아지사이 양보다 사츠키 양을 선택한 것 같잖아!

"나는 그 어떤 때라도 아지사이 양이 제일 우선이니까!"

『…………그, 그렇구나.』

한순간 묘한 틈이 있었다.

신뢰받지 못하고 있어?!

『……레나 짱, 그러면 안 돼, 조심해야지. 아무한테나 그런 소릴 하면 분명 착각해버릴 테니까? 떽! 이야.』

역시나! 이것도 저것도 전부, 전에 한번 권유를 거절해버린 탓이야!

"아우아우아우."

내가 허둥지둥하고 있었더니, 모든 죄를 사해주는 것처럼 아지사이 양이 살포시 웃었다.

『후훗…… 그래도 기뻐. 고마워.』

저 한없이 진심이 느껴지는 감사의 말에 절로 얼굴이 빨갛게 달아올라서 아무 말도 할 수 없었다.

『심술궂은 말을 해서 미안해. 레나 짱, 지금 엄청 열심히 노력하고 있는걸. 나는 나중으로 미뤄도 정말 괜찮으니까. 아, 그럼 여름방학의 즐거움으로 남겨두도록 하자. 어때?』

한바탕 놀린 뒤에 내미는 엄청나게 따뜻한 마음 씀씀이에 내 마음은 구원받았다.

"응, 응…… 기대하고 있을게……."

그렇다곤 하나, 아지사이 양네 집에 실례하러 가게 된다면 전날부터 완전히 긴장해서 뜬눈으로 밤을 지새우게 되겠지……. 윽…… 너무 깊게 생각하지 말자…… 실패하지 않으려고 밤새도록 머릿속에서 시뮬레이션을 돌리게 될 테니까…….

뭔가 탁, 하고 내려놓는 소리로 볼 때, 아지사이 양이 방으로 게임기를 가져온 모양이다. 평소에는 거실에 설치해두고 있는 거려나.

『지금 바로 게임기를 세팅할 테니까 조금만 더 기다려줘.』

"네에—."

아지사이 양의 방이라……. 전화 너머로 상상해봤다. 분명 귀여운 방일 거야. 한쪽 면에는 꽃이 활짝 피어있고, 청량한 바람이 불어와서 졸졸 흐르는 작은 시냇물에는 많은 동물이 모여들 것 같은…….

『저기, 카호 짱한테 들었는데 레나 짱은 말이지.』

"앗, 네?"

『마이 짱이랑 사츠키 짱을 화해시키려고 하고 있는 거지.』

그렇다, 일단 겉으로는 그렇게 되어있다.

그래서 내가 방과 후에 사츠키 양이랑 함께 있는 것도, 설득의 일환이라고 설명해뒀다. 실제로도 크게 틀린 말은 아니니까…….

아지사이 양은 평소보다 훨씬 더 나를 신경 쓰는 듯한 말투였다.

『저기 말이지, 만약 기분을 상하게 했다면 미안해. 레나 짱은 어째서 그렇게나 열심인 건가, 싶어서…….』

"어, 그러니까."

뭘까, 내가 그렇게 필사적인 걸로 보이는 걸까. 사실 그렇게도 보이겠네!

하지만 아지사이 양, 그건 말이지, 나는 커뮤니케이션 능력이 너무나 낮으니까 다들 평범하게 해낼 수 있는 일을 하는데도 필사적으로 노력하는 것처럼 보이는 거라고요…….

그런 자학적인 말을 입에 담았다가는 오히려 아지사이 양한테 끝없이 이어지는 위로를 하게 만들어서, 내 인간성의 잔고가 0이 되어 죽고 싶어질 테니까 똑바로 대답하자.

"오우즈카 양도 사츠키 양도, 같은 그룹 친구니까. 그런데도 언제까지고 둘이 다툰 채로 있는 건 역시 싫어서."

내 말은 초등학생이 쓴 작문처럼 상당히 지리멸렬했지만, 오히려 그래서 더욱 진심이 전해졌던 모양이다.

『응, 맞는 말이야……. 카호 짱도 두려움 없이 마이 짱한테 사츠키 짱 이야기를 꺼내고 있어서 굉장하다고 생각해. 아니 어쩌면 나, 엄청 차가운 인간일지도…….』

아뇨아뇨아뇨아뇨아뇨.

"아지사이 양을 차가운 사람이라고 한다면, 사츠키 양은 몸의 7할이 액체질소로 되어 있는 거나 마찬가지야……."

게다가 나는 학교에서 대화를 나누는 사람이 적다 보니 마이랑 사츠키 양이 다툰 것만으로도 대미지가 상당하단 말이야……. 그런 거북한 분위기에도 한없이 약하고…….

사활이 걸린 문제니까 이렇게나 필사적으로 노력하고 있을 뿐이야.

하나부터 열까지 스스로를 위해서다! 안녕하세요, 쓰레기입니다!

하지만 아지사이 양은『아니야』하고 부정했다. 분명 스마트폰 너머에서 고개를 젓고 있겠지.

『요즘은 나도 좀 더 노력해야겠다고 생각해. 친구에 대해서 진지하게 고민해보고, 좀 더 스스로를 바꿔보고 싶어져서 행동에 나서거나.』

"어어……? 아지사이 양도 그런 생각을 할 때가 있구나."

내가 보기엔 마이랑은 또 다른 의미로 모든 면에서 완벽한 아지사이 양이…….

『응. 레나 짱한테 전화한 것도 그런 행동의 일환……일지도.』

"그렇구나."

사츠키 양이 혼자 있을 때를 살펴서 대화상대가 되어주러 가는 상냥함은 그 누구도 흉내 낼 수 없을 것이다. 아지사이 양은 정말 굉장한데도.

나는 나도 모르게 『지금 그대로라도 아지사이 양은 괜찮다고 생각해!』하고 반사적으로 말하려고 했지만, 결국 단념했다.

『지금 그대로도 괜찮아』라니, 스스로 달라지려고 마음먹은 사람 입장에선 가장 듣고 싶지 않은 말이다⋯⋯. 근거는 바로 나.

음침하고 어두운 스스로를 바꿔보려고 마음먹었던 내 노력을 다른 누군가가 다 안다는 듯이 부정해 온다면 아무리 나라도 슬퍼질 테니까.

아지사이 양한테 그런 무책임한 소리를 무심코 하지 않아서 다행이다. 목숨을 건졌다.

내가 속으로 식은땀을 닦고 있던 사이에, 아지사이 양이 부드럽게 미소를 짓는 기척이 느껴졌다.

『나⋯⋯ 제법, 레나 쨩을 좋아하니까.』

마음속에 살며시 스며들어 오는 그 목소리는 너무나도 귀엽고 사랑스러웠다.

"우으, 성은이 망극하옵니다⋯⋯."

『엇, 무슨 임금님한테 칭찬받은 것 같은 반응⋯⋯?!』

"나도 아지사이 양을 정말 좋아해!"

『아아아~ 으으~ 어, 어쨌든 내 소극적인 면을 바꿔볼 테니까⋯⋯ 꼭 바꿀 테니까!』

"응, 기대하고 있을게!"

전화 너머로 뭔가 꾹꾹 참아내는 듯한 목소리가 들려와서 조금 걱정이 들었지만, 어쨌든 아지사이 양도 노력하고 있는 모양이다.

언젠가는 천사에서 대천사로 승급하고, 날개가 16장으로 늘어나게 될지도 모른다.

그러면 이제 게임기 설치도 마쳤고 같이 놀아볼까요, 하는 단계까지 왔을 때였다.

『어라? 무슨 일이야?』

아지사이 양의 음색이 갑자기 확 달라졌다.

"네?"

내가 되물었지만, 아지사이 양은 전화 너머에서 가족 누군가랑 대화를 나누는 모양이었다.

『잠이 안 와?』

말투로 살피건대 얘기하는 상대는 어린애로 짐작된다. 아마 아자사이 양의 남동생일 거다.

『어? 밤에 게임이라니 치사하다고? 누나는 괜찮아. 고등학생이니까.』

아지사이 언니…….

어쩐지 이상한 기분이 들었다. 아지사이 언니의 속삭이는 목소리, 6980엔에 호평 판매 중……. (나는 친구라서 무료…….)

『안—돼, 지금은 안 놀아줄 거야. 내일도 학교 가잖아.』

어린 남자아이가 『에이—』라고 말했다. 아지사이 양의 남동생이 말한 거다. 제가 아니에요.

『자, 그만 방으로 돌아가서 자렴. 어어? 아무것도— 누나는 지금 전화하고 있으니까 방해하면 안 돼.』

아지사이 언니는 난처한 모양이다. 상냥한 아지사이 언니는 나처럼 동생한테 『엄청 짜증나거든—! 돌아가돌아가!』하고 소리치지 않나 보다.

『뭐어—? 정말이지 언제까지고 어리광쟁이라니깐. 엄마는? 싫다고? 누나가 좋아?』

하아…… 커다란 한숨.

포기했다는 것처럼 아지사이 양이 결국 수긍했다.

『정말…… 알겠다니깐.』

그러더니 전화 너머에서 몹시 면목 없어 하는 목소리가 들렸다.

『미안, 레나 짱.』

"아냐아냐, 전혀."

그건 기다리게 만들어서 미안하다는 사과의 말인 줄 알았는데.

『우리 집 꼬맹이를 조금 재우고 올 테니까 잠시만 실례할게.』

"아! 아니야! 신경 쓰지 마!"

『응…… 그럼 나중에.』

전화가 뚝 끊겼다.

갑자기 혼자만의 세계로 돌아온 느낌이라 내 방 카펫 위에 풀썩 주저앉았다.

귓가에는 아직도 아지사이 양의 목소리가 남긴 여운이 맴돌고 있어서 멍하니 스마트폰 화면을 응시했다.

나이 차가 많이 나는 남동생이 있어서 큰일이겠네, 아지사이 양. 집에 와서도 매일같이 남동생을 돌봐주고 있겠구나.

그렇게나 상냥한 아이가 차가운 사람일 리 없잖아.

하아, 나도 다시 태어난다면 아지사이 양의 여동생으로 태어나기를……. 잔뜩 어리광을 부려서 재워달라고 하자…….

그런 생각을 떠올리고 있자니, 내 마음속의 마이가『하지만 지금의 너는 내 피앙세잖아?』라며 슈퍼달링 스마일을 날렸다.

손을 휘저어 망상을 물리쳤다. 야야, 갑자기 튀어나오지 마.

그냥 게임 화면을 틀어놓은 채로 잠시 동안 멍하니 기다렸다. 그러나 아지사이 양한테서『미안해, 오늘은 역시 힘들 것 같아. 정말로 미안해』라는 메시지가 날아왔다.

유감…… 이라는 기분보다는 나같이 무료 가챠로 산더미처럼 쏟아져 나오는 별 볼 일 없는 캐릭터를 위해서 아지사이 양이 너무 신경 쓰지 말아줬으면 좋겠다는 마음이 더 강했다.

침대에 머리만 푹 기댔다.

아, 이거 어쩐지 생각보다 많이 지친 상태네…….

명랑하고 즐겁고 귀여운 아지사이 양과 전화하는 것조차도 이렇게나 체력을 소모해 버린다면 나는 앞으로 어떻게 인생을 살아가야 하는 걸까.

앞으로의 장래에 대해 고민하면서도 매직 포인트가 결국 바닥이 나버려서 그대로 침대에 파고들었다.

진지하게 친구에 대해 생각해본다라…….

사츠키 양과 마이의 문제는 앞으로 조금만 더 있으면 해결된다.

그러면 다음은…… 다시 마이와 하는 승부의 대답을 내놓아야만 하려나.

마이는 3년 안에 나를 함락시키겠다고 말한 이상, 조급해하지는 않을 거라고 생각하지만 그냥 묵묵히 시간이 흘러가도록 놔둘 위인도 아니다.

하지만 나도 언젠가는 저 슈퍼달링에게 가슴을 펴고 『친구야』라고 당당하게 말할 수 있도록.

"……엿차."

침대에서 일어나 조금만 더 책상 앞에 엉덩이를 붙이기로 했다.

성격이 그렇게 금방 바뀔 리도 없고, 마이만큼 뛰어난 외모를 가지는 건 더욱더 무리 중의 무리니까.

적어도 노력을 하면 어떻게 해볼 수 있을지 모르는 부분만큼이라도.

평소 자는 시간보다 조금 더 늦은 밤을 지새우면서, 나는 악전고투를 거듭한 끝에 마지막 남은 문제를 어떻게든 풀어내는 데 성공했다.

매일 조금이라도 한 발짝씩 전진!

* * *

그다음 날 점심시간이었다.

언제나처럼 교실. 마이 그룹에서 사츠키 양이 빠진 넷이서 한창 도시락을 펼치고 있을 때였다.

마이가 너무나도 당연하다는 것처럼 입을 열었다.

"그렇게 됐으니, **이제 슬슬 사츠키와 한번쯤 제대로 대화를 나**

뉘봐야겠다 싶어서.”

나는 빵을 우물거리면서 눈을 껌뻑였다.

사츠키 양과 대화? 그 말은……

“오오~”

“역시나 마이마이!”

아지사이 양이 손뼉을 치고, 카호 짱이 칭찬을 날렸다. 나는 거기서 한 박자 늦게, “대화, 엇, 대화?!” 하고 소리쳤다.

마이가 뜬금없는 거야 언제나 있는 일이지만, 왜 갑자기 그런 심경의 변화를.

오늘도 화려함을 뽐내는 마이는 옆자리에 앉아 있는 미소녀에게 미소를 던졌다. 아지사이 양이다.

“사실은 오늘 아침에 아지사이와 조금 이야기를 했거든.”

뭣이라.

물론 마이랑 아지사이 양은 사이가 좋지만 단둘이서 이야기를 나누는 모습은 좀처럼 본 적이 없다.

우리 반이 자랑하는 2대 인기인이 일대일로 밀담을 나눴다니 어쩐지 정상회담 같은 느낌이다.

아지사이 양은 살짝 창피하다는 듯이 수줍어하고 있다.

“갑자기 미안했어, 마이 짱.”

“아냐, 괜찮아. 나도 뭔가 행동에 나서야 할 때라고 생각하고 있었으니까. 아지사이는 그런 내 등을 밀어준 거겠지.”

“대단한 일은 하지 않았지만.”

아지사이 양은 거기서 마치 나한테 눈짓을 보내는 것처럼 나를 보았다.

어?!

"그래도 나도 친구를 위해서 뭔가 하고 싶다는 생각이 들었으니까."

"후후, 너는 정말로 참 기특한 아이구나."

"으으응, 전혀 그렇지 않아."

서로 마주 보며 방긋방긋 미소 짓는 두 아가씨들. 어쩐지 배경에 꽃들이 활짝 피어있는 것처럼 보인다. 너무나도 아름다워……. 한 폭의 그림 같아…….

카호 짱이 아무 말 없이 스마트폰을 꺼내서 마이와 아지사이 양의 투 샷을 찰칵, 하고 사진으로 남겼다. 지금 왜 찍은 거야? 기분은 이해한다.

"이걸로 **마이아지파**가 한 걸음 리드……."

"뭐야 마이아지파라는 건……?!"

나는 눈앞에서 좋은 분위기에 잠겨있는 두 사람한테 들리지 않도록 카호에게 작은 목소리로 물었다.

"입학 이후로 마이아지파와 마이사츠파는 수면 아래에서 격렬한 전투를 펼치고 있지……."

"아니, 이상하잖아……! 둘 다 여자잖아……?!"

역사책을 읽어주는 것처럼 진지한 표정으로 이야기하던 카호 짱은 태도를 싹 바꿔서 절실하게.

"우리 학교 남자애들 중 인기 있는 애들은 거의 다 여자 친구가 있어 보이니까―."

"그렇다고 해서……."

슈퍼달링이라는 칭호를 달고 있긴 하지만 마이는 누가 뭐래도 여자아이. 굳이 말하자면 반짝이는 공주님 같은 타입이다.

그런데도 여자애랑 커플링을 맺어준다니…….

마이랑 아지사이 양은 마치 사교계의 파티 회장에서 오랜만에 재회한 소꿉친구처럼 마주 웃고 있었다.

"내 주변에는 나와 대등하게 이야기를 나눌만한 친구가 적었으니까. 아지사이의 꾸밈없는 태도에 마음을 치유 받고 있어. 너와는 오랫동안 함께하고 싶은걸."

"아하하, 그렇게 말해주니 기뻐. 나도 마이 짱처럼 멋진 사람이랑 친구가 될 수 있어서 정말로 행복해."

"그건 내가 할 말이야, 아지사이."

혹시 이 두 사람은 하늘이 점지해준 짝이 아닐까? 싶을 정도로 잘 어울렸다.

내 기분 탓일까. 뭔가, 이렇게, 마이가 주인공인 메인 스토리가 전개되고 있다는 느낌이 든다……. 마이의 히로인은 아지사이 양인가, 아니면 사츠키 양인가. 의외로 카호 짱일 가능성도 있고, 아직 등장하지 않은 누군가일지도 모른다.

그야 나는 당연히 주인공의 가장 친한 친구 포지션에……. 가장 친한 친구라…… 어쩐지 압박감이 느껴지는 데다 짐이 무겁네…….

내가 입을 꾹 다문 채로 눈앞에 펼쳐지는 한 편의 마이아지 극장을 지켜보는 관객이 되어 있었을 때, 카호 짱이 겁도 없이 손을

번쩍 들었다.

"네네, 저요! 아 짱은 마이마이를 어떻게 설득했는지 묻고 싶습니다!"

카호 짱은 강하다. 돌파력이 있다.

저러면서도 남들이 불쾌하게 생각하지 않는 건, 캐릭터 탓도 있겠지만 끼어들 적절한 타이밍을 찾아내는 데 능숙하기 때문이다. 그런 쉽지 않은 일을 손쉽게 해치우다니…….

"그건 말이지."

마이가 아지사이 양을 배려하듯 시선을 던졌다.

아지사이 양은 조금 긴장한 것처럼 손으로 가슴을 누르면서도 입을 열었다.

"그게, 나는 마이 짱도 사츠키 짱도 좋아하니까, 두 사람이 남남처럼 지내고 있는 건 조금 쓸쓸하다고 생각했어. 그저 그 마음을 마이 짱한테 전했을 뿐이야."

눈썹을 부드럽게 내리면서 아지사이 양은 포근한 미소를 지었다.

"오직 그뿐인 내 제멋대로인 마음. 마이 짱한테 어리광을 부렸을 뿐이야."

아지사이 양이 쑥스럽다는 듯 웃으면서 말했다.

지금까지 아지사이 양의 어리광은 어디까지나 집에서 아니면 나와 단둘이 있을 때만 겉으로 드러나는 점이었다.

학교에선 그런 식으로 어리광을 입에 담았던 적은 한 번도 없었다고 생각한다.

아지사이 양은 인기인이고, 마이나 사츠키 양도 사실은 사이가 좋으니까 일부러 사이에 끼어들 필요는 전혀 없었을 텐데.

어쩌면 쓸데없는 짓이라고, 너와는 관계없는 일이라고, 그런 말을 들었을지 모르는데도 아지사이 양은 용기를 내주었다.

나한테 필요해서, 그러지 않으면 죽을지도 모른다면서 행동하고 있는 나와는 전혀 달랐다.

아지사이 양이야말로 진정, 정말 상냥한 아이다.

"레나 짱? 무슨 일 있어?"

"어?"

정신을 차리니 어느새 나는 아지사이 양을 물끄러미 쳐다보고 있었다.

황급히 고개를 돌렸다.

왠지, 엄청나게 감동해버렸다. 하마터면 눈물을 흘릴 뻔했다.

스스로가 상처받는 상황이 되더라도 남을 위해 생각할 줄 아는 사람이구나, 아지사이 양은.

아지사이 양에 대해 항상 굉장한 사람이라고 생각하고 있었지만, 내 생각보다도 훨씬 더 굉장한 사람이었다. 그냥 마음씨가 상냥한 게 아니라, 귀엽기만 한 게 아니라, 강하고 훌륭한 사람이다.

"왜애?"

"으으, 아무것도 아니에요…… 세나 선배, 대단해요…….."

"엇, 어쩐지 마음의 거리가 느껴지는 호칭으로 변하지 않았어?!"

존경의 마음을 억누를 수 없어서 저도 모르게 그만……. 고마워요, 하느님. 아지사이 양을 아시가야 고등학교에서 만나게 해주셔서 정말 고마워. 제가 이 기도를 바치겠습니다…….

내가 감동의 눈물을 흘리기 전에 마이가 다시 이야기를 되돌려 주었다.

"뭐, 그렇게 된 거다, 카호. 나도 내 행동으로 인해 다른 누군가가 어떤 기분을 느낄지에 대해선 생각하지 못했어. 설마 가까운 친구가 슬픈 심정을 느끼게 만들어 버릴 줄이야. 아지사이에게 하나 배웠는걸."

"아니야, 오히려 내가 할 말인걸. 누군가가 말해줬다고 해서 바로 대화를 나눠보겠다고 마음을 먹다니, 보통은 그렇게 생각하지 못해. 마이 짱이 훌륭한 어른이라서 그런 거야."

"하하, 이거 낯간지럽네."

하지만 역시나 아지사이 양이라도 마이의 본성은 간파하지 못한 모양이다. 이 자식, 어른이라는 단어와는 완전히 정반대에 있는 여자라고요⋯⋯.

한동안 아지사이 양과 마이가 꽁냥대고 있는 모습을 지켜볼 때였다.

"자 그래서 말이다만."

마이가 화제를 휙 바꿨다.

"부탁이 있어."

마이의 눈이 내 쪽을 향하고 있다.

"레나코가 입회인이 되어줬으면 해. 나와 사츠키가 단둘이서만 만나면 또 서로 말다툼을 주고받게 될 것 같으니까. 수고를 끼치게 될 테고, 폐라고 생각하지만."

흐음흐음, 과연 그렇군⋯⋯.

아니, 어?!

갑자기 이야기의 화살이 내 쪽을 향하자 한순간 사고가 정지해 버렸다.

"어째서 나를 지명하는데?!"

"어째서냐니, 그걸 내 입으로 말하게 할 생각인가?"

마이는 후후후, 하고 의미심장한 표정으로 웃고 있지만, 아뇨 아뇨.

그냥 내가 두 사람이 싸운 원인을 가장 잘 알고 있기 때문이잖 아?!

"마이마이의 최애라서!"

"정답."

오우즈카 마이가 주관하는 퀴즈대회에서 정답을 맞힌 카호 짱 이 이예이―를 외치며 양손을 번쩍 올렸다. 아니, 굳이 요약한다 면 저 말이 맞을지도 모르지만 너무 요약한 거 아닌가요?!

"어떨까, 레나코. 어려울까?"

"그, 그게……."

두 사람의 중재역이라니, 잘해낼 자신이 없다.

요즘은 도망치지 않게 됐다고는 해도, 나는 아직까지도 가끔 옥상에 틀어박히는 소심한 여자다. 그런 녀석이 누군가를 서포트 한다니, 무리무리, 당연히 무리다. 먼저 자기 앞가림이나 제대로 해야죠!

아니, 애초에 굳이 대화를 제대로 나눠볼 필요도 없이, 앞으로 일주일만 지나면 사츠키 양은 마이와 똑바로 화해할 예정이다…… 하지만…….

"레나 짱이 힘들다면야 무리하지 말아줘."

상냥하게 미소 지어주는 아지사이 양이 모처럼 만들어낸 기회다. 내가 이걸 헛수고로 만드는 것만큼은 결코 있어선 안 돼. 그 정도는 나라도 알고 있다.

으으, 그러면 하다못해 카호 짱이 함께 와준다거나!

도움을 요청하는 듯이 시선을 보내자 카호 짱은 내 어깨에 손을 올리면서 조용히 고개를 저었다. 그건 내 역할이 아니라고 말하는 눈동자였다.

"그건 내 역할이 아니라구우."

카호 짱은 실제로도 말했다. 분위기로 알아서 파악하라고 말하지 않고, 확실히 말로 전달해주는 카호 짱은 커뮤니케이션 능력이 낮은 나에게 있어선 정말로 고마운 존재다.

타인을 사귐에 있어서 『알기 쉬움』이라는 점이 얼마만큼이나 귀중한 의미를 가지는가. 나는 카호 짱의 존재를 통해 이렇게 또 하나 배울 수 있었던 것이다. 크윽!

미소녀들의 시선이 나 한 사람에게 꽂혀 들었다.

이런 건, 정말로, 너무나도 내 능력 밖인데!

하지만 아지사이 양도 용기를 냈어! 마이도 사츠키 양과 대화하기로 결심했어! 그럼 다음은 내 차례야!

나는 힘없이 툭, 가슴을 두드렸다.

"알겠어……. 모두들, 오우즈카 양과 사츠키 양에 대해선 나한테 맡겨줘……. 내가 어떻게든 해 볼게……."

나는 그렇게 말한 뒤 배 속의 점심밥이 역류하지 않도록 견디면서 분명 좀비 꼴로 보일 게 분명한 얼굴로 웃었다.

다만, 사츠키 양 쪽은 어떠려나…… 하고 알아보니 사츠키 양한테도 아지사이 양이 먼저 말을 걸어줬다는 모양이다.

아지사이 양이 직접 부탁해온 이상은, 사츠키 양으로서도『어쩔 수 없네……』하고 내키지 않아 했지만 결국 승낙할 수밖에 없었다나.

그거 자체는 좋은 일이다. 두 사람이 대화를 나눠볼 기회를 가졌다는 사실도.

……아니 나도 머리로는 알고 있어. 2주라는 시간이 지나면 사츠키 양도 원만하게 화해할 생각이었지만, 그건 어디까지나 언제나처럼 사츠키 양이 양보하고, 타협해서 먼저 굽혀줄 뿐이다.

만약에 마이가『미안했어』하고 고개를 숙여 반성해 준다면야, 더할 나위 없는 일.

그렇지만 말이지?!

그걸 위해 마련한 자리에 있는 사람이 바로 나! 나잖아?! 아지사이 양이 아니라고!

아아아아, 사람과 사람 사이의 관계를 맡아서 처리하라니, 뭘 어떻게 해야 할지 하나도 모르겠어!

자 그렇게 됐으니, 사츠키 양! 나 같은 사람한테는 전혀 기대하지 말고 혼자서 어떻게든 힘을 내주세요! 곁에서 응원, 응원은 할 테니까요!

플레이— 플레이— 사츠키 양! 힘내라! 힘내라! 사츠키 양—!

"아니, 그런 건 우울하니까 필요 없어."

"넵."

방과 후, 승부의 때가 다가왔다.

교문 앞에서 나와 사츠키 양은 마이가 오기만을 목 빼고 기다리고 있었다.

마이한테서 여기서 기다려 달라는 말을 들었기 때문이다.

"하지만 이게 내 인간력을 시험받는 한 학기의 집대성 같은 거니까……."

그렇다. 인싸 그룹에서 교류해온 성과를 마음껏 발휘하는 거다.

위장이 쓰려오거나, 현기증이 일거나, 얘기를 하는 도중에 아무도 자신을 알아보지 못하는 혼자만의 세계로 도피하고 싶어지거나 했던 경험을 살려서. 완전히 무리 같은데!

"괜찮아, 아마오리."

사츠키 양은 (분명 본인 나름대로는 상냥하게 미소 짓는 거라고 짐작되는 표정으로) 기운을 북돋아 주었다.

"너는 곁에 있어 주기만 해도 충분해. 그걸로도 나는 큰 용기를 얻을 수 있어."

"……정말로?"

"그래, 물론이야. 마음이 따뜻해지고, 진정이 돼. 평소처럼 나다운 모습을 발휘할 수 있을 것 같아. 몸무게가 3킬로 빠지고, 매일 4시간밖에 못 자더라도 8시간은 수면을 취한 거나 마찬가지

인 효과를 얻을 수 있을 것 같은 데다, 복권을 사면 2억 엔에 당
첨되겠지."

"수상쩍은 통판 사이트 선전 문구냐!"

남을 위로하는 방식이 서툴러도 너무 서투르다.

"미안해, 거짓말을 했어."

"아니, 그건 별로 상관없는데요…… 마음만큼은 감사히 받아둘
테니까요……."

"나는 복권을 사지 않았어. 그런 애매한 거에 희망을 걸 생각은
없으니까."

"거짓말이라는 게 그거?!"

내가 소리치자 사츠키 양이 갑자기 쯧, 하고 혀를 찼다. 히익.

"그건 그렇고, 덥네……. 왜 이런 곳에서 기다려야만 하는 걸
까……. 쓸데없이 주목을 모으고 있는 듯한 기분도 들고……."

하교하는 학생들이 우리 옆을 지나칠 때마다 힐끔거리며 보고
있다. ……하지만 그건 키가 큰 흑발의 미인인 사츠키 양이 나른
한 모습으로 은은한 색기를 풍기며 서 있기 때문 아닐까…….

나는 하하, 웃으면서 사츠키 양이 화가 나서 도중에 돌아가 버
리지 않도록 황급히 화제를 바꾸기로 했다. 인간관계를 회복시키
는 작업이 시작된다!

"그, 그건 그렇고, 조용한 장소로 이동할 거라고 말했었지. 분
위기 있는 카페 같은 곳이려나?"

"너, 아직도 그 녀석을 이해하지 못한 모양이네."

사츠키 양이 코웃음을 쳤다.

"그런 일반인이 상상할만한 장소일 리가 없잖아. 그 녀석이 하는 짓이야. 안 좋은 의미로 우리들의 상상을 뛰어넘는 장소일 게 틀림없어."

"안 좋은 의미로."

사츠키 양이 말하고자 하는 바를 뼈저리게 이해할 수 있었다.

역시 사츠키 양. 오우즈카 마이 피해자 모임의 종신 명예 회장.

"으음— 그러면 고급 호텔 라운지라든가……?"

"아직도 멀었네, 아마오리. 어머니가 가진 회사 건물에 30명은 들어갈 수 있을 만한 회의실로 끌고 가는 짓 정도는 할 거야. 『어때? 여기라면 누가 엿들을 염려도 없잖아?』라고 득의양양한 표정으로 싱글벙글 웃으며 그 녀석이 중역 의자에 앉는 거지."

"엇, 그거 무셔……."

사츠키 양이 후우, 하고 많은 의미가 함축되어 있는 한숨을 쉬었다. 미지근한 바람에 흔들리는 긴 흑발이 마치 흑조의 날개처럼 보였다.

"알겠어? 아마오리. 그 녀석이 하는 짓에 일일이 놀라선 안 돼. 기고만장해져서는 다음은 어떻게 깜짝 놀라게 해 줄까나, 하고 자기 딴엔 순전한 선의로 두근두근거리는 게 그 녀석이니까."

"아, 알겠습니다! 선배!"

"대처법은 오직 평정심이야. 무슨 짓을 당하든, 어디로 끌려가든, 『그냥 그런 거구나』 하고 납득하고 받아들여."

"대단해요, 선배…… 오우즈카 마이 스페셜리스트."

"그래. 나는 그 방법을 초등학교 시절에 깨달은 덕분에, 『이번에도 반응이 별로구나…… 좋아, 다음엔 좀 더 취향에 맞춰서 깜짝 놀라게 해주겠어!』라며 항상 역경을 즐기는 몬스터를 만들어버리고 말았어."

"전부 사츠키 양 때문이었어?!"

아무렇지도 않게 흘러나온 충격적 진실.

즉, 지금까지 내가 당했던 이 일들, 저 일들, 그 일들도 따져보자면 전부 사츠키 양이 원인이라는 뜻……?!

사츠키 양은 얼버무리는 것처럼 미소를 지었다.

"미안하게 됐어, 아마오리."

"책임! 책임져주세요!"

"채, 책임……? 당신, 남들 보는 앞에서 무슨 소리를……."

"그게 아니얏—! 마이에 대해서라고!"

"뭐, 알고 있지만."

"지금 말은 농담이라는 것도 잘 알고 있으니까 말이죠!"

"읏……."

사츠키 양은 한순간이지만 불쾌하다는 듯이 미간을 찌푸렸다. 거기에 살짝 겁을 먹으면서 동시에, 쌀쌀맞은 가면을 한 꺼풀 벗고서 진심을 얘기해줬다는 점에 기쁘다는 마음도 들었다…….

내가 복잡한 기분을 품고 있었을 때 드디어 마이가 나타났다. 정확히는 마이를 태운 리무진이다.

"또 리무진이야…… 어쩐지 국내 차량은 대부분 다 리무진이라는 기분이 들기 시작하네요."

"정신 똑바로 차리도록 해, 아마오리."

참고로 지금까지 봤던 리무진들은 외관은 비슷해도 다 차종이 다른 차들이었다고 한다. 적어도 3대는 가지고 있다는 모양. 뭐야? 부자인가? 부자였네.

리무진이 우리 앞에 멈추면서 운전사인 여성분이 차에서 내리며 마치 옥좌 사이에 놓인 커다란 문을 여는 것처럼 뒷좌석 문을 열었다.

그러자 거기서 반짝반짝하고, 빛의 입자와도 같은 무언가가 넘쳐흘렀다. 그건 가늘고 긴 금실 같은 머리카락이었다.

"기다리게 했군, 미안해. 자, 그러면 가보도록 할까."

곧게 뻗은 다리를 지면 위에 내리고서, 마이가 우리들을 맞이하며 차에서 내렸다.

갑자기 나타난 슈퍼달링의 모습에 하교 중이던 여학생들이 환호성을 질렀다. 남자들의 시선도 따끔거릴 정도로 느껴졌다.

으음— 이 얼굴, 이 스타일에, 이 재력…… 인간사회에서 성공하기 위한 모든 요건을 겸비하고 있으시다…….

사츠키 양을 곁눈질로 흘끔 살폈다. 이런 걸 소꿉친구로 둔 사츠키 양은 지금 대체 어떤 생각을 하고 있을까.

쌀쌀맞은 표정이었다. 그렇구나, 이게 평정심…….

"늦었잖아."

그 말에 가까이 대기하고 있던 미인 운전수분이 고개를 숙였다.

"드릴 말씀이 없습니다. 코토 님."

"……아뇨, 하나토리 씨한테 말한 건 아니지만."

운전사 언니가 후후후, 웃었다.

"알면서 말씀드렸습니다. 코토 님이 곤란해하시려나 하고."

".....................아마오리, 나 먼저 돌아갈 테니까 뒷일은 부탁할게."

마이랑 제대로 대화하기도 전인데!

"자, 잠깐만! 나 혼자만 남아봤자 아무 의미도 없잖아?! 저기, 그게 봐봐! 여기서 그냥 가면 내일 아지사이 양이 슬퍼할 거야! 나는 『그렇구나……』 하고 슬퍼하면서도 그런 심정을 드러내지 않으려고 억지로 웃는 아지사이 양을 보고 싶지 않은걸!"

"크윽……."

비장의 패, 『세나 아지사이의 슬픔』을 오픈하는 나. 첫수부터 너무 강한 패였다. 사츠키 양은 진심으로 분한 듯이 발걸음을 멈췄다.

"인간이 살아가는 이상, 자신을 속박하는 굴레도 늘어나기 마련……. 누구에게도 의지하지 않고 그저 혼자서 살아갈 수 있다면 편할 텐데……."

"잘은 모르겠지만 그럼 자, 차에 오르렴."

한없이 가라앉은 기색을 여실히 드러내는 사츠키 양과는 대조적으로 마이는 단 한 점의 그늘조차 없는 미소였다.

하나토리 씨 (항상 리무진을 운전해주시지만, 이제야 처음으로 이름을 알았다.)가 "타시길" 하고 말하며 문을 열어주셨다.

"가, 감사합니다."

"아뇨."

싱긋 웃는 저 미소는, 딴마음은 일절 느낄 수 없는 완벽한 영업용 미소였다. 어쩐지 조금 무서워……!

뒷좌석 (리무진도 좌석이라고 부르는 걸까.)에 올라, 마이와 마주 보고 앉은 나와 사츠키 양.

아니 그런데 그냥 여기서 얘기하면 되는 거 아니야?

그런 나의 소박한 의문을 싣고서 리무진이 출발했다. 엔진 소리가 들리면서도 전혀 흔들림이 없는 건 하나토리 씨의 실력일까, 아니면 리무진은 원래 그런 신기한 탈것인 걸까.

"그러니까……."

마이는 패션 잡지를 휘릭휘릭 넘기고, 사츠키 양은 계속 창밖만 바라보고 있다. 침묵을 견디지 못하고 내가 슬쩍 손을 들었다.

"그나저나, 어디로 가는 걸까요……."

마이가 후훗, 하고 웃었다.

"대화를 나누기에 적합한 좋은 장소야."

좌석 팔걸이에 팔을 올린 채, 뺨을 괴고 있는 마이의 미모에 나도 모르게 얼굴이 빨개졌다.

그건 그야말로 어떤 걸로 깜짝 놀라게 해 줄까 하는 순수한 선의로 두근거리고 있는 미녀의 매력적인 미소, 그 자체였으니까.

"그러니까 말했잖아."

"안 좋은 의미로 상상을 뛰어넘는 여자……."

마주 보고 앉은 마이가 응? 하고 고개를 갸웃거렸다.

지금 내가 어디에 있는가. 그건 조금도 헷갈릴 여지 없이 아주 정확하게 이해하고 있다.

여기는 **긴자에 있는 고급 요정**이었다.

가게 앞에 멈춰 선 리무진에서 내려, 마이의 얼굴만으로 입구를 통과해 가게 안으로 쏙. 그러고선 여관 현관처럼 되어있는 장소에서 신발을 벗고, 이세계로 이어질 것만 같은 구불구불한 복도를 거쳤다.

그 끝에 있는 건 드라마에서밖에 본 적 없는 전통 일본식 공간. 고풍스러운 족자 그림 같은 게 장식되어 있어서, 어디선가 시시오도시(일본 정원의 조경 용품. 물이 차면 기울어지면서 소리를 낸다)가 통, 하고 바위를 때리는 소리가 당장이라도 들려올 것 같았다.

아마 앞으로도 언제가 됐든 『아, 그렇지, 긴자에 있는 고급 요정에 가자』라는 생각을 떠올릴 일은 영원히 없을 테니까, 오늘이 내 처음이자 마지막 방문이다…….

마이는 득의양양한 얼굴로 앞에 놓인 차를 입으로 가져갔다.

"조용하고, 여기라면 누가 엿들을 염려도 없어. 대화를 나누기엔 안성맞춤이지? 이번에야말로 나는 정답이었던 모양이군."

"스케일 감각이 여고생과는 한참 떨어져 있다고……. 정치가가 밀담을 나눌 때나 이용할 법한 진지한 장소잖아……."

확실히 방향성은 틀리지 않다. 하지만 그냥 조금 단 게 먹고 싶네— 하는 사람한테 커다란 수레에 담긴 웨딩 케이크를 내주는 수준이라서 그렇지!

"마침 잘됐으니 함께 저녁 식사까지 하는 건 어떨까? 이 가게는 가이세키 요리가 제법이거든."

"그야 그렇겠지! 요정이니까?!"

"요정이라고 다 그렇다곤 단언할 수 없어, 레나코. 요정이라고 해도 그저 그 이름값에만 취해있는 가게도 있지. 작금의 안타까운 현실이지만 여기는 제대로 된 곳이야."

"그렇구나! 아무것도 몰라서 참 죄송합니다! 아니 그보다 지금 그런 걸 말하고 싶은 게 아니라!"

눈을 반짝이면서 어떠냐고 뽐내는 표정을 짓고 있던 마이는 "그런가" 하고 풀이 죽어 시선을 돌렸다.

"요전번에는 너에게 맛있는 음식을 대접해주겠다고 약속해 놓고는 결국 지키지 못했으니까, 약속도 지킬 겸 어떨까 싶었는데…… 여기라면 조용하고 다른 사람들도 없잖아?"

어쩐지 힘없는 미소를 짓고 있는 마이를 보니 나도 모르게 당황하고 말았다.

확실히 요정은 조용하고, 인구밀도도 한없이 낮고, 인도어파인 내가 화장실로 뛰어들 필요도 없는 장소다.

설마 마이가 파티 때 일을 그렇게까지 반성하고 있을 줄이야, 생각도 못 했다.

갑자기 이렇게 기특한 태도로 나오면 난처하다.

왜냐면 그런 마음 씀씀이는 기쁘니까……!

내가 곤란해하자, 옆에 앉아있던 사츠키 양이 손을 스윽 들어올렸다.

"나는 사양할게. 집에 식사가 차려져 있는걸. 만약 먹으려면 대화가 끝난 뒤에 해줘."

"그런가. 그러면 레나코, 2인분을 주문해도 될까?"

"으으…… 그, 그러면 일단 그렇게……."

삐질삐질 흘러나오는 비지땀을 훔치면서 자동인형처럼 고개를 끄덕였다.

갑작스럽지만 여기서 긴급 속보입니다! 잠깐 제 심경을 정리하는 김에 해설을 하게 해 주실 수 있나요?! 괜찮은 거구나, 고마워!

열심히 아르바이트에 힘쓰는 사츠키 양이 먼저 돌아가 버리면 그저 마이가 나를 좋아한다는 이유만으로 이런 엄청난 장소에서 식사 대접을 받게 되는 건데, 그거 절대로 무리잖아?!

하지만 나를 위해 마이가 일부러 세팅까지 해준 거잖아?!

그리고 나는 남의 권유를 거절하지 못하잖아?!

세 방향에서 내 마음을 마구 잡아당기는 바람에 갈가리 찢겨나갈 것 같으면서도 OK를 하려 했다.

마이가 "아—" 하고 뭔가 깨달은 것처럼 시선을 손에 쥔 찻잔으로 떨어트렸다.

"아니, 괜찮아."

고개를 들고서 싱긋 웃는 마이.

"너와 식사를 할 기회는 앞으로도 얼마든지 만들어 보도록 할까. 목적을 착각할 생각은 없어. 오늘은 이야기를 나누러 온 거니까 말이지."

가슴이! 엄청나게 아픈데요!

어째서 그렇게나 상냥한 거야! 나는, 나는 마이를 배신하고…… 배신하고 사츠키 양과 사귀는 사이가 되었는데…….

안 되겠어. 마이랑 사츠키 양이 대화를 시작하기 전에 내가 먼저 죄책감으로 죽을 거 같다.

남들 모르게 한없이 몸을 움츠리고 있을 때, 사츠키 양이 "그런 것보다" 하고 이야기를 꺼냈다.

"너, 나랑 하고 싶은 얘기가 있는 거잖아. 먼저 그것부터 끝내줘."

"그렇군. 그럼 그렇게 할까."

마이는 어디까지나 자유분방했다.

"어때, 익숙하지 않은 아르바이트는. 힘들지 않나?"

"꼭 그렇지도 않아. 도넛도 할인된 가격에 살 수 있는걸."

"사회인 경력으론 내가 선배니까 곤란한 일이 있으면 언제든지 물어봐도 괜찮다고."

역시나 마이는 사츠키 양이 아르바이트를 하고 있다는 사실도 알고 있었던 모양이다. 뭐, 그도 그런가.

아니 그런데 마이 쪽이 사회인 경력이 길다고……? 이런 귀족 같은 여자가 대체 어떤 일에 종사하는 걸까…… 하고 생각했더니 훨씬 예전부터 모델 일을 하고 있었구나!

"사회인…… 어? 사회인인가? 마이는."

고등학생이라면 누구나 마음속으로 그리는 이미지. 『사회인!』이라고 쓰여 있는 정장 차림의 언니의 동상이 산산이 부서지고, 대신 그 자리에 오우즈카 마이의 황금상이 세워졌다.

마이는 후훗, 하고 웃음을 지었다.

"그래 맞아, 레나코. 너와 함께 놀 때는 항상 내가 직접 번 돈을 쓰고 있어. 평소엔 일과 학업을 병행하느라 바빠서 돈을 쓸 여유도 없으니까. 그러니 신경 쓰지 말고 지금까지 해왔던 것처럼 내가 돈을 쓰도록 해줘. 너를 위해 헌상하는 건 즐거우니까."

사츠키 양이 그 말에 곧바로 쓰레기를 보는 눈으로 나를 쳐다봤다.

"아마오리, 너……."

"아니, 잠깐, 아니야! 오해예요, 오해! 나는 돈을 졸라댄 적은 단 한 번도 없다고요! 네가 멋대로 쓴 거잖아?! 기억 날조 반대!"

전력으로 엑스 자 표시를 만들고서 두 사람을 재촉했다.

"그보다 자, 이야기! 이야기부터!"

"아아, 그랬었지. 음, 그러니까, 사츠키."

즐거운 듯이 웃고 있던 마이가 표정을 가다듬었다. 그 눈동자에 갑자기 진지한 빛이 감돌았다.

평소 마이는 분위기가 부드러워서 마치 금빛 모피를 가진 양 같지만, 이렇게 진지한 태도를 취하고 있으면 마치 딴사람 같은 인상이다. 어떤 어둠도 더럽히지 못하는 고결한 빛의 여신이다.

나는 두 사람을 방해하지 않기 위해 입을 꾹 다물기로 했다.

"이런 나다. 또다시 너의 기분을 상하게 할 만한 일을 저지른 거겠지."

오, 시작이 제법 괜찮다.

"……딱히."

사츠키 양은 시선을 피했다.

그리 간단히 『맞아』라고 할 수 없는 게 소녀의 마음.

특히 마이 상대로는 더더욱. 사츠키 양의 고집의 강도는 다이아몬드를 아득히 뛰어넘는다.

"너도 달라지질 않는구나. 내가 무슨 짓을 했는지는 일절 가르쳐주려고 하지 않아. 언제나 그렇지. 이런 말투는 비겁할지도 모르겠지만 나도 좋아서 그런 짓을 하는 건 아니야."

"……좋아서 그런 적도 많았던 것 같은데."

"그런 짓을 해서 네가 화를 낸다면 그 또한 지당한 일이지. 다만 내가 의도치 않은 일로 네가 화를 내는 건 나로서도 본의가 아니야. 적어도 이유를 가르쳐준다면 나도 개선의 여지가 있을 거라고 생각한다만."

"……그건."

사츠키 양은 모호하게 대답하면서 말을 삼켰다. 말하고 싶지만 말할 수 없는 게 있다. 그런 표정을 짓고 있었다.

지금은 마이 쪽이 훨씬 더 이지적이라, 평소 교실에서 보는 두 사람의 구도와는 정반대였다.

"특히 이번에는 상당히 길게 끌고 있어. 평소 같으면 정말 어쩔 수 없다는 표정으로 사흘쯤 지나면 원래대로 돌아왔을 네가 말이지. 어지간히 화가 많이 났던 거겠지. 그렇다면 뭐라도 말해주는 편이 나로서도 고마운 일이야."

"그러니까 나는, 딱히."

아무리 마이가 졸라댄다 한들, 사츠키 양은 솔직히 이야기할 수 없을 게 분명하다.

그래서 두고 볼 수 없었던 나는, 나도 모르게 끼어들었다.

"저, 저기 마이. 사츠키 양은 마이한테『그야 너, 나를 좋아하』끄악!"

옆에 앉아있던 사츠키 양이 옆구리를 푹 찔렀다!

욱신거리는 옆구리를 누르면서 갑자기 폭력을 휘두른 사츠키 양한테 고함쳤다.

"그렇지만 사츠키 양이 말을 안 하니까—!"

"그걸 마음에 담아두고 있었다는 걸 얘한테 알리기만 해 봐! 평생 우위를 뺏기게 될 거라고! 아니 그보다 애초에 마음에 담아두고 있지 않으니까!"

"뭐—어……?"

내가 마지막 발언은 아무리 그래도 무리잖아…… 라는 표정으로 받아쳤더니 사츠키 양의 얼굴이 화끈 달아올랐다.

"너 말이지! 이참에 확실히 오해가 없도록 해두겠는데!"

사츠키 양은 기세 좋게 마이를 손가락질하면서 눈을 꽉 감고 외쳤다.

"말해두겠는데 나는 **마이 같은 걸 좋아하는 것도 뭣도 아니니까!**"

"그거 깜짝 놀랄 정도로 좋아하는 사람이 하는 전형적인 대사잖아……."

"입 다물어, 아마오리!"

작은 소리로 투덜거리는 소리를 캐치하고서 사츠키 양이 날카롭게 째려봤다. 나는 겁에 질려 몸을 떨었다.

사츠키 양은 시선을 돌려 그 기세 그대로 마이한테 사나운 시선을 던졌다.

"애초에 너도 너야. 어째서 내가 너를 좋아한다고 생각한 거야. 근거를 말해보라고, 근거를."

"그런 걸 하나하나 입에 담을 필요가 있을까? 너는 옛날부터 항상 내 곁에 있었지. 당연하지만 마음도 전해지고 있어."

마이는 가슴에 손을 얹고서 혼자 응응, 하고 고개를 끄덕였다.

사츠키 양이 몸을 움찔했다.

"마, 마음이라니."

"언제나 틈만 나면 나한테 덤벼들어 오지. 마치 초등학생 남자애처럼. 좋아하는 아이를 곤란하게 만들고 싶어지는 그 마음은 잘 알고 있어."

나, 나왔다—! 오우즈카 마이의 프린세스 오브 포지티브! 마이 씨의 눈동자를 통해 보이는 세계는 너무나도 반짝이고 있다고—!

"뭐야 그게…… 너, 내 행동 때문에 곤란했던 적은 단 한 번도 없잖아."

"그렇지 않아. 실제로 지금도 어떻게 해야 너와 화해하고서 아지사이와 카호, 그리고 레나코의 기대에 보답할 수 있을지 알 수 없어서 곤란해하고 있어."

"무엇보다 나도 벌써 고등학생인데 그런 어린애 같은 짓을 할 리가 없잖아."

"아아!"

내가 손을 탁, 쳤다.

"그렇구나, 사츠키 양. 마이를 좋아하니까 마이를 곤란하게 만들고 싶어서 나랑 커헉!"

옆구리에 날카로운 통증이 퍼진다!

"나는 어른이 됐다고. 보이는 부분들도 보이지 않는 부분들도."

그렇게 주장하는 사츠키 양을 향해 마이가 말한 소리는.

"알고 지냈던 시절부터 그다지 달라지지 않은 것처럼 느껴지는데 말이지."

"……뭐……뭐야 그게."

마이한테 사람을 보는 눈이 있느냐 없느냐를 물으면 솔직히 없다고 생각한다. 그건 나 같은 사람을 보고 운명의 상대 운운하는 점만 봐도 명백하다.

하지만 그건 둘째 치고서 마이는 언제나 솔직하게 사물의 본질을 간파하려고 한다.

아마 자신이 오우즈카 마이라는 슈퍼스타를 연기하고 있기 때문에 진정한 자신을 봐주고 있지 않는 걸지도 모른다는 고민에서 나온 반동이라고 생각한다.

남이 자신에게 해줬으면 하는 일을 다른 사람에게도 실천해주려고 하는 마이니까, 그야 뭐 누구에게나 호감을 사는 것도 당연한 선량한 성격이겠지.

그렇기는 한데…… 설령 조금이라도 나아 보이려고 노력해도 일절의 허례나 허식도 통용되지 않는다고 한다면 그건 또 이야기가 달라진다.

나는 생각했다. 마이랑 사츠키 양은 엄청나게 상성이 나쁜 거 아닐까…… 하고.

실제로『달라지지 않았다』라는 말을 들은 사츠키 양은 할 말을 잃고 있을 정도로 동요하고 말았다.

"……그런……어째서 그런 소리를 하는 거야……."

사츠키 양은 『자신은 이렇게 보이고 싶다』고 바라는 갑옷을 몸에 두르고서 매일같이 싸우고 있는 것이다.

마이의 눈에 그런 사츠키 양의 노력은 어떤 식으로 비치고 있을까. 나는 그걸 상상하고 조금 무서워졌다.

어쩌면 마이는 사츠키 양이 노력하고 노력해서 스스로가 조금이라도 더 강해 보이려고 하는 모습에 조금의 가치조차 느끼지 못하는 건 아닐까.

쓸데없는 군더더기를 덕지덕지 달고 있구나, 하고 동정심마저 품고 있다거나…… 그런 건 아닐까 싶어서.

아무리 그래도 그건 내 과대망상이라고 생각하지만!

사츠키 양이 외쳤다. 잔뜩 담아뒀던 울분을 폭발시키는 것처럼.

"――너야말로 어떤데!"

"뭐가 말이지?"

"덩치만 커져서는 조금 마음에 들지 않는 일이 있으면 금방 울음을 터트리고!"

"그건."

"어른이 됐다고 생각하고 있을지도 모르지만 항상 주변에 잔뜩 폐만 끼치고! 머릿속이 아직도 초등학생 여자애인 채로 멈춰있는 거 아니야?!"

어떤 의미로는 사츠키 양도 마이처럼 상대방이 눈을 돌리고 싶어 하는 부분을 찌르고 들어갔을 뿐일지도 모른다. 하지만 악의가 없었던 마이에 비해, 사츠키 양의 말은 명백하게 상대를 상처 입히기 위해 뽑힌 칼날이었다.

아무리 마이라도 목소리에 불쾌함이 서리기 시작했다.

"그건……. 지금 나에 대한 건 상관없잖아? 맞아, 너는 레나코한테 주절주절 전부 떠들었었지. 그 점에 대해서는 입막음을 해두지 않은 내가 어리석었어."

"그러네, 너는 옛날부터 정말로 항상 어리석었어. 언제든 그런 식이야. 평범한 사람이라면 주저할만한 상황에 마주쳐도 너는『나라면 괜찮겠지』라는 아무런 근거 없는 자신감을 품고 있으니까 아픈 꼴을 보는 거라고. 아마오리를 화나게 만들었을 때도 그랬었잖아?"

이어지는 연계. 마이의 눈이 가늘어졌다.

"……그건 내 잘못이다. 실패는 인정하겠어. 하지만 이래 봬도 언제나 잘하려고 노력하고 있는데 말이지."

"어라, 그것참 훌륭한 일이라고 생각해. 그래서 마이가 노력한 성과를 부디 꼭 내 연인인 아마오리한테 보여주면 되잖아. 다음에 우리 집에 놀러 오도록 해, 아마오리. 잘 찾아보면 마이가 대실패해서 훌쩍훌쩍 울고 있는 사진을 열 장이나 스무 장쯤 찾을 수 있겠지."

"어엇……?"

마이의 우는 얼굴……. 전혀 상상이 가지 않는다. 확실히 보고 싶기는 한데…….

거기서 마이가 쾅, 하고 테이블을 내리쳤다. 히익.

결국 마이의 인내심의 끈에 금이 가고 말았다.

"어째서 레나코를 끌어들이려고 하는 거야! 너는 정말로 심술

굿군!"

"아침 다섯 시 반까지 엉엉 울던 너랑 어울려줬다는 시점에서 충분히 상냥하고도 남는다고 생각하는데?! 마이는 남들이 상냥하게 대해주는 데 너무 익숙해져 있다고! 그런 점이 딱 질색이야!"

"나도 마찬가지로 이제 와서 생색이라도 내려는 것처럼 말하는 너의 씀씀이가 마음에 들지 않는군! 그럴 거라면 처음부터 거절해줬으면 좋았을 것을!"

"허세 부리기는! 내가 거절했으면 달리 갈 곳도 없었던 주제에!"

"아니, 그렇지 않아!"

싸움이, 싸움이 시작되어 버렸어…… 하고 벌벌 떨고 있던 내 곁으로 마이가 다가왔다.

그러고선 내 팔을 쥐었다. ……응?

"지금 나에겐 마음 깊이 사랑하는 여성이 있으니 말이지. 앞으로는 레나코를 의지하기로 하겠어."

"어?!"

마이는 넋을 놓고 바라볼만한 미소를 지었다.

그러고서 이것 좀 보라는 듯이 사츠키 양을 쳐다봤다.

"그러니까 지금까지 고마웠다, 사츠키. 이제 내 곁에는 레나코가 있어. 앞으로 나는 레나코와 함께 걸어가도록 할게. 결혼하자, 레나코."

"안 할 건데요?!"

뭘 얼렁뚱땅 혼잡한 틈을 타 이상한 소릴 하는 거야!

그나저나 수영장에서는 나한테 절대 우는 얼굴을 보여주지 않으려고 했던 마이다. 연인한테 솔직하게 울음을 터트린다니, 도저히 불가능할 거라는 생각이 든다. 이건 가는 말이 고와야 오는 말이 곱다고, 사츠키 양의 앞에서 대항심을 표출하고 있을 뿐이다…….

하지만 그런 마이를 향해 사츠키 양이 얼굴을 찌푸렸다.

"지금까지 고마웠다, 라고……?"

자기가 이만큼이나 꾹꾹 참고 어울려줬거늘, 이라는 분노가 느껴진다. 사츠키 양 입장에선 은혜를 원수로 갚는 거나 마찬가지일지도 모른다.

등줄기가 오싹했다.

뭐지……? 위, 위험해. 잘은 모르겠지만 더 이상 이 자리에 있다간 엄청난 일에 휘말릴 거라는 느낌이 왔다.

앗, 배가 아파지기 시작했다. 아파진다는 느낌이야! 중학교 시절의 트라우마가 되살아났다. 아프다고 믿어버려서 정말로 통증이 느껴지는 현상이다. 이걸로 나는 몇 번인가 수업을 빠진 실적이 있다. 좋아, 화장실에 가자.

"후후."

나는 일어서자마자 그 자리에 우뚝 멈췄다.

"후후후후후……."

옆을 돌아보자 사츠키 양의 입꼬리가 초승달처럼 올라간 채로 웃고 있었다. 무서워.

손목을 꽉 붙잡혔다. 마치 한 줄기 거미줄을 타고서 벗어나려는 나를 잡아 끌어 내리는 지옥의 죄수처럼.

"우스꽝스럽네. 그러면 너는 혼자 남고 마는 거구나, 오우즈카 마이."

"……뭐라고?"

앗, 이거. 위험해.

"너조차도 똑똑히 알 수 있도록 말해주겠어. **나랑 아마오리는 사귀는 사이라고!**"

쿠쿵—!

요정에 울려 퍼지는 사츠키 양의 커밍아웃. 아아—!

나는 어깨를 움츠리고서 눈을 꾹 감았지만 정작 마이로부터는 아무런 리액션도 없었다.

머뭇머뭇 살짝 실눈을 떴다.

그러자 마이는 눈만 꿈뻑꿈뻑 하고 있었다.

"대체 무슨 소릴 하는 거야? 너는."

마이는 조금도 믿지 않는 모양이었다.

앗, 그도 그런가. 우리들이 사귀고 있다니, 나랑 사츠키 양의 관계를 잘 아는 사람일수록, 황당무계한 이야기로밖엔 안 들리겠지.

아지사이 양이나 카호 쨩이라도…… 아니, 왠지 카호 쨩은 알 수 없는 힘을 가지고 있으니 잘 모르겠지만 믿을 리가 없다.

"웃기지도 않는 농담은 적당히 하도록 해, 사츠키. 나랑 너를 저울에 달고서 너를 고를만한 사람이 있을 거라곤 도저히 생각할 수 없어."

아무리 그래도 마이의 저 대사는 좀 자신감이 지나치지 않나 싶지만!

후훗, 하고 머리를 쓸어 넘기며 미소 짓는 마이를 향해 사츠키 양이 스마트폰을 들이밀었다.

"이게 바로 증거인 키스 사진이야."

"이런 말도 안 되는?!?!?!"

화면을 본 마이가 몸을 뒤로 젖히면서 쓰러졌다. 마이─!

거기에는 아주 똑똑히 그날 밤의 나랑 사츠키 양의 키스 장면이 찍혀있었다.

"잠까아아아안! 대체 뭘 가지고 있는 건가요?! 사츠키 양!"

"이런 일도 있을까 싶어서 카메라는 확실히 기동시켜 놨어."

이 사람은! 정말로 빈틈이 없어!

그보다 남한테 키스하는 모습을 보여준다니, 아무리 상대가 친구라고는 해도 너무 창피해서 뇌까지 끓어오를 것 같다.

아니, 그 이전에!

"그런 걸 보여줬다간!"

"보여줬다간?"

"마이가 착각할지도 모르잖아요!"

내 온 힘을 다한 외침을 뒤집어쓰고도 사츠키 양은 손톱만큼도 흔들리지 않았다.

"착각? 무슨 소리를 하는 거야?"

사츠키 양은 내 뺨에 손을 올렸다. 히엑. 그 손바닥은 분명한 열기를 머금고 있어서, 사츠키 양의 흥분이 전해져오는 것만 같

앉다.

너무나도 아름다운 얼굴이 나를 들여다보며 한 폭의 명화처럼 웃었다.

"여기 찍혀있는 사진이 모든 걸 말해주잖아. 저기, 여기서 이다음을 이어서 해줘도 괜찮은데?"

이게 2주 전이었다면 사츠키 양의 압박감에 짓눌려서 아무 말도 하지 못한 채, 얼굴을 빨갛게 물들이고 입만 뻐끔거릴 수밖에 없었겠지.

하지만 지금의 나는 다르다. 사츠키 양의 손을 확 떨쳐내고서 힘주어 지적했다.

"지금도 속으론 엄청나게 창피해하는 주제에!"

그러자 점차 사츠키 양의 얼굴이 빨갛게 달아올랐다.

"그, 그것도 당연하잖아! 그야 첫 키스였는걸!"

"괘, 괜찮아! 그 키스는 카운트에 안 들어가니까! 잠꼬대였으니까!"

"그건 그냥 네가 그렇게 주장하고 있을 뿐이잖아!"

"그렇지만 무리인걸! 이렇게나 미인인 사츠키 양의 퍼스트 키스를 빼앗아버렸다는 사실에 내 존재가 버티질 못한다고!"

"딱히 그래서 내가 이래라저래라 뭘 요구하는 것도 아니잖아! 이미 일어난 일을 없었던 일로 취급하려는 것 자체가 유감이라고!"

나랑 사츠키 양의 더없이 사실미를 띠고 있는 설전을 보고서.

마이는 넋이 나가 고개를 떨구고 있었다.

"바보 같은…… 이 내가 사츠키한테 졌다고……?"

마치 RPG 게임 최종보스 같은 대사다.

"앗, 아니야, 마이! 어디까지나 사츠키 양은 마이한테 과시할 생각이었고, 처음엔 뺨에 할 생각이었는데! 이건 사고 같은 거라서! 그러니까, 그게 아니야!"

"뭐가 아니라는 거야?"

사츠키 양은 나를 등 뒤에서 껴안았다. 잠까안!

뿌리칠 수 없다. 사츠키 양도 힘이 세구나!

내 귓가에 입을 가져다 댄 사츠키 양이 달콤한 죽음의 신처럼 속삭여왔다.

"나랑 연인 사이가 됐고, 나랑 키스를 했다는 게 만약 사실이 아니라고 한다면 얼마든지 말해볼래? 물론 그건 불가능 하겠지만."

그 목소리는 조용해진 방 안에서 쓸데없이 크게 울렸다.

"연인, 사이라고……?"

마이의 눈이 커다래졌다. 그 모습이 내 눈에 똑똑히 들어왔다.

"으, 으으으…… 그, 그게 아니야…… 이건 2주 기간 한정 교제고……."

"그렇지. 하지만 당신과 나는 『사귀는 사이』 맞지?"

"레나코……."

"으으으으으으으."

사츠키 양과 마이와 후회 사이에 꽉 끼어서 납작해질 것만 같다.

어째서 이런 일이 벌어지게 된 걸까. 처음부터 알고 있었으면서.

사츠키 양과 연인 관계로 맺어지면 마이가 상처 입게 될 거라는 걸.

두 사람을 화해시켜야 한다는 생각으로 머리가 꽉 차 있어서 그 후에 벌어질 일들에 대해선 전혀 생각하지 않았다. 방법이야 그 밖에도 얼마든지 있었을 텐데.

소중한 친구니만큼, 제대로 소중하게 여겼어야 했는데. 마이한 테는 아무 말 없이 소꿉친구와 사귀다니, 정말 최악의 행동이다.

마이가 힘없이 고개를 들었다. 머리카락 사이로 물기를 머금은 눈동자가 나를 비춘다.

마이한테서, 너를 친구라고 여기고 있었는데, 하는 원망의 말이라도 날아왔다간 나는 이제 두 번 다시 일어날 수 없을지도 모른다.

마이가 입을 열었다.

"어째서…… 레나코……. 나라는 연인이 있으면서 바람이라니……."

"친구! 친구잖아! 레마 프렌드! 연인이 아니야!"

대체 뭐야?! 사귀고 있다고 여기고 있었어?! 이 녀석은 기억을 어디다 내버린 거야?!

"그렇지만 말했잖아! 사츠키 양이 좋을 대로 하게 놔두라며! 그 결과가 이거라고!"

"그런가, 그때 사실 너는 나를 시험해봤던 건가……? 내심으론 자신을 막아줬으면 하고 가슴이 찢어지는 심정으로 외치고 있었는데 나는 너의 손을 놓아버렸던 건가……."

"누가 그런 연인의 애정을 시험하기 위해서 일부러 바람을 피우는 여자 같은 행동을 한다는 거야!"

속사포처럼 외쳤다.

마이한테 책임을 떠넘기는 것 같아서 정말로 미안하기는 하지만 실제로 내 등을 밀어준 건 그때 마이가 했던 말이었으니까.

"마지막에 자기 곁에만 있으면 그걸로 충분하다고 말했던 것도 마이잖아!"

"그럼 마음은 내 수중에 있다는 뜻……?"

"내 마음은 내 건데요?!"

극심한 충격으로 기력을 잃은 마이 앞에 서서, 사츠키 양은 여봐라는 듯이 내 허리를 안았다.

"이거야, 이걸 보고 싶었어……."

그리고 마법 소녀한테 최후의 일격을 찔러 넣기 직전의 악의 여간부처럼 웃었다.

"나는 이걸 보고 싶었던 거라고! 오우즈카 마이가 내 앞에 설설 기고 있는 모습을! 아아, 어찌나 기분이 좋은지! 오늘은 내 생일이야! 코토 사츠키의 인생은 여기서 완성됐어!"

사츠키 양은 최상급의 미소와 함께 웃음을 터트렸다.

아, 정말이지 어떻게 해야 하는 거야, 이 지옥과도 같은 상황…….

아지사이 양, 정말로 미안해…… 나 같은 녀석의 커뮤니케이션 능력으론 어떻게 해 볼 수도 없었어……. 도움이 되지 못해서 미안해…….

마음속 깊이 승리의 기쁨을 만끽하는 사츠키 양을 향해 마이가 말을 걸었다.

"……기다려, 사츠키. 방금 레나코는 2주 기간 한정의 교제라고 말했지. 그럼 그 이후엔 어쩔 생각이야?"

"그러네. 처음에는 그럴 생각이었지만 기분이 좋으니까 아마오리의 생각에 따라선 얼마든지 계속 사귀어 줄 수도 있겠네."

어?! 자, 잠깐만 기다려주세요, 사츠키 양! 약속이 다르잖아!

그치만 두 사람을 화해시키기 위해서…….

잠깐, 이렇게까지 승리선언을 외친 상태에서 『그러면 2주 지났으니까, 다시 원래대로 돌아가자, 마이』 같은 게 될 리가 있나! 그야 그렇겠지!

"너는 레나코랑 결혼하는 건가?"

"할게."

"안 할 건데?!"

앙갚음을 위해서 결혼 상대를 고르지 말라고, 코토 사츠키!

그러자 이제야 드디어 마이의 표정이 약간이나마 여유를 되찾았다.

"그렇다면 앞으로의 인생 동안 나한테도 얼마든지 찬스가 돌아온다는 뜻이로군. 나는 한 번 패배감을 느낀 정도로 포기하는 어리석은 여자가 아니야."

"윽…… 그거 끈질기네."

"너 정도쯤이야 금방 잊게 해주겠어. 그럴 자신은 충분해."

"나한테 허를 찔린 주제에?"

"긴 인생의 통과점이다. 이런 일도 있는 거겠지. 오히려 너랑 사귀어 봤으니 내 매력을 더욱 확실하게 이해시킬 수 있는 좋은 기회라고도 할 수 있어."

"크으윽⋯⋯."

역경을 맛보고서 그것조차 이겨내려는 마이의 눈에 안광이 빛나고 있다.

그렇다, 마이는 항상 포기가 느린 여자였다. 저 한없이 긍정적인 태도가 마이의 제일가는 장점이다.

겨우 1분 전까지만 해도 인생의 완성을 맞이하고 있던 참이라고는 생각할 수도 없는 표정으로 사츠키 양이 신음했다.

"뭐⋯⋯ 그렇네."

사츠키 양은 자신의 머리카락을 쓸어 넘겼다. 일단 어쨌든 마이한테 패배감을 안겨 준 걸로 만족한 모양이지만, 그 뒷일은 생각하지 않았나 보다.

요즘 들어 깨닫기 시작했다. 사츠키 양도 어지간히 경솔한 사람이라는 점을⋯⋯.

그리고 그 점이야말로 마이에게 있어선 파고들어 갈 틈이나 다름없었다.

"그렇다면 사츠키⋯⋯ **나와 승부하지 않겠나?**"

"승부라고?"

"그래, 단순한 이야기야. 나랑 레나코는 아직 친구냐 연인이냐를 고르지 못한 상태다. 나라는 화근을 남겨둔 채로는 너도 마음 편히 레나코와 사귈 수 없겠지?"

사츠키 양이 노골적으로 불쾌해 보이는 표정을 지었다.

"그거야 그 말대로야. 나도 자꾸만 귀찮게 추파를 던져대는 너한테서 아마오리와의 관계를 지키기 위해 쓸데없는 군비투자처럼 리소스를 쏟아 붙는 상황은 피하고 싶어."

사랑은 하나도 없어! 아니, 있어도 곤란하지만!

"……하지만 네가 자기 입으로 그런 소릴 하다니, 기분이 나쁘네. 어차피 질 생각은 없잖아."

"물론이다. 내가 이긴다면 레나코는 돌려받겠어."

돌려받겠다니, 나는 애초에 마이 게 아니라니까!

"그녀는 나랑 결혼하고, 행복한 가정을 꾸릴 거다. 아이는 몇 명을 만들어도 괜찮아, 레나코. 교대로 낳자."

"누구랑 낳는데!"

참을 수 없어서, 결국엔 끼어들었다.

이대로 이야기에 껴들지 않고 가만히 있었다가는 이러니저러니 하는 사이에 내가 엄청난 봉변을 당하게 될 거라는 예감이 있었다. 아니, 예감밖에 없었다.

마이도 사츠키도 너무나 강한 여자들이라, 그런 둘이 말다툼을 벌이는 장소는 태풍의 한복판이나 마찬가지다. 숨 막혀.

서 있는 것도 고작인데 거기에 끼어들라니, 분위기를 파악하는 캐릭터로선 절대로 무리.

하지만 그런 약한 소리만 하고 있을 때가 아니다. 왜냐하면! 지금 스스로의 몸을 지킬 수 있는 건 나 자신뿐이니까!

"그래."

내 화르륵 불타는 마음에 찬물을 끼얹는 것 같은 목소리로, 사츠키 양은 살짝 눈꼬리를 치켜올린 뒤, 입을 열었다.

"그럼 내가 이긴다면 아마오리의 인생을 받겠어."

"인생?! 고등학교 1학년 시점에서 내 인생을 박탈당하는 거야?!"

사츠키 양은 내 말은 귓등으로도 듣지 않고서 마이한테만 시선을 못 박고 있었다.

"그러네, 네 바로 옆에서 언제나 우리들은 행복하고 금슬 좋게 살아갈 거야. 손을 맞잡거나, 남들 앞에서 키스를 하거나, 그…… 그다음 것도 하거나, 그럴 거야."

"이상하잖아?!"

필사적으로 외쳤다. 필사적이었다.

"그거 좋군. 레나코를 걸고서 승부하도록 하지."

"그래, 마무리를 지어주겠어."

마이랑 사츠키 양의 시선이 맞부딪치며 불꽃을 튀겼다.

이 녀석들, 이 녀석들……!

만약 내가 순정만화풍 사고회로를 장착하고 있어서 학교의 슈퍼달링과 그 라이벌이 나를 사이에 두고 다투는 상황에 가슴이 두근거리고 있었다면, 전혀 다르게 받아들였겠지.

두 사람은 일반인이 보기엔 완전히 절벽 위의 꽃. 마이는 부자인 데다 연예인. 사츠키 양도 집안은 가난할지도 모르지만 머리가 좋고 노력가니 장래성은 발군이다.

어느 쪽이랑 사귀더라도 미래는 보장되어있다.

마이는 두말할 것 없이 나를 힘껏 사랑해줄 테고, 사츠키 양도 그 고지식할 정도로 착실한 성격으로 아내의 역할을 성심성의껏 수행할 거라고 생각한다. 같은 여자라는 불안 따위는 일절 없이 순풍에 돛을 단 듯 인생을 보낼 수 있을 것이다.

나도 말이지, 『나를 위해서 다투지 말아줘!』라며 비극의 여주인 공처럼 외쳐보고 싶다고. 이렇게나 사랑받아서 참 곤란하네, 하고 쑥스러운 듯이 웃어보고 싶어.

하지만 그건 무리. 저어어얼대로 무리!

왜냐면 그 행복은 등교 거부에 빠져 집 안에 틀어박혀 게임만 하는 거나 마찬가지인 행복이야.

생각하기를 그만두고 누군가의 행복에 몸을 맡길 바에야, 처음 부터 고등학교 데뷔 같은 주제넘은 꿈에 손을 뻗지도 않았을 거 니까!

"기다려, 두 사람 모두!"

나는 사람이 우글거리는 만원 전철에 몸을 끼워 넣는 것처럼 두 사람 시선 사이에 파고들었다.

"레나코."

"뭐야, 아마오리. 지금 중요한 이야기를 하고 있다고."

"내 인생 설계니까 말이지?! 십분 백분을 넘어 억분 이해하고 있는데요!"

차가운 시선에 겁먹지 않도록 힘주어 외쳤다.

"그보다 누가 이기든 상관없이 내 자유가 없잖아! 애초에 아까 부터 계~~~속 말하고 있지?! 나는 연인 같은 건 무리라고! 내 가 원하는 건 친구야!"

"그렇지만 레나코. 네가 불안해하는 부분은 연인이란 파국을 맞이하기 마련이니 그것 때문에 인간관계를 잃게 된다는 거잖아? 걱정하지 마, 나는 레나코와 백년해로할 각오야."

"그럼 나도 그거."

"사츠키 양은 너무 가볍잖아! 에에잇! 설령 그렇다고 해도 이렇게 갑자기 억지로 결정하려 드는 건 절대로 싫으니까! 연인을 고를 때도 내 인생이 나아갈 길은 내가 정할 거야!"

물론 실제론 아직까지 연인을 만들 만한 용기도 없고, 잘해낼 수 있을 거라는 생각도 안 든다. 어쩌면 이런 나를 좋아해 줄 사람은 레나코의 인생 속에서 두 번 다시는 나타나지 않을지도 모르는 공포도 있다. 당연히 있다.

하지만 그래도 괜찮잖아! 가능성은 그저 가능성으로만 남겨놔도!

"그러니까!"

나는 큰 대 자를 그리듯이 두 사람을 향해 양 손바닥을 좌우로 쫙 펼치면서 크게 외쳤다.

"나도 할 거야! 그 승부, 참가할 테니까!"

역시나 두 사람도 이 말엔 깜짝 놀란 기색이었다.

"뭣이." "뭐라고?"

젠장, 이 녀석들, 사람을 무슨 경품 취급하다니……!

제멋대로인 여자들 때문에 내 아싸의 혼이 점점 타오르기 시작했다. 사람을 사귀는 데 서툴러도, 겁쟁이에 쫄보라도, 분노의 힘에 마음이 움직이면 이 정도는 할 수 있다고.

"알겠어?! 이렇게 됐는데도 나랑은 관계 없다는 소리를 하진 않겠지?!"

마이랑 사츠키 양을 교대로 째려보았다.

"레나코도 참전한다는 건 예상 밖이지만."

"물론 이의는 없지만……."

마이가 흐음, 하고 턱에 손을 올렸다.

"그럼 마침 잘됐어. 다음 주 기말시험에서 승부를 지어보지 않겠나."

"바라던 바야. 이번에야말로 너를 굴복시켜주겠어."

"기다려!"

너무나도 비통한 절규가 흘러나왔다.

사츠키 양만이 조용히 미소 짓고 있었다.

"노력의 성과를 보여줄 때가 빨리도 찾아왔네, 아마오리. 복선 회수야. 대전자도 상대로서 부족함이 없잖아? 부디 열심히 노력해줘."

"초보 모험자를 마왕성에 던져놓지 마! 너희들 전교 1등과 2등이잖아?!"

애초에 나한테 공부를 가르쳐주고 있는 건 사츠키 양이다. 스승 포지션이다. 그러면 내 수준도 아주 잘 파악하고 있잖아?!

"하지만 레나코는 내가 푹 빠져들 만한 여성이야. 그렇다면 너의 잠재력 또한 상당할 게 분명하지. 마음만 먹으면 나를 뛰어넘는 것조차 가능할 게 분명해."

"지금 현재 평균점을 밑돌고 있는데?!"

어째선지 기쁜 기색으로 뽐내고 있는 마이한테 스스로의 민낯을 드러내는 것조차 마다하지 않았다.

너무 소리를 질러서 내일은 목이 잠길 것 같다…….

하지만 여기서 물러났다가는 내일의 해를 볼 수 없을 테니까!

"그러면 하다못해 내용은 내가 정하게 해줘! 내 인생이 걸린 문제니까 그 정도 권리는 있겠지?!"

내가 말하고도 상당히 정당성을 지닌 발언이라고 생각하지만..

"아니, 하지만."

제일 먼저 마이가 목소리를 높였다.

어, 뭐야뭐야…… 대체…….

나는 지금 완전히 기세에만 내맡긴 채로 떠들고 있어서 틈을 주게 되면 약해진다. 옥상에서 날린 종이비행기에는 동력이 존재하지 않으니까……!

마이는 눈을 피하면서 조용히 얼굴을 붉혔다.

"만약 네가 이길 경우 내 인생을 너에게 바치라고 말한다면, 비슷한 정도의 리스크를 안게 되겠구나, 싶어서……."

"그 소리만큼은 절대 하지 않을 테니 안심해줘!"

"그렇다면 역시 사츠키를?!"

"아니얏!"

내가 이겼을 때 어떤 걸 내세울지는 이미 정해져 있다.

오늘 여기에 온 건 무엇을 위해서인가. 이 자리를 만들어준 건 누구인가.

그렇다, 모든 건 평온하고 스트레스 없는 학교생활을 위해서다.

그리고 나를 믿고 맡겨준 아지사이 양의 기대에 보답하기 위해서!

"내가 이긴다면 두 사람은 현상 유지, 앞으로도 같은 그룹의 친구야! 그리고 두 사람은 제대로 화해할 것!"

그 말에 마이와 사츠키 양은 서로 얼굴을 마주 보았다.

어느 쪽이나 『으으음』하고 미간을 찌푸리고 있었다. 역시나 내키지 않나 보다.

그래도 그렇게까지 싫어하지 말라고! 이쪽은 지금 인생을 걸고 있는 거니까 말이지?!

제일 먼저 납득한 건 사츠키 양이었다.

"뭐, 괜찮겠지. 적어도 이야기가 알기 쉬워서 좋아."

사츠키 양 입장에선 마이한테 완전한 승리를 거둘 가능성이 1/3은 된다는 시점에서 그리 나쁜 도박이 아닐 거라고 생각한다. 만약에 내가 이긴다고 해도 원래부터 할 예정이었던 일을 실천에 옮길 뿐이니까.

한편 사츠키 양이 승낙하는 걸 보고서 마이도 고개를 끄덕였다.

"그거 좋군. 그래서 대체 어떤 종목으로 승부를 하는 거지?"

그야 이미 정해져 있다.

나는 스마트폰을 조작해서 그 화면을 띄우고 두 사람에게 보여 줬다.

그리고 화면을 들여다보는 두 사람을 향해서 의기양양하게 외쳤다.

"FPS! 퍼스트 퍼슨 슈팅 게임으로 승부야!"

기한은 1학기 마지막 날 직전. 한마디로 다음 주 주말.

준비 기간은 일주일뿐이지만 다음 주 월요일부터 수요일까지 기말고사가 있으니까 실질적으로는 좀 더 짧다. 두 사람에게 연습시간을 주고 싶지 않았기 때문이다.

"참 쪼잔하네."

"싫다면야 나는 좋은데?! 그러면 부전패라는 형태가 되겠지만!"

나는 내가 이길 가능성이 가장 높은 종목을 골랐을 뿐이니까!

"어떤가요?!"

확인하듯이 묻는 내 말에 마이는 당연하다는 듯이 웃었다.

"나는 상관없어."

여유가 넘치는 웃음이다. 자기라면 일주일만 준비해도 나를 쓰러트릴 수 있으리라 확신하는 듯했다. 후후후 내 술수에 넘어갔구나, 오우즈카 마이…….

한편 사츠키 양은 곤란하다는 표정을 짓고 있다.

"그거, 게임이잖아? 나는 안 가지고 있는데."

확실히 그 문제가 있다. 이건 PS4 타이틀이니까 그저 대전을 하려고 본체를 구입하라고 할 수도 없는 거고…….

그러자 마이가 손을 들었다.

"아아, 그러면 내가 한 대 남는 게 있으니까 그걸 빌려주면 되겠어."

"어? 어째서 두 대나 갖고 있어?"

"예전에 격투 게임 연습을 하려고 샀어. 도우미분께 연습 상대가 되어달라고 할 생각이었는데 설마 한 대만 있어도 대전할 수 있을 거라곤 생각을 못 했거든."

그, 그렇구나. 그렇게 생각하는 사람도 있는 건가…….

"그러면 고맙게 받도록 할게."

"응, 나중에 TV도 보내도록 하지."

아무래도 진심으로 보이는 두 사람을 앞에 두자 내 뺨에 한 줄기 땀방울이 흘러내렸다.

아니, 아니아니…… 괜찮아, 분명 괜찮을 거야.

아무리 재주 넘치는 두 사람이 상대라고 해도 나는 지지 않아. 절대로 지지 않아. 딱히 근거 없는 고집으로 이런 소리를 하는 게 아니야. 나에겐 제대로 된 승산이 있어.

무엇보다도 나의 가장 특기 분야를 고른 거니까!

"내가 이긴다면 똑바로 화해하는 거야! 마이, 그리고 사츠키 양!"

"물론이다. 대신 내가 이긴다면."

"으, 응……. 아니, 됐어! 굳이 말하지 않아도 괜찮아! 잘 알고 있으니까!"

"게임은 해 본 적이 없지만…… 뭐, 어떻게든 되겠지."

사츠키 양은 빠르게 타이틀을 검색해 보더니 스마트폰으로 공략 페이지를 읽기 시작했다. 게임을 해 본 적 없는 사람의 행동이 아니잖아! 최단 거리를 주파하는 여자다!

자신감을 품으면서도 두 사람의 끝 모를 저력에 몸을 떨었다…….

그렇게 우리들의 성전이 막을 올렸다.

문자 그대로 인생을 건 싸움이!

집에 가는 길, 마이가 태워준 리무진 안에서 아지사이 양의 메시지를 받았다.

『화해, 어땠어?』

나는 잠시 동안 망설인 뒤, 답장을 보냈다.

『미안, 자세히는 말할 수 없지만 전쟁을 벌이게 됐어…….』

『그렇게까지 악화할 수도 있는 거야?!』

* * *

"뭐, 대충 일이 그렇게 돼서…….."

『그러니까…… 레나 짱이 게임에서 이기면 마이 짱과 사츠키 짱은 화해해준다, 그런 거지?』

"응."

다음 날인 토요일. 나는 내 방에서 점심때부터 아지사이 양과 전화 통화를 하는 중이다.

스마트폰에 무선 이어폰을 연결해 놓고서 양손은 컨트롤러를 쥐고 있었다.

어제 요정에서 회담을 마친 후, 나는 두 사람이 연습을 개시하기 전에 레귤레이션(맵이나 사용 무기 제한이나, 대전 방법 같은 세세한 룰)을 정해서 보내뒀다. 룰은 어디까지나 공정하게, 게임에서 가장 일반적으로 사용되는 형식으로 정했다.

그런 연유로 나는 다시금 맵을 구석구석까지 파악하기 위해서 연습 모드를 반복해서 플레이하고 있었다.

참고로 두 번째로 하는 전화 통화는 저번처럼 숨이 턱턱 막히는 느낌은 없었다. 게임으로 정신을 분산하고 있다는 점도 있고, 또 하나는 그거지. 마이와 사츠키 양의 대화 내용이 어땠는지를 아지사이 양한테 보고한다는 명확한 목적이 있기 때문이다. 나도 목적이 정해진 전화는 할 줄 안다고, 헤헤헤⋯⋯.

두 사람을 잘 화해시키지 못했다는 사실 탓에 이건 이것대로 거북하기는 하지만 말이지!

내 말을 듣고서 아지사이 양은 지극히 당연한 의문을 입에 담았다.

『그러면 마이 짱이나 사츠키 짱이 이기면?』

"윽."

말문이 막혔다.

나, 그 두 사람 중 누군가와 결혼해야만 해요— 라니.

만약 그렇게 말한다면 아지사이 양은 어떻게 반응할까⋯⋯.

나는 머릿속 아지사이 양한테 솔직하게 털어놔 봤다.

레나코 : 이야— 결혼해야만 해요—.

아지사이 : 헤에— 그렇구나. 그거 참 큰일이네—.

리액션이 너무 무덤덤해서 갑자기 슬퍼지고 말았다⋯⋯⋯.

아냐아냐, 이게 아니지. 이럴 리가 없어!

그렇지만 확신하건대 아지사이 양은 나한테 손톱만큼의 흥미

가 없을지라도, 마이랑 사츠키 양의 결혼 얘기에는 흥미를 보일
게 분명하다.

다시 해 보자!

레나코 : 사실은…… 그 둘한테서 결혼해달라는 말을 들어서.
아지사이 : 엇, 마이 짱과 사츠키 짱한테?! 굉장해, 두 사람 다
엄청난 미인이니까 잘됐네, 레나 짱! 어떤 커뮤니티에 들어가더
라도 중하위권 정도밖에 도달하지 못할 레나 짱을 받아주는 사람
이 있다니, 기적이야!

"아니야앗—!"
『엇, 왜 그래, 갑자기?!』
"아니, 미안, 상상 속의 아지사이 양한테 심한 소리를 듣는 바
람에 나도 모르게……."
『상상 속의 나?! 뭐야 그거, 자주 있는 일이야?!』
"의외로……?"
『있다고?! 어째서—?!』
옛날에 품고 있던 차갑고 냉철한 아지사이 양의 이미지는 털어
낼 수 있었다. 그런데 이제는 밝게 웃으면서 독설을 내뱉으니
까……. 오히려 공격력이 더 올라갔다는 느낌이다.
그나저나 역시 그렇지.
마이도 사츠키도 (실제는 둘째 치고) 둘 다 옆에서 보면 연인으
로서 초일류.

내가 이러는 것도 어쩌면 겉으로만 자학이고 실제로는 자기 자랑이 되는 걸까……?

으으, 역시 말할 수 없어…….

"그게 두 사람이 이기면, 그렇지…… 하하, 뭔가 벌칙 게임일지도……."

『어어—? 그럼 반드시 이겨야겠네!』

"응…… 이겨야 해. 반드시. 목숨을 걸고서라도 이겨야 해……."

『레나 짱, 그렇게 해서까지 두 사람을 화해시켜 주려고……. 역시 레나 짱은 대단해…… 정말로 훌륭하구나.』

죄책감을 관장하는 천사의 강림을 느꼈다.

"저기, 그래서 말인데…… 오늘은 어떻게 할까?"

저번에는 결국 같이 놀려고 했다가 못 했으니까, 라는 의미로 물어봤다.

『앗, 응. 조금 있다가 공원에 꼬맹이를 데리러 가야 해서. 레나 짱, 미안해.』

"아냐아냐, 그런, 당치도 않아."

아지사이 양이 나한테 고개를 숙인다니 황송무지다. 어머니 지구의 은혜를 혼자 독점할 수 없는 것처럼 아지사이 양이 존재한다는 은총을 나 혼자만 받을 수는 없다.

『그렇지만, 그렇지만.』

마치 어리광을 부리는 것처럼 전화 너머의 아지사이 양이 나에게 속삭였다.

『아직 조금 시간이 있으니까…… 조금만 더 대화하고 싶은데,

해서.』

"엇, 핫, 네, 넵, 에헤헤…… 그렇네요, 헤헤……."

위험해. 너무나도 사랑스러운 목소리라 나도 모르게 기분 나쁜 미소를 짓는 바람에 황급히 손으로 입가를 가렸다. 전화 너머의 아지사이 양이 볼 수 없더라도!

"그러면, 그러니까…… 어, 어떤 대화를 하고 싶으신가요……? 아, 요, 요즘 참 덥네."

『그러네— 이제 조금만 있으면 여름방학인걸.』

첫 주제로 날씨 이야기를 꺼내는 내 파멸적인 회화 능력에도 아지사이 양은 맑게 웃으며 얘기를 받아줬다. 이게 바로 인간 세상에 놀러 와서 함께 어울려주는 천사……?

어쩐지 이거 일대일 회화 트레이닝 같다. 지금 대화하는 상대가 무슨 말을 해도 다 받아주는 아지사이 양이라서 초절 이지모드긴 하지만!

그때, "언니—!" 하고 부르는 목소리가 들렸다. 여동생이다. 나는 무시했다. 당연하다.

"아지사이 양은 여름방학 때, 어디 가?"

『글쎄, 어떨까. 여기저기 놀러 가고 싶긴 하지만 너무 멀리 까진 가지 않을지도.』

역시 동생들을 돌보느라 힘든 거겠지.

또다시 "언니이—!" 하고 부르는 목소리가 울렸다. 무시한다. 내가 왜 천사랑 대화하는 도중에 미천한 존재에게 주의를 돌려야만 하는 건가.

『그러니까 그 대신 우리 집에 놀러 와 줄 거지? 레나 짱.』

"그, 그야 물론이지. 게임도 잔뜩 들고 갈 테니까!"

『우와, 기뻐. 그럼 나는 치즈 케이크를 만들어 둘게. 레나 짱, 케이크 좋아해?』

"어?! 조, 좋아해……."

아지사이 양의 수제 케이크라니 그런 걸 대접받았다간 이미『인생의 승리자』나 마찬가지잖아…….

그 순간, 방문이 벌컥 열렸다.

"언니!"

"잠깐, 지금 아지사이 양과 한창 좋을 때였는데!"

"어라, 그렇구나. 그러면 나를 우선해 줄 수는 없으려나. 그야 우리들은 연인이잖아?"

달나라의 여왕님과도 같은 사츠키 양이 내 방문 앞에 서 있었다.

"어?!"

『레나 짱?! 지금, 연인이라는 말이 들렸는데?! 레나 짱?! 레나 짱―?!』

"앗."

사츠키 양이 전화기를 뺏더니 멋대로 전화를 끊어 버렸다……. 너, 너무해…….

"어째서 사츠키 양이 여기에……."

"연락해도 계속 통화 중이었으니까. 주소는 하나토리 씨한테 물어봤어."

그러더니 사츠키 양은 무거워 보이는 커다란 보스턴백을 그 자리에 턱 하고 내려놨다. 사복 차림 사츠키 양이다. 치마는 길지만 얇은 원피스 차림에, 오늘은 긴 흑발을 가볍게 묶고 있었다.

학교에서 보던 귀부인 같은 인상과는 다르게 오늘의 사츠키 양은 한여름의 아가씨처럼 시원스러운 느낌이다. 그러면서도 캐릭터랑 어울리지 않는다는 이미지는 전혀 없고, 사츠키 양의 하얗고 차분한 아름다움이 더욱 돋보였다.

"언니."

옆에 나란히 서 있던 여동생이 인간쓰레기를 보는 시선으로 나를 내려다봤다.

"『연인』인 사츠키 선배를 왜 무시한 거야?"

"어?! 아, 아니…… 아지사이 양이랑 전화하느라……?"

정확히는 사츠키 양이 아니라 여동생을 무시한 건데…….

여동생은 내 말에 혀를 찼다. 지금 혀를 찼어?!

"쯧…… 언니, 좀 더 인생을 똑바로 사는 편이 좋다고 생각해."

여동생은 그렇게 내뱉더니 쾅 소리가 나도록 문을 세게 닫고 나가버렸다. 소리가 하도 커서 그 자리에서 살짝 뛰어오를 정도였다.

"……뭐야, 다투는 중?"

"글쎄요, 어쩌려나요…… 하하……."

위험해. 나에 대한 여동생의 평가가 수직으로 급락하는 소리가 들려온다……. 모든 게 다 끝난 뒤 제대로 오해를 풀어 놓지 않으면…….

"으으, 아지사이 양한테 계속해서 메시지들이……."

일단은 놀러 온 사츠키 양이 농담을 한 거라는 내용을 담아 보내둔다……. 소중한 사람에게 계속해서 거짓을 더해가는 인생……. 나는 대체 뭘 위해서 살아가고 있는가…….

"상당히 여유롭네."

"어?"

나는 고개를 들었다.

"아, 아니 그런데 사츠키 양은 왜 우리 집에."

"여러 가지로 묻고 싶은 게 있었으니까."

사츠키 양이 보스턴백 지퍼를 열었다. 그러자 그 안에 들어있는 건 모니터와 플레이스테이션4였다. 어엇? 집에서 가져온 거야?

"연습을 하고 싶은데 괜찮을까."

"네, 넵."

세팅을 시작하는 사츠키 양을 멍하니 바라보았다. 내 방에 사츠키 양이 있다는 현실을 아직도 머리가 따라잡지 못하는 중이다.

"아, 사츠키 양, 그 케이블은 뒤쪽에."

"……."

"내, 내가 할게."

헤매고 있는 사츠키 양 대신에 HDMI 케이블을 건네받았다. 사츠키 양은 흘끗 뒤를 돌아보더니 무료하다는 듯이 방 안을 둘러보았다.

"방이 깔끔하네."

"어? 그, 그런가요?"

뭐, 엄마가 깨끗이 청소해주시니까…….

"흐응, 여기서 마이가 덮친 거야?"

"푸웁."

나도 모르게 뿜어버렸다.

"사, 사츠키 양, 그런 민감한 화제는 신중히 다뤄줬으면 하는데……."

"이미 다 알려진 마당에 새삼스럽게 왜 그래. 애초에 내가 피해를 입게 된 계기 같은 거잖아."

"확실히 그거야 그렇지만……."

사츠키 양이 내 침대에 걸터앉더니 긴 다리를 꼬았다. 지금 내 위치에서는 그렇고 그런 거까지 보일 거 같아서 황급히 고개를 돌렸다.

"주, 준비 다 됐어."

"그래, 고마워."

사츠키 양이 천천히 내 쪽으로 다가왔다. 어쩐지 그 광경이 마이한테 몰렸던 순간과 겹쳐져서 나도 모르게 얼굴에 열이 올랐다.

당연하지만 사츠키 양은 그대로 내 옆을 지나서 컨트롤러를 손에 쥐었다. 그야 당연하겠지! 그거 때문에 왔으니까!

"왜? 무슨 일 있어?"

"아, 아냐……."

"내가 마이처럼 너를 덮칠 거라 생각했어?"

"아뇨!"

그러자 사츠키 양은 컨트롤러를 내려놓았다.

그러더니 쿡쿡 웃으면서 상반신을 앞으로 구부리며 내 쪽으로 다가온다. 어째서?!

"확실히 지금까진 생각하지 못했지만 딱히 진지하게 승부할 필요는 없었네. 지금 이곳에서 네가 우리를 화해시키는 것보다 나랑 사귀는 쪽이 더 중요하다고 생각하게 만들면 되잖아."

"엇, 잠깐?!"

"……아마오리."

사츠키 양의 손이 살짝…… 내 뺨을 어루만졌다. 손이 닿은 부분이 핑크색으로 물드는 것 같았다.

"아니, 이런, 안 된다니까요."

"자, 힘을 빼도록 해."

머리카락을 귀에 건 사츠키 양의 얼굴이 조금씩 다가온다.

"잠깐, 기다…… 기다려, 안, 안 돼애─!"

벌벌 떨면서 그대로 쓰러진 주제에 이렇게 말하기는 뭣하지만, 있는 힘껏 눈을 꾹 감고 있는 나를 향해 사츠키 양은 언제나처럼 『농담이야』라고 말하며 다시 뒤로 물러나겠지 싶은 예감이 있었다.

그래서 내 입술에 부드러우면서도 상냥한, 따뜻한 감촉이 전해졌을 때는 심장이 멎는 줄 알았다.

눈을 떴다. 사츠키 양은 바로 눈앞에서 깊은 생각에 잠긴 것처럼 입술에 손가락을 대고서 무언가에 골몰하고 있었다.

그 몸짓이 너무나 아름답게 보여서 나는 잠시 할 말을 잊어버렸다.

"무, 무, 무……."

오들오들 몸을 떨면서 나는 내 입가를 손으로 눌렀다.

"즈, 증거 사진을 또 한 장 더……?! 이번엔 누구를 협박할 생각인가요?! 아지사이 양?! 카호 짱?! 아니면…… 여동생?!"

"시끄럽네. 그런 짓 안 해."

불쾌하다는 듯이 미간을 찌푸리면서도 마치 연지를 찍은 것처럼 얼굴이 붉게 달아오른 사츠키 양.

"확인하고 싶은 게 있었을 뿐."

"그, 그게 뭔가요……."

사지에서 힘이 빠져나가며 축 늘어졌다. 나는 다리에 힘이 풀려 주저앉아 사츠키 양을 올려다보았다.

"무슨 일이든 어중간한 건 싫어하니까, 처음으로 곰곰이 잘 생각해봤어. 너에 대해서."

"저, 저요?"

"그래, 앞으로의 일에 따라서는 너의 인생을 받게 될지도 모르잖아."

"아, 응……."

"냉정히 생각해보니, 앞으로 몇십 년은 더 살아갈 텐데 그 반려로 너를 선택한 건 너무 경솔한 일이었던 거 아닐까 싶은 생각이 들어서."

"그건 냉정히 생각해보지 않아도 당연히 알 수 있는 거잖아?!"

"마이에 대한 대항심 탓에 주변이 전혀 눈에 들어오지 않았어. 혼자서 반성했지만 문제는 거기서부터야."

"으."

사츠키 양이 내 손을 꼭 쥐었다. 그리고 마치 비단의 감촉을 확인하는 것처럼, 중지로 내 피부 위를 스윽 간지럽혔다.

"내가 너를 어떻게 생각하고 있는가, 그걸 알고 싶었어."

"그, 그건……."

나를 물끄러미 응시하는 시선에, 나는 한심할 정도로 동요하고 있었다.

나는 사츠키 양에 대해 친구가 됐으면 좋겠다고 생각한다. 최근 들어 사츠키 양에 대해서 여러모로 알게 돼서 즐거웠고, 정말로 상냥한 사람이라는 사실도 알 수 있었다.

그래서 거기서 더 진전하고 싶니? 라고 묻는다면 나는…….

나를 비일상의 세계로 데려가 줬던 마이와는 달리, 사츠키 양은 지면에 단단히 발을 붙이고 있는 사람이다. 설령 연인이 된다고 하더라도 현재 생활과 크게 달라지지 않을 거라고 생각한다.

학교에서 이야기를 나누고, 집으로 오면 공부를 배우고, 사츠키 양의 아르바이트가 끝나길 기다려서 집에 묵으러 가기도 하고, 그리고, 그리고…….

때때로 아무도 본 적 없는 사츠키 양의 굉장히 귀여운 표정을 보기도 하고.

상상하자 내 머릿속은 당장이라도 펑 하고 폭발할 것만 같았다.

"아, 아니아니! 무리무리! 무리무리무리의 무리!"

"아직 아무 말도 안 꺼냈는데……. 너, 변함없이 참 엉큼하네."

"오, 오해입니다! 그건, 그게, 상당한 오해! 무엇보다 사츠키 양이 먼저 갑자기 키스했으면서! 엉큼한 건 사츠키 양 쪽이야!"

"너, 나를 좋아하는 거야?"

"조, 좋아한다기보다는……."

꼭 마이가 아니더라도.

내 주변에는 예쁘고, 귀엽고, 머리 좋고, 말도 잘하고, 인간적인 매력으로 넘치는 여자애들이 너무나도 많으니까. 연애적인 의미의 좋아함이 아니더라도, 저절로 좋아하게 되는 건 당연한 일이다. 어디까지나 친구의 의미야!

"애초에 사츠키 양이야말로 나를 어떻게 생각하는데요―!"

쏘아내듯이 외치고 나서야, 헉 하고 정신을 차렸다.

큰일났다.

만약 여기서 사츠키 양이 『좋아해』 같은 소리를 하면서 나한테 덮쳐들어 왔다가는 어떻게 해야 할까. 마이 때 있었던 일의 재현 아닐까. 지금 질문은 좀 더 신중하게 물어봤어야만 했는데 나는 또다시 같은 실수를 되풀이하게 돼!

으아― 하고 양손을 앞으로 쭉 뻗은 채, 되도록 사츠키 양과 눈을 마주치지 않으려고 고개를 돌리고 있었을 때, 사츠키 양이 입을 열었다.

"잘 모르겠어."

"어…… 엇?"

사츠키 양은 머리카락을 만지작거리며 말했다.

"너에 대해서 어떻게 생각하고 있는지, 솔직히 잘 모르겠어. 어쩔 수 없잖아. 그야 너 같은 사람과 이렇게 긴 시간 동안 함께 있었던 건 처음이니까."

"너 같은 사람."

"……자세히 이야기한다면 너에게 적지 않은 상처를 줄지도 모르지만 듣고 싶어?"

"저는 괜찮습니다…….."

"……뭐, 그렇다면."

사츠키 양은 말하기 힘들다는 듯이 입을 우물거렸다.

"이상한 사람이야, 너는."

이게 어찌 된 일이냐……. 새삼 다시 나는 평범하지 않다는 낙인이 찍혔다…….

양산형 여자가 되기 위해서 그렇게나 노력했는데도…….

"그, 그렇지 않은데요…… 지극히 평범한데요…….."

내 보잘것없는 저항은 그대로 뚝 꺾여버렸다.

"평범한 사람은 나랑 2주간 연인 계약을 맺거나 하지 않는다고. 게다가 나랑 마이를 화해시키지 않으면 자기가 숨쉬기 괴로워서 죽을 거라니. 살기 위해서 너무 혈안이 되어 있잖아."

"뀨우."

찍소리도 못 했다.

그렇지만, 사츠키 양은 어째선지 즐거워 보였다.

"정말로 무모하고, 생각도 없고. 하지만 그래도…… 나는 싫지 않아."

"……사츠키 양?"

"그야 무모한 건 나도 마찬가지인걸. 이 게임, 정말로 어려워서."

사츠키 양은 컨트롤러를 손에 들며 웃었다.

"마이를 쓰러트리기 위해서 협력해줬으면 해. 어떻게 해야 실력이 늘지 가르쳐 주지 않을래? 물론 나도 대전 상대라는 건 알고 있지만, 부탁할게."

"으, 응."

나는 왜 거기서 고개를 끄덕였을까.

사츠키 양도 내가 싸워야 할 상대인데. 나한테 적을 도와줄 만한 여유는 없었을 텐데도.

여러 가지 이유를 생각해 볼 수 있지만, 그래도 가장 큰 이유는 마이를 쓰러트리자고 결의한 동료니까…… 같은 게 아니라, 좀 더 단순했다.

내 방에 사츠키 양이 있고, 함께 게임을 해준다. 이 환경이 나에게 있어서는 너무나도 기뻤기 때문이다.

다만——.

"사츠키 양, 지금 맞고 있어, 맞고 있어!"

"어, 뭐야 이거, 죽은 거야?"

"어째서 총도 갖고 있는데 굳이 때리러 다가갔어?!"

"그렇지만 맞지를 않는걸."

"맵을 봐, 맵! 자, 적이 저쪽에서 오잖아! 봐봐! 오른쪽 위! 맵!"

"아아, 이거? 보는 법을 몰라서 지금까지 계속 무시하고 있었어."

갈 길이 너무나도 멀어 보였다!

그렇게 TV와 플레이스테이션4를 두 대 나란히 두고서 내가 평소의 4배는 커다란 볼륨으로 소리를 지르고, 날도 저물어갈 무렵.

사츠키 양은 또다시 터무니없는 소리를 꺼냈다.

"오늘은 묵고 가겠어"라고.

보스턴백 안에는 갈아입을 옷에다 외박 준비물까지 완벽하게 갖춰져 있었다.

갑작스러운 말이라, 나는 『아무래도 그건 좀』하고 난색을 표했다.

하지만.

"……집에서 혼자 게임을 해봐도 어떻게 해야 잘할 수 있을지 모르겠어. 아르바이트가 없는 날 밤에 연습해봤지만 오늘 같은 꼴이야. 그러니 이 기회에 조금이라도 실력을 올리고 싶어. …… 역시 안 될까……?"

그렇게 빌려온 고양이처럼 얌전한 태도로 부탁해오면 곤란해……!

물론 그러는 만큼 내가 연습할 시간이 줄어들어 버리겠지만…… 나는 거절할 수 없었다.

그렇지만 말이지, 친구(미만)가 집에 놀러 와서 둘이 함께 밤새도록 게임이라니.

그건 진짜로 청춘의 한 페이지잖아!

"으― 알겠어……. 일단 엄마한테 물어볼게."

"그래, 고마워. 나도 인사를 드리는 편이 좋을까?"

"이, 일단은 여기 있어 줘."

나는 사츠키 양을 방에 남겨두고서 엄마한테 향했다.

지금 시간엔 부엌에서 저녁밥 준비를 하고 계신다.

"저기— 엄마."

"으응?"

우물쭈물하면서 부탁드렸다.

"『친구(미만)가 오늘 자고 가도 돼?』라는데, 어떨까나."

어쩐지 이런 걸 묻는 거 조금 부끄럽네…….

그러자 딸그랑 하는 소리가 울렸다. 고개를 들어보니 엄마가 손에 들고 있던 쌀 계량컵을 떨어트린 소리였다.

"어, 엇……? 왜, 왜 그래?"

"레나코 짱……."

엄마가 내 양어깨에 턱 하니 손을 올렸다. 그러더니 그대로 꼭 껴안는다.

어, 어어어……?!

"뭐, 뭐야 이거?! 대체 뭔데?!"

"물론, 괜찮고말고……. 1주일이든 2주일이든 편히 묵도록 하렴……. 레나코의 친구인 거지?"

"으, 응."

친구까지는 아니지만…… 이라고 솔직하게 정정하면 울음을 터트릴 거 같은 분위기를 감지하고서, 나는 그저 고개만 끄덕거렸다.

엄마는 감격이 극에 달한 것처럼 계량컵을 주워 들고 천장을 우러러보았다.

"하아, 레나코의 친구한테 저녁 식사를 만들어준다니, 초등학교 5학년 8월 27일 이후로 처음이네……."

"어째서 기억하는 거야?! 무서!"

소리친 건 부끄러운 마음을 숨기기 위함이다.

그야 중학교 3년 동안 친구가 묵으러 오기는커녕, 친구가 집에 놀러 온 적조차 없었으니까. 애초에 내 방에 들어온 친구 1호가 마이였으니!

하지만 이렇게나 기뻐하실 줄이야……. 엄마는 마이가 놀러 온 것도 보셨을 텐데. 하지만 마이는 뭐랄까 어쩐지, 카운트로 셀 수 없는 분위기가 있으니까. 나도 내 자식이 『친구야』라면서 요네즈 켄시 씨를 데려오면 『친구, 라고……?』 싶을 테니까.

"그, 그럼 아무튼 부탁할게."

"응응, 맡겨주렴. 또 놀러 오고 싶도록 엄마도 열심히 할게."

"괜한 짓은 안 해도 괜찮아!"

그렇게 괜스레 호화로워진 저녁밥을 사츠키 양과 함께 먹게 됐다.

사츠키 양은 그야말로 아르바이트 가게에서 봤던 것처럼 너무나 완벽한 사교성을 발휘해서 엄마와 아빠의 신뢰도를 싹싹 쓸어 담았다.

마이도 그랬지만, 이런 부분은 정말 굉장해……. 솔직히 존경하게 돼…….

하지만, 뭐.

"잘 먹었습니다!"

다만 여동생만이 재빠르게 식사를 마치고는 자기 방으로 휙 들어가 버렸다. 으으, 거북해…….

"덕분에 잘 씻었어. 고마워."

"네에ー."

목욕수건까지 집에서 가져온 사츠키 양이 수건으로 머리카락을 묶고서 내 방으로 돌아왔다. 사츠키 양의 잠옷은 예전에 봤던 거랑 똑같이 심플한 셔츠와 반바지 차림이라, 평소엔 치맛자락에 감춰져 있던 맨다리가 거리낌 없이 노출되어 있었다. 하얘……. 길어…….

사츠키 양은 스킨케어도 마치고서 다시 컨트롤러를 손에 들었다.

그러고는 아무 말 없이 게임을 켜고, 완전히 사츠키 양의 전용석이 된 TV 앞에 앉았다.

"어, 그게…… 그러면 나도 목욕하고 올게."

"다녀와."

사츠키 양은 점심때부터, 그야말로 밥 먹는 시간, 자는 시간, 씻는 시간을 제외하면 계속 모니터만 응시하고 있다.

지금은 내 지시에 따라, 난이도를 낮춘 CPU전을 플레이하고 있다. 게임 자체에 익숙해지면서, 동시에 한 라운드의 흐름을 익히기 위해서다. 그리고 무엇보다도 승리에 익숙해지기 위해서였다.

처음부터 대인전만 플레이하면 게임을 이제 막 시작한 초보자로선 어떻게 해야 이길 수 있을지 알 수 없어진다. 그러는 것보단 부담이 적은 환경에서 먼저 경기의 흐름을 파악하는 게 선결 과제다. 그러다 보면 손에 맞는 무기도 찾아낼 수 있겠지.

"…………."

사츠키 양은 쿠션을 품에 안고서 양 무릎을 모은 자세로 앉아 묵묵히 게임을 플레이하고 있었다.

그 올곧은 자세에 가슴이 두근거렸다.

아니, 지금 두근거림은 뭐야?!

모르겠다. 갈아입을 옷을 챙겨서 황급히 방을 빠져나왔다.

욕실에 뛰어 들어가서 한숨을 내쉬었다.

가볍게 몸을 씻고서 욕조에 몸을 담그려고 했던 순간, 이상한 생각이 내 뇌리에 꽂혔다.

…………사츠키 양이 들어갔던 물인가.

아니아니아니, 따지자면 저번에는 함께 욕조에 들어갔으니까! 그래서 그게 어쨌다는 건데! 풍덩 하고 욕조에 들어가 따뜻한 물로 어지러운 마음을 가라앉혔다.

"사츠키 양이라……."

진심으로 노력하고 있다. 그건 물론 안다.

하지만…….

"아무리 생각해도 일주일로는 이기기 힘들겠지……."

사츠키 양이 게임을 잘 못한다는 뜻이 아니다. 오히려 굉장히 효율적으로 연습하고 있는 데다, 집중력도 있다. 나보다도 훨씬 더 요령이 좋다. 아르바이트도 일을 배우는 속도가 빠르다고 들었으니까.

다만 어떤 게임이라도 처음 하자마자 능숙한 사람은 거의 없다. FPS도 마찬가지다.

덧셈을 익히고, 뺄셈을 익히고, 구구단을 외우고, 방정식을 공부하고, 하나하나 익혀간 다음에 미분, 적분을 마스터하는 것처럼.

"적어도 한 달…… 아니, 3주 정도만 있었으면 가능했겠지만……."

그런 생각이 들어서 고개를 좌우로 저었다.

나는 무슨 소릴 하는 거야! 진다면 인생을 사츠키 양한테 바치게 되는 거잖아?!

그렇다. 사츠키 양이 노력하는 모습을 조금 봤다고 해서 사사로운 정에 얽매이면 어쩌자는 건가. 마음을 독하게 먹어야지. 내 인생을 직접 손에 넣기 위해서.

적어도 나는 사츠키 양의 질문에 성실하게 대답해줬고, 일부러 잘못 가르쳐주지도 않았다. 공정하게 행동하고 있다. 그걸로 충분해. 그 이상은 뭐라 해야 하나, 어쨌든 안 돼! 승부의 세계는 냉혹하니까!

"으으."

목욕탕 안에서 밀려오는 죄책감에 몸부림쳤다. 요즘 정서불안에 시달리는 여친인가? 싶을 정도로 죄책감이 계속 나한테 질척거리며 떨어지질 않는다.

그때, 문 너머에서 목소리가 들렸다.

"언니."

여동생이다!

뭔가 할 얘기가 있어서 여기까지 온 거겠지.

설마 사츠키 양과 떨어져 나 혼자 있는 틈을 노려서 욕실까지 찾아올 줄이야…… 킬러의 발상이잖아……! 도망칠 곳이 없어!

"미안해."

"……어?"

갑자기 사과를 받는 바람에 당황했다. 거기다 목소리 톤이 축 처져있다. 내가 애지중지하던 하겐다즈 아이스크림을 실수로 먹었을 때보다도 진지한 느낌이다.

"저기, 방금 사츠키 선배가 와서 잠깐 얘기를 나눴어."

"어, 엇…… 사츠키 양이랑?"

목욕을 마친 직후였을까. 그런데 대체 무슨 얘기를.

"쓸데없는 참견일지도 모르지만, 『너희들 왜 다툰 거야?』라고 묻길래."

"으, 응……."

설마 내 부정이 원인이라고는 말하지 않았겠지……!

아니 말했을지도 몰라! 말했냐? 여동생아!

끙끙 앓고 있자니 여동생이 말을 이었다.

"그래서 말이 나온 김에 물어봤어. 언니, 정말로 사츠키 선배의 목적에 어울려주고 있을 뿐이라더라. 자기가 섣부른 말을 한 탓에 착각하게 만들어서 미안하다. 사람이 너무 좋아서 그런 거고, 언니는 하나도 잘못한 게 없다고."

"아니, 그건."

사츠키 양, 그런 소리를 했구나.

"그건, 맞긴 한데……."

"언니가 정말로 좋아하는 건 마이 선배라고."

"그건 아닌데!"

"그래서 나야말로 멋대로 착각해서 정말 미안해."

"아니, 뭐……."

여동생이 이렇게 똑바로 사과를 해오면 어쩐지 부끄럽다.

"착각하게 할 만한 행동을 한 건 나니까……."

"그건 그래."

"이 자식이!"

사과했으니까 이 일은 다 끝난 거야 같은 태도!

"하지만 사츠키 선배가 말했어."

"말했다니?"

"자기도 자주 엄마랑 싸우니까 이해해. 같은 집에 살고 있는 사람이랑 날을 세우면 마음도 불편할 테니까 솔직해지는 건 힘든 일이겠지만 화해해달라더라."

"……사츠키 양이."

여동생과 험악해 보였다고는 해도 직접 참견까지 해주다니.

여닫이문 너머로 여동생이 웃는 게 느껴졌다.

"고등학교 입학하고 나서부터 굉장하네, 언니. 엄청나게 좋은 친구잖아, 사츠키 선배."

나는 여동생의 그 말을 몇 번이고 머릿속에서 곱씹었다.

그러고서 조그맣게 말했다.

"……응."

목욕을 마치고, 머리를 말리고, 그러고서 잠시 시간이 지나자 소등시간이 됐다.

사츠키 양이라면 밤을 새우면서까지 연습할 거라고 생각하고 있었는데, 사츠키양이 말하길 "철야보다 아침 일찍 일어나서 다시 하루 종일 하는 편이 훨씬 효율이 좋잖아"라고 한다. 맞는 말씀입니다. 역시 스스로를 완벽하게 컨트롤 하고 있다.

"무엇보다 나는 수면시간이 부족해지면 머리가 잘 안 돌게 된단 말이지."

"그렇구나."

"마이는 사흘 밤낮을 깨어있어도 전력 질주를 할 수 있는 인종이니까 항상 밤샘에 어울려주느라 큰일이었어."

"하하하……. 그 마음 충분히 이해합니다……."

나는 침대, 사츠키 양은 손님용 이부자리다.

헤어슈슈로 머리를 단정히 묶은 사츠키 양이 자리에 누워 이불을 덮었다. 완벽히 잘 준비를 마친 모양.

"그러면 불 끌게."

"그래."

리모컨으로 불을 껐다. 내가 사츠키 양네 집에 묵었을 때와는 반대 구도다.

"……눈을 감으면 아직도 게임 화면이 눈앞에서 어른거리네……."

"아하하…… 나도 자주 그래……."

"움직이는 표적을 맞추는 건 어렵구나."

"다음엔 자기도 이리저리 움직이면서 움직이는 표적을 맞춰야 하는 시련이 발생합니다."

"평생 불가능할 것 같아."

"나도 옛날엔 그렇게 생각했어……."

어두운 방 안에서 마치 옷깃이 스치는 듯한 사츠키 양의 목소리가 들렸다.

"어떻게 할 수 있게 됐어?"

"어? 그건…… 그게, 방 안에만 틀어박혀 있던 시기에 매일같이 엄청나게 플레이해서……."

"좋아했구나."

"좋아했다기보다는, 뭐, 좋아하기는 했지만요……. 반짝반짝한 순수한 마음이 아니라, 굳이 말하자면 부정적 에너지를 푹 달여 낸 듯한 공격성의 발로였다고 할까요……."

"스트레스 해소처럼?"

"오히려, 이런 나라도 너희들을 다 쏴죽일 수 있다고! 같은 느낌……."

"뭐야 그게."

내 과격한 발언에 사츠키 양이 웃었다,

"그런 점."

"어? 뭐, 뭐가?"

사츠키 양의 말버릇이다.

물어봐도 대답해주지 않을 때가 아주 많지만, 지금은 똑바로 얘기해줬다.

"순해 보이는 얼굴을 하고서는 궁지에 몰리면 필사적으로 싸우는 점."

"결국 분위기를 파악하지 못하는 거라는 생각이 드는데요……."

"이번에도 그랬었지, 너도 참. 갑자기 황당한 소리를 꺼내는걸. 하지만 나는 아마오리의 그런 점이 싫지 않아."

"헤, 헤헤……."

뭐라고 대답해야 할지 모른 채, 어둠 속에서 내 비굴한 웃음소리가 흘렀다.

이거…… 사츠키 양한테 칭찬받은 거라고 생각해도 되는 걸까. 최소한 뭐 하나라도 인정받았다는 사실에, 어쩐지 굉장히 안심했다.

"저기, 아마오리."

"네, 네. 죄송합니다, 우쭐해져서."

"아직 아무 말도 하지 않았잖아……."

어처구니없어하는 목소리. 나는 툭하면 금방 우쭐해진다니깐…… 훌쩍.

"……고마워."

"어? 아니, 천만에요. 사츠키 양한테 게임을 알려주는 정도야 공부를 가르쳐준 답례기도 하고……."

그렇다곤 해도, 시험을 앞둔 소중한 주말 시간에 하루 종일 게임을 하고 있는 우리들이다.

보나 마나 시험 기간 중에도 계속 연습하겠지…….

그래도 시험 점수는 사츠키 양한테 공부를 배웠으니 어느 정도 상쇄가 되려나…….

"아니, 그게 아니라."

"그거 말고, 뭔가 사츠키 양한테 감사를 받을 만한 일을 했었나……?"

뭘까.

"기나긴 인생 속에서 코토 사츠키와 만나줘서 고마워…… 같은 건가…….'

"때때로 갑자기 튀어나오는 너의 그 엄청난 자기평가는 대체 뭐야. 고저 차가 너무 급격하잖아."

아니었나 보다. 그럼 이젠 잘 모르겠다.

나는 하품을 했다. 어젯밤에 엄청난 일이 벌어지고 말았다는 긴장감에 좀처럼 잠을 이루지 못했던 탓이다.

"마이랑 승부하게 해줘서."

"엥……?"

마음의 빈틈 속에 스며들어오는 평온한 목소리에, 나도 모르게 이상한 소리를 내버렸다. 제대로 듣고 있지 않았다고 화낼까 봐 무서워서 재빨리 대답했다.

"스, 승부라면 언제나 시험 점수로 겨루고 있지 않아?"

"그것도 분명 전력을 다해 싸우고 있다는 점은 틀림없네. 하지만 그게 아니야. 피차간에 완전히 제로 상태에서 전혀 처음 보는 놀이로 승패를 겨루는 일은 좀처럼 없었어."

"그렇군요."

"응. 내가 꺼낸 말에 마이가 어울려 줄 거라고도 생각 못 했고 말이지. 하지만 이번에는 역시 그 녀석도 진심이겠지. 아무리 시간이 많아도 부족해. 또 이런 걸 할 수 있다니, 신기한 기분이야."

사츠키 양이 아니지, 하고 고개를 저었다.

"신기한 기분…… 은 아니네. 그래, 이건 확실히 알 수 있어."

커튼 너머로 비쳐드는 희미한 달빛을 통해 사츠키 양의 표정이 눈에 들어왔다.

나와 동갑내기인 의연한 미소녀는 천진난만한 웃음을 짓고 있었다.

"굉장히, 즐거워."

마이랑 사츠키 양의 관계를 잘 생각해 보면, 자신 있게 『알겠어』라고 말할 수는 없지만…… 그래도, 응. 자기가 전력으로 노력하면 거기에 응해주는 친구가 있다는 건 행복한 일이라고 생각한다.

"그래서, 정말 고마워, 아마오리."

"……아니야."

나는 아주 조금이지만, 후회했다.

이런 일이라면 내가 이미 잘하는 게임이 아니라, 나도 처음 해보는 게임으로 두 사람과 승부를 겨뤄보고 싶었다. 분명 그편이 재미있었을 텐데.

하지만 그 바람은 이뤄지지 않는다. 나는 이기는 걸 더 우선하고 말았으니까.

"잘 자. 내일도 잘 부탁할게."

"응…… 잘 자."

마이랑 사츠키 양의 관계가 부럽다.

저런 식으로 상대를 마음 깊이 신뢰하고 있다는 점에서 지금까지 쌓아온 시간들이 느껴지니까.

……좋겠다, 친구.

나는 역시 사츠키 양과 친구가 되고 싶다.

앞으로 고교 생활을 함께 즐기며 『절친』이 되고 싶다.

그러기 위해서 만약 승부에서 일부러 진다면?

적어도 사츠키 양과 당분간은 함께할 수 있겠지.

나와 마이와 사츠키 양의 실력 차이가 명확하다면 마이만 쓰러트리고, 내가 사츠키 양한테 져주는 건 그렇게 어렵지 않을 터다.

함께 고등학교 생활을 보내며, 그러는 동안 정말 친구가 될 수 있을지도 모른다.

하지만 안 된다.

그래선 안 된다.

나는 사츠키 양이 행복해졌으면 한다.

마이랑 서로 다툰 채로는 안 된다고, 사츠키 양. 그건 분명 쓸쓸할 거야. 나는 쓸쓸했으니까.

사츠키 양은 꼭 마이랑 화해해야만 한다.

그러니까 나는 이긴다.

수단과 방법을 가리지 않고 이기겠다.

사츠키 양한테도, 마이한테도, 절대로 지지 않을 테니까──.

그렇게 다음 주 금요일, 드디어 결전의 때가 찾아왔다.

하〰〰 아──짱〰〰‼
카호

무슨 일이야?
아지사이

이제 조금만 있으면
사 짱의 날이야〰
카호

그렇네
아지사이

레나찡 괜찮으려나
카호

우리들도 뭔가
할 수 있는 일은 없으려나
카호

으─음
아지사이

아, 선물을 사러 간다거나?
아지사이

그거다‼
카호

가자가자‼ 지금 바로 갈까?!
카호

+

아지사이

벌써 밤이 늦었는데 **?!**

그럼 토요일 **!!**

카호

아지사이

그래—

아 짱과 데이트다 **!!**

카호

아지사이

카호 짱과 데이트네

아지카호파의 폭탄이다— **!!**

카호

아지사이

아지카호파?

아지카호파— **!!**

카호

뭔가 필살기…… 같은……?

카호

아지사이

잘 모르겠네!

"자, 그러면 시험지 돌려줄게—."

수업을 마치고서 HR시간. 담임 선생님인 히로사키 미치루 선생님이 『오늘 저녁은 카레네—』라고 말하는 듯한 어조로 말했다.

미치루 선생님은 30을 살짝 넘었고, 영어를 맡고 계신다. 키가 150을 넘을까 말까 할 정도로 작아서 붙임성 좋은 아이들은 밋짱 선생님, 밋짱 선생님, 하고 부른다.

소문으로는 올해의 거물 신입생, 오우즈카 마이를 아무도 담당하고 싶지 않아 하던 중, 미치루 선생님만이 『아, 그러면 히로사키가 하겠습니다』하고 손을 들었다고 한다.

그래서 이분이 얼마나 담대한 호걸인지 말해보자면, 미치루 선생님은 지극히 평범한 사람이었다.

"그럼 아마오리—."

"네."

"이번에 열심히 했구나—."

"네? 아, 네."

아시가야 고등학교는 수수한 진학교이기도 해서, 학년 전체 순위가 적혀 있는 빨대 포장지처럼 생긴 성적 꼬리표도 함께 나눠준다. 성적표를 받아 들고 자리로 돌아가 확인했더니……

평소 성적보다 비교적 꽤나 좋게 나왔다. 아니, 평균을 밑돌던 성적이 거의 평균 수준까지 올라왔다. 시험 직전 일주일 동안은 게임 연습만 계속했는데……. 사츠키 양의 『이득을 보게 해줄게』
는 완벽히 들어맞은 모양이다. 조금 기쁘네.

나는 충분히 만족했으니, 슬쩍 책상 속에 숨겼다. 우리 그룹 애
들은 다들 나보다 훨씬 성적이 좋은 모양이니까, 내 성적은 보여
주지 말도록 하자…….

그런데 2주 정도였나? 방과 후에 시험 대비 공부를 한 것만으
로도 점수가 상당히 달라질 수 있는 거였구나.

그럼 혹시 매일매일 공부하면 3학년이 됐을 때 마이를 넘어설
정도로 성적을 올릴 수 있는 거 아니야……? 피를 토할 정도로 노
력하면 어쩌면…….

그렇게 꿈만 같은 이야기를 은근히 상상하면서…….

"음, 그리고 또 뭐가 있더라. 아아, 그렇지. 내일은 종업식이니
까 수업이 없어요ㅡ. 잊지 말도록ㅡ."

나는 다른 친구들의 기색을 살폈다.

마이와 사츠키 양 중에선 누가 이겼을까.

하지만 평소 같으면 바로 서로 점수를 겨뤘을 텐데, 오늘은 둘
다 움직이질 않는다.

마이는 받아 든 성적표에 눈길도 주지 않은 모양이다. 분명 조
금 후에 있을 일에 대해서 생각하고 있는 거겠지.

HR이 끝나자, 바로 앞자리에 앉은 아지사이 양이 내 쪽을 돌
아보았다.

"저기, 레나 짱, 오늘 말이지."

"응."

오늘은 조금 있다가 마이네 집에서 모이기로 했다.

게임으로 승부를 겨룬다는 건, 아지사이 양과 카호 짱한테도 미리 전달해둔 상태다.

그렇지만 응? 확실히 어제까지는 엄청 긴장했지만, 응?

그래도 이제는 그저 행동에 나설 뿐이니까. 자신의 실력을 유감없이 발휘할 뿐이니까. 그저 지금까지 쌓아온 실력은 배신하질 않는다고 해야 할까? 그런 느낌의 대충 그런 거라서 지금의 나는 무적이다.

나는 자신감으로 넘치는 웃음을 지으면서 아지사이 양한테 선언했다.

"여, 여여여여열심히, 열심히 할게……. 마음 푹 놓고…… 기다려줘…… 께흑…….."

"레나 짱?! 입에서 혼이 빠져나올 것 같은 표정인데?!"

마이처럼 자신 있게 말할 생각이었는데 이상하네…….

아니 그런데 깨닫고 보니 손을 덜덜 떨고 있었다. 이게 대체……? 설마 긴장하고 있나? 바로 이 내가……? 말도 안 돼…….

"으으, 아지사이 양……."

이젠 그냥 집에 가서 자고 싶어. 이상하네! 나 왜 이리 약해졌지!

"괜찮다고, 레나찡!"

"아얏."

카호 짱이 다가와서 내 등을 팡팡 때렸다.

"만약 레나찡이 대실패해서, 마이마이와 사 짱이 복도에서 마주치면 다짜고짜 칼을 뽑아 들 만한 사이가 된다고 해도…… 그때는 나와 아 짱이 있으니까!"

씩씩한 윙크와 함께 엄지손가락을 치켜세우는 카호 짱.

으으, 고마워요, 고마워요…….

"카호 짱, 아지사이 양……."

"맞아맞아, 물론 나도 전부 레나 짱한테만 밀어붙이지 않을 테니까. 만약 잘 안 풀렸을 때는 또 상담해줘. 그다음 수단을 생각하자."

이 무슨 일인가. 너무나도 믿음직스럽다.

내가 실패하더라도 괜찮아……? 아니, 실패하면 실패한 대로 내 인생이 저당 잡힐 테니, 괜찮지는 않지만요!

하지만 어깨의 짐은 덜었다. 카호 짱과 아지사이 양 덕분이다.

"하지만 일단 계획의 실행일은 내일로 예정되어 있으니까 오늘 대성공하는 것보다 더 좋은 건 없어없어 없어용이지만!"

"으으으으으, 힘낼게…………."

"자, 잠깐 카호 짱, 너무 부담을 주지 말아줘……. 저기, 레나 짱, 괘, 괜찮아. 울지 마, 분명 어떻게든 될 테니까, 응? 응?"

높은 인간력을 자랑하는 두 사람의 위로 덕에 나는 간신히 마음을 추스릴 수 있었다.

이럴 때조차도 남한테 수고를 끼치는 녀석이구나! 나는!

마음속으로 훌쩍훌쩍 눈물을 흘리고 있을 때쯤, 마이와 사츠키 양이 다가왔다.

"자, 그럼 가볼까, 레나코."

"그래, 가자, 아마오리."

아직 완전히 화해한 건 아니지만, 오랜만에 다섯 명이 함께 모였다.

역시 마이를 중심으로 하는 이 멤버들이 한 곳에 모이면 오라가 장난이 아니다. 전설의 포켓몬만으로 구성된 파티 같다. 물론 나는 빼고.

"그러면 다녀오겠습니다!"

카호 짱과 아지사이 양의 응원을 받으며, 마이와 사츠키 양의 뒤를 따라나섰다.

좋아, 이걸 끝내고, 모두 함께 기분 좋게 여름 방학에 돌입하는 거야!

마이네 집에 놀러 온 건 이번이 두 번째다.

저번에는 도우미분이 안 계셨지만, 이번엔 운전수인 하나토리 씨도 우리와 함께 방까지 올라왔다.

엘리베이터 안에서 사츠키 양은 연신 하품을 하고 있었다.

잘 보니 눈 밑에 다크서클도 생겼다.

"사츠키 양, 밤을 새운 거야?"

"응, 뭐. 마지막 마무리를 좀."

자기 입으로 수면 시간이 모자라면 머리 회전이 둔해진다고 말했는데, 괜찮은 걸까.

"괜찮아. 리무진 안에서 조금 눈을 붙였으니까."

"또 마음을 읽혔어……."

"너 표정에 다 드러나는걸."

한편 마이의 얼굴은 여전히 깨끗했다. 피부가 대리석으로 이루어진 걸지도 모른다.

마이가 내 시선을 깨달았다. 흐흥, 하고 검지를 세웠다.

"네가 지금 무슨 생각을 하고 있는지, 나도 한번 맞춰보도록 할까."

"뭣이라."

"이 자리에 사츠키 양이 없었다면 지금 당장 나한테 안겨 키스할 수 있는데……. 그런 생각을 하고 있지?"

"완전 틀렸다고!"

"뭐라고? 사츠키가 있어도 상관없는 건가? 하지만 그건 나도 조금 낯간지러운데……."

"도착했습니다."

하나토리 씨의 말이 떨어지자마자 엘리베이터 문이 열렸다. 우리들은 플로어에 발을 들였다.

안내에 따라 미리 세팅까지 마쳐져 있는 게임 룸으로 향했다.

"우와, 굉장해……."

넓은 방 안에 삼각형을 이루는 형태로 배치된 디스플레이와 옆에 놓여있는 플레이스테이션4. 거기에다 게이밍 의자가 3개 놓여있어서, 마치 어딘가의 e스포츠 스튜디오 같았다.

어, 엄청나. 마이의 재력에는 매번 매번 질겁하는 나지만, 이 환경에는 상당히 가슴이 뛰어…….

마이는 의자에 팔을 괴면서 득의양양했다.

"어때? 레나코. 이런 거 좋아하지?"

"웃…… 조, 좋아해……."

"뭐라고?"

"좋아……."

"한 번만 더."

"정말 좋아……."

"후후후, 그렇구나그렇구나. 나도 같은 마음이야, 레나코……."

"언제까지 그러고 있을 거야."

사츠키 양이 내 뒤통수를 찰싹 때렸다. 아파.

"그렇지, 알콩달콩한 시간은 사츠키가 돌아간 뒤에 하도록 할까. 그렇게 됐으니 업자한테 부탁해서 설치해 놨어. 의자도 제각각 너희들의 체격에 맞춘 걸로 구입해 놨지만, 그래도 세부적인 조정은 부탁하지."

"그, 그렇구나……."

마이의 의자는 빨간색. 사츠키는 검은색. 그리고 나는 핑크색이다. 정말로 우리들을 위해서 마련해 준 건가…….

"도와드리겠습니다."

"아, 네. 가, 감사합니다."

하나토리 씨한테 의자 레버 조종법을 배우면서 의자 높이나 등받이 각도를 나한테 알맞게 조정했다. 대체로 바닥에 앉아서 게임할 때가 많아 위화감이 느껴질지도 모르겠다고 생각했는데 금방 익숙해졌다. 이게 비싼 의자의 힘…….

"좋아 보이네."

사츠키 양도 마찬가지로 의자에 앉아, 컨트롤러를 쥐었다. 모니터에는 벌써 플레이하기로 한 게임이 켜져 있었다.

"혹시 마이한테 부탁하면 PC판으로 승부하는 것도 가능하려나……."

내 안의 욕망이 속삭인다.

"PC판은 뭐 다른 게 있어?"

"다르고말고, 사츠키 양…… 후후후. 먼저 프레임레이트가 완전히 다르거든. 그리고 기본적으로 마우스 키보드니까 에임을 맞추기도 훨씬 편해지지……. 그보다 애초에 이 게임은 원래 스팀 게임이었으니까. 나중 가서 플스4판으로 이식됐는데 그 과정에서 100인용 대전을 하기에는 스펙이 딸린다는 이유로 최대 30명까지로 줄어버렸어……. 대신 이번에 우리가 할 프라이빗 매치 시스템이 추가됐는데, 역시 PC로 최고 사양을 발휘해서 즐겨 보는 게 학생 게이머의 꿈이라고 할까…… 헤헤……."

"무슨 소리를 하는 건지 하나도 모르겠어, 아마오리."

"헉."

정신을 차렸다. 눈에 빛이 돌아왔다.

"나, 나 지금 뭔가 말했어?!"

"그게."

"아니, 아니야, 그게 아니야, 사츠키 양! 지금 건 내가 아니라 중학교 시절의 나야!"

"그, 그래……. 전에 들었을 때는 별로 와닿는 게 없었는데, 그렇구나, 그런 거구나……. 정말 지금은 많이 좋아진 거네, 너……."

"동정의 눈으로 보지 말아줘!"

상상도 못 한 실태다……. 나는 말하는 법도 바꾸고, 제대로 남들이 알아듣기 쉽도록 배에서 소리를 낼 수 있도록 연습했다…….

매일 빼먹지 않고 복근 운동도 해 왔는데, 그랬는데, 흑흑…….

"잘 모르겠지만, 나는 어떤 레나코라도 좋아한다고."

"내 어리광을 받아주지 마!"

오우즈카 마이한테 내가 싫어하는 나 자신을 긍정 받으면 목을 매고 죽고 싶어진다.

어째서 대전 시작 전에 이렇게나 대미지를 입어야만 하는 거야. 요즘 RPG 게임은 대부분 보스전 직전에 세이브 포인트도 다 마련해 주는데…….

"자, 그러면 준비가 다 됐으니 시작해 볼까."

마지막으로 마이가 의자에 앉으면서 우아하게 다리를 꼬았다.

각자 삼각형으로 배치된 자리에 앉았다.

가방에서 꺼낸 스마트폰을 책상 위에 올려놓고 크게 심호흡.

괜찮아, 괜찮아, 평소처럼, 평소처럼.

"나는 문제없어."

"나도 오케이―."

"응."

좌측의 마이는 방해되지 않도록 머리카락을 뒤로 한데 묶고 있었다. 오른편의 사츠키 양도 머리를 꽉 묶고서 빈틈없이 모니터를 응시하고 있다.

두 사람이 지금 긴장하고 있는지 어떤지는 내 눈으론 전혀 분간이 가지 않는다. 어쩌면 지금까지의 인생 동안 이런 큰 무대는 몇 번이고 경험해봤을지도 모른다.

나에겐 아무것도 없다. 하지만 내가 좋아하는 게임은 지금까지 계속 해왔다. 그 시절, 대전 게임에서밖에 나 자신의 가치를 찾아낼 수 없었던 나를 다시 인스톨한다.

"그러면 프라이빗 매치. 맵 매치 랜덤에 사이즈 최소. 배틀로얄. 무기는 스탠다드. 최대 인원 3명. 3판 2선승제. 먼저 1위를 두 번 따낸 사람이 승리. ⋯⋯자 그림."

패스워드를 걸어놓은 프라이빗 룸에 두 사람이 입장했다. 다음은 내가 스타트를 누르면 끝.

마이가 이기면 나랑 결혼. 사츠키 양이 이기면 나랑 결혼. 그리고 내가 이기면 두 사람은 화해. 다시 봐도 너무 심한 조건이네!

하지만 할 수밖에 없다.

크게 숨을 들이쉬고 내쉼과 동시에 버튼을 눌렀다.

"Go—!"

그렇게 망설임 없이 첫 라운드가 시작됐다.

내 눈이 모니터 안으로 빨려 들어간다.

이번에는 주택지 맵인가. 미국 농장에 있는 조립식 주택처럼 생긴 건물에서 스타트다.

이 게임은 처음은 아무런 무기도 없이 맨몸 상태로 시작하기 때문에 일단은 여기저기를 탐색하면서 총기를 주워야 한다.

초반엔 일단 장비를 갖추는 게 제일 중요하다. 그러지 않고선

맨손으로 싸우게 될 테니까.

자, 이 배치라면 2층에 뭔가 좀 있으려나.

어디 보자, 처음엔 전부 주워두자…….

"……응?"

지금 뭔가 소리가 들린 거 같은데.

그러고 보니 헤드폰을 준비하는 걸 깜빡했다는 사실을 이제 와
서 눈치챘다. 음량을 높여 봐도 다른 두 사람과 소리가 섞여버리
니 의미 없다.

하지만 30명이나 한데 섞여 싸우는 전투와는 달리, 지금은 세 사
람뿐이다. 그래서 이렇게 빨리 마주치는 건 있을 수 없는 일──.

내 시야에 뭔가 스쳐 지나갔다.

마이였다.

"뭐어?!"

"에이."

마이의 캐릭터가, 오면서 주운 걸로 보이는 빠루처럼 생긴 무
기를 붕붕 휘두르며 나를 때리러 달려온다.

잠, 잠깐만!

방금 막 주운 권총을 연사했다. 하지만 너무 가까워서 조준이
안 맞는다.

판단 미스다. 뒤도 돌아보지 않고 도망쳐서 거리를 벌리거나,
나도 근접무기로 응전할 걸 그랬다.

깨달았을 땐, 이미 내 시야는 빨갛게 변한 상태.

그리고 마무리 일격을 내려치자, 우당탕, 하고 둔중하고도 불

279

쾌한 소리가 났다.

『you are dead』라는 문구가 화면 위에 커다랗게 표시된다.

뭐, 뭐, 뭐……

"뭐야 이거?!"

나도 모르게 테이블을 손으로 쾅 내리치고 말았다. 나쁜 매너다.

마이는 더할 나위 없이 즐거워 보였다.

"어땠을까, 깜짝 놀랐지?"

"그야 물론!"

"그거 다행이야. 이야, 생각보다 훨씬 잘 풀렸구나."

"전혀 다행이 아닌데요! 엇, 잠깐, 대체 어떻게 한 거야?!"

아직 게임 중인데도 벌떡 일어나 마이의 의자를 잡고 흔들고 싶은 충동이 밀려왔다. 아무리 그래도 그러진 않을 거지만!

마이는 글라스에 담긴 와인을 흔드는 것처럼 기품 있게 컨트롤러를 조작하면서 웃었다.

"뭘, 그렇게 어려운 일은 아니야. 4인용의 가장 작은 맵일 경우, 스타트 지점이 24개뿐이잖아?"

"어? 그, 그랬어?"

프라이빗 매치는 보통 거의 안 하니까 스폰 위치 같은 건 신경 써본 적도 없었다.

"몇 개쯤 되는 위치가 한데 모여 있는 장소가 있거든. 거기를 목표로 시작하자마자 전력으로 달려온 거야. 만약 빗나간다면 상당한 시간이 손실됐겠지만, 다행이야."

마이는 우아하게 머리를 쓸어 넘기고서 입꼬리를 올렸다.

"누가 뭐라 해도 나는 운이 좋으니까 말이지."

"큭…… 이, 이게…….."

너무 분해서 피를 토할 것 같다.

마이가 압도적으로 강했던 게 아니다. 좀 더 냉정하게 대처할 수 있었다. 그런데도 당황해버렸던 나 자신에 대한 분노다.

"참고로, 잘 통할지 아닐지는 둘째 치고서라도. 나는 이번에 레나코용 작전을 마련해 왔어."

"작전……?"

"그렇고말고. 네 성격을 고려해서 처음에는 20개쯤 떠올린 다음 실용성을 취합해 선택한 결과, 세 개로 좁혀졌지. 즉, 남은 두 판용이네."

마이는 이 이상 없을 정도로 즐거워 보였다. 옆에서 저런 얼굴로 게임을 하는 여자가 있었다면 함께 게임할 친구로서 100점 만점을 줄 게 분명한 웃음이었다.

"후후, 너는 상당한 실력자겠지만, 미리 말해두겠어. 나만큼 너를 항상 생각하고 있는 사람은 없다고 말이지."

"크윽, 커흑, 으으으……."

이 자식, 처음부터 나를 함락시킬 생각으로 왔던 건가……!

어째서 그 생각을 못 했던 걸까. 격투게임 때도 마이는 최단효율을 추구해 그저 콤보만 연습해 온 여자. 그렇다면 FPS도 자기가 할 수 있는 범위 안에서 가장 승산이 높은 전술로 밀어붙일 게 당연한데!

그야 당연히 정면으로 싸우면 실력에서 우위인 내가 이긴다.

그러니 나라는 인간을 정확히 노려서 나를 읽고 쓰러트리러 오는 게 이치에 맞는 일이다. 분해!

의자에 몸을 푹 기대고서 화면 영상을 전환했다. 제일 먼저 죽어서 다른 두 사람의 플레이를 관람할 수 있다.

언제까지 분해하고만 있을 수도 없다. 다음 판에 만회하기 위해서 지금은 정보 수집이다…….

방금 전부터 계속 조용한 사츠키 양을 한번 살펴보기로 했다.

사츠키 양은 착실하게 아이템을 모아서 장비를 갖췄다. 움직임이 우리 집에서 연습했을 때와는 아예 딴사람처럼 달라졌다.

맵도 다 외우고 있는 모양인 데다, 사격 당할 수 있을 만한 장소에서 경계하는 방법도 완벽한 정석대로 각이 잡혀 있었다.

나는 솔직히 감동했다. 뛰어난 제자를 보는 스승의 심정이 바로 이런 거구나…….

"사츠키 양, 확연하게 실력이 늘었어……! 굉장해, 굉장하다고, 사츠키 양!"

"시끄러워, 조용히 해. 정신 사납잖아."

"아, 네."

그에 비해 마이는…… 엉망진창이다. 잘하는 것도 있지만 완전 꽝이다 싶은 부분도 많았다. 기본을 착실히 쌓아온 사츠키 양에 비하면 움직임이 난잡하다.

일반 게임모드였으면 킬을 따내긴 했겠지만, 그만큼 많이 죽기도 했겠지. 옆에서 지켜보면 나도 모르게 자꾸 참견하고 싶어지는 플레이였다.

두 사람은 마침내 전장에서 마주쳐 총격이 오갔다.

강한 무기를 들고, 높은 위치를 선점한 마이가 유리하지만 사츠키 양의 무빙에 따라서는 완벽히 반격해 줄 수도 있는 상황이다.

그러나 결과는 마이의 승리.

아주 간발의 차이였다.

누가 이겨도 이상하지 않았다. 사츠키 양은 불리한 상황 속에서도 잘 싸웠다.

"아까웠네."

"…………그러네."

사츠키 양은 스마트폰을 켜고 메모장을 확인하는 모양이었다.

거기에는 자기가 정리해 놓은 승리를 위한 마음가짐 같은 것들이 한가득 적혀 있어서, 정말 성실한 사츠키 양다웠다.

"먼저 1승. 그리고 매치포인트다. 다음 판으로 내 승리겠군."

마이는 좋아하는 장난감을 사도 괜찮다는 허락을 받은 어린애 같은 눈빛으로 나를 바라보고 있었다. 오한이 밀려온다…….

"이대로 연속 2점을 따내도록 놔둘까 보냐……."

"레나코. 끝나면 바로 너희 부모님께 인사드리러 가지 않을래? 아직 학생 신분이긴 하지만 어때. 네가 좋다면 한 주에 며칠 정도는 함께 동거하자. 하나토리는 요리도 특기야. 이번에야말로 네 마음에 들면 좋겠는데."

"경기 시작 전에 인생 설계를 늘어놓는 거 그만둬 줄래요?!"

그런 식으로 내 멘탈을 부숴놓는 작전인가?! 아주 효과적이야!

"자, 다음 판, 다음 판!"

둘째 판. 이번에야말로 내가 이길 테다.

내가 해야 할 일은 심플하다.

적당한 무기를 하나 손에 넣으면 시야가 잘 드러나는 장소로 향한다. 교전 상황에 돌입하면 게임 실력이 승패를 가르게 된다. 30미터 거리의 교전에서 절대적인 건 경험이다.

다행히도 맵은 사막 에어리어였다. 넓은 맵이라 비교적 장기전이 되기 쉽다. 속공을 취지로 삼은 마이에겐 걸림돌이 될 게 분명하다.

슬쩍 마이를 봤다.

무슨 표정을 짓고 있나 싶었는데, 깜짝 놀랐다. 마이는 컨트롤러를 내려놓은 채 "흐음" 하고 턱에 손을 올리고서 뭔가 생각에 빠져 있었다.

"프, 플레이 중인데요?!"

"물론 나도 잘 알고 있어. 나는 나름대로 승리를 위한 최선을 모색하는 중이야. 이건 꼭 필요한 시간이지."

"여, 영문을 모르겠어……."

이번엔 내가 손에 익은 어설트 라이플을 입수하는 데 성공했다. 라이플 한 자루를 들고서 일단 뛰었다. 그러고는 마이의 기습을 최대한 경계하면서 주변을 빈틈없이 감시했다.

내가 한 가지 주의를 기울이는 점은, 바로 마이의 작전을 추측하려 들지 말자는 것이다.

아무리 마이가 내 행동을 읽고서 나를 목표로 저격해온다고 해도, 현실과는 다르게 게임 속에선 취할 수 있는 선택지가 제한되어 있다.

기책을 부려봤자, 메타에 맞지 않는 전술은 뭔가 커다란 결점이 있으니까 주류로 자리 잡지 못한 거라는 건 잘 알고 있는 사실이다.

그렇다면 경계를 늦추지 않고, 방심만 하지 않으면 어떤 기책을 들고 오든 대처할 수 있을 터……!

"어떠냐! 마이!"

"조금만 더 생각해 보도록 하겠어. 너에게 유리 구두를 전달할 방법을 말이지."

"그 왕자님, 방금 전판에서 빠루로 신데렐라의 뚝배기를 깨버렸는데요!"

누군가가 보인다. 망설임 없이 발포.

마이……가 아니다. 사츠키 양이다.

"칫, 아마오리인가."

"플레이 중에 혀를 차다니 무서워!"

타이밍을 놓쳤지만 계속 연사했다. 엄폐물 뒤에 숨은 사츠키 양은 머리만 살짝살짝 내밀면서 정확하게 반격해온다. 아아, 응. 이제야 좀 제대로 게임처럼 됐어……!

"으……."

"오?"

사츠키 양이 갑자기 신음했다.

내가 한순간 경이적인 에임 실력을 각성해서…… 그런 건 당연

285

히 아니다.

마이도 참전한 모양이다. 사츠키 양이 사선 사이에 껴서 십자 포화를 맞고 있다. 세 명밖에 없는 상태에서 두 사람에게 동시에 조준 당하는 상황은 확실히 위기다.

"어때, 사츠키. 우리 함께 손을 잡고 먼저 레나코를 쓰러트리는 건."

"무슨 소릴 하는 거야. 그랬다가 네가 이긴다면 승부가 그대로 끝나버리잖아."

"오호, 그 말은 나와 정면으로 겨룬다면 이길 자신이 있다는 뜻인가?"

"물론 자신은 있어. 조금이라도 확률이 높은 쪽을 고르고 싶을 뿐이야."

"과연 그렇군, 확률이라. 그러나 이건 너의 특기인 공부와는 다르지."

"……뭐야?"

아까부터 총성이 끊이질 않는다.

마이가 자꾸 말을 거는 것도 집중력을 흐트러트리기 위한 작전이겠지만, 사츠키 양은 그냥 들어 넘기지 못하는 모양이었다.

"기습을 받으면 퇴로가 없는 좁은 길과 그렇지 않은 널따란 길. 두 가지 길이 있다고 가정하자. 그리고 둘 중 어딘가에 적이 잠복하고 있다고 하지."

"뭐야 그게."

"당연히 누구나 넓은 길을 고르겠지. 살아남을 확률이 높은『올

바른』 선택이니까 말이야. 말할 필요도 없어."

마이와 사츠키 양이 점차 나한테서 멀어져간다.

두 사람이 싸우고 있는 상황에 끼어드는 게 가장 승률이 높다. 나는 두 사람을 쫓아가면서도 위화감을 느끼고 있었다.

첫판. 사츠키 양이 어째서 마이와 맞싸웠을 때 이기지 못했는가. 나는 뭔가 커다란 착각을 하고 있다는 느낌이 들었다.

그건 정말로 간발의 차였던 걸까?

"그렇지만 사츠키. **진정 올바른 선택은 적이 없는 길이야.**"

"웃?!"

사츠키 양이 마이한테 킬을 따였다.

그럴 수가, 또 마이가 이겼어?

"너는 확실히 계속해서 정답을 골라왔어. 그렇기 때문에 나한테는 이길 수 없어."

우쭐해진 표정으로 한창 들떠있는 마이를 내 총탄이 꿰뚫었다.

"…………."

마이는 이게 뭐냐는 듯이 굳어있다.

나도 마찬가지다.

"저기…… 그게, 멍하니 서 있으니까 나도 모르게."

"응. 뭐, 이럴 때도 있는 거지."

레나코, Win!

이걸로 나도 매치포인트다. 이제 사츠키 양만 혼자…….

콰당 소리가 나면서 사츠키 양이 거칠게 일어섰다.

사츠키 양은 긴 머리카락을 휘날리면서 말했다.

"······화장실, 잠시 빌릴게."

"얼마든지."

손바닥으로 방향을 알려주는 마이 옆을 지나쳐 걸어가는 사츠키 양.

"······사츠키 양."

걱정이 돼서 조그맣게 사츠키 양의 이름을 부르자, 마이가 어깨를 움츠렸다.

"지금은 조금 말이 지나쳤으려나."

"······맞아, 그런 건."

친구한테 할 짓이 아니야.

그렇게 말하려고 했으나, 나는 말을 삼켰다.

마이와 사츠키 양의 관계에 내가 내 기준으로 말참견을 하는 건 좀 아니라는 생각이 들었다.

"그렇지만 나는 그렇게 말하면 사츠키에게 여유롭게 이길 수 있으리라는 생각이 들었거든. 과연 승리를 거머쥐기 위해서 만전을 기하지 않고 봐주는 게 그녀에게 있어서 기쁜 일일까?"

"그건······."

나라도 알 수 있었다. 사츠키 양은 상대가 봐줬다는 걸 깨닫는다면 크게 화를 낼 것 같다. 그 상대가 마이라면 더더욱.

"조금만 더 어깨의 힘을 빼고서 살면 좋을 텐데 말이야."

"······그게 불가능하니까 사츠키 양이잖아."

"맞는 말이야."

그때 하나토리 씨가 홍차가 담긴 쟁반을 들고 왔다. 지금 마침 휴식 중이었으니 신들린 타이밍이다.

"가, 감사합니다."

찻잔을 받아 들고 향을 맡아보았다. 좋은 향기. 입술을 간질이는 따뜻한 김에 마음이 놓이는 것 같다. 차분해지는 느낌이다.

한 모금 마셨더니 달콤한 맛 속에 담긴 약간의 산미와 쓴쓸함이 느껴졌다. 피로가 풀리는 듯한 맛이 난다. 맛있어.

멍하니 방금 전의 시합을 떠올리면서 입을 열었다.

"마이는."

"응."

"역시 뭔가 대단해. 발상부터가 일반적인 사람과는 다르다고 해야 하나."

"물론이고말고. 이게 너의 반려가 될 여자, 오우즈카 마이야."

"안 돼, 안 될 거야."

안 될 거지만……

마이가 멋있다는 점은 싫어도 확실히 전해져 온다.

저만큼이나 연습한 사츠키 양조차도 손바닥 위에서 가지고 놀고 있다.

마이는 찻잔을 입에 가져갔다.

"하지만 나에게 자유를 가르쳐 준 사람은 그녀였지."

"그건……?"

마이의 푸른 눈동자는 지금 이곳이 아닌 어딘가를 바라보고 있는 것 같았다.

"옛날이야기야. 우리들이 이제 막 만났을 때 무렵이지."

"초등학교 시절?"

"그래."

마이는 어깨를 움츠렸다.

"정말이지…… 어째서 이렇게나 나한테 집착하게 됐을까."

"잘 모르겠지만……."

사츠키 양은 지는 걸 싫어하는 사람이지만 아무한테나 대항심을 불태우지는 않는다. 어디까지나 마이 한정이다. 항상 지기만 하니까 분해서 그렇다거나, 소꿉친구라서 그렇다거나, 그런 식으로 생각하고 있었는데…….

전혀 짐작 가는 바가 없어 보이는 마이를 살짝 째려보았다.

"아니 그보다 나도 마이를 그렇게 생각하고 있다고."

"그건 네가 운명의 상대니까 그런 거야."

"또 그 소리……."

"물론 백 년이 지나도 변치 않을 마음을 담아 말하고 있어."

크윽……. 휴식 중이라고 부끄러운 소리를 일삼다니…….

찻잔을 깨끗이 비우고서 열기를 머금은 숨을 토했다. 세 번째 판은 어떤 시합이 될까. 되도록 여기서 마이와 마무리를 지어두고 싶다. 괜찮아, 나는 지극히 침착해. 다음 판도 이길 수 있을 거야.

그 순간 문득 깨달았다.

"사츠키 양, 조금 늦지 않아?"

"그렇군. 잠시 혼자 있게 놔두자는 생각이 들어서."

텅 빈 검은 의자를 바라보며 이야기를 돌리자, 마이가 아무렇지도 않다는 듯이 그런 소리를 하는 바람에 눈이 휘둥그레졌다.

"어, 혼자 두자니……."

마이는 아무 말도 하지 않는다.

말로 꺼내면 사츠키 양을 모욕하게 될까 주저하는 것처럼.

"그, 그런 뜻이야?"

나는 나도 모르게 벌떡 일어났다.

신기하게도 몸이 저절로 움직였다.

"나, 나 잠깐 보고 올게."

"내버려 두는 편이."

"싫어."

반사적으로 내뱉고 나서야 깜짝 놀랐다. 마이도 내 말에 놀라고 있었다.

"그, 그렇지만."

수습하려는 것처럼 황급히 말을 더했다.

"마이는 와줬잖아. 내가 옥상으로 도망쳤을 때, 내버려 두지 않고서."

"덕분에 너를 옥상에서 떨어지는 처지로 만들어 버렸는데."

"그, 그 말은 맞지만."

적당한 말을 찾아도, 잘 나오지 않았다.

결국 내가 붙잡은 건 오로지 거짓 없는 진심뿐이었다.

입술을 깨물면서 말했다.

"나는 기뻤어."

그 말에 마이는 훗, 하고 웃었다.

"그런가. 그렇다면 너의 선택을 존중하겠어."

마이의 표정은 어딘지 쓸쓸해 보였다.

"내 말은 분명 사츠키에겐 닿지 않을 테니까."

빠른 걸음으로 화장실로 향했다. 마치 무언가를 떠맡은 것 같은 기분마저 들었지만, 나는 그렇게나 많은 걸 갖고 있지 않으니까 오직 내 한 몸만 가지고서.

굳게 닫힌 문은, 결코 열리지 않는 미궁 속의 돌로 된 문처럼 보였다.

무슨 말을 꺼내도 단호하게 거절당할 것 같은 느낌에, 머뭇거리며 말을 걸었다.

"저기…… 사츠키 양?"

첫 마디. 대답은 없다.

"사츠키 양."

잠시 기다리자 대답이 들려왔다.

"아마오리."

조금의 패기도 느껴지지 않아서, 나는 가슴에 올린 손을 꽉 쥐었다.

"미안해, 걱정을 끼친 모양이네. 금방 갈게. 조금, 다음 시합은 어떻게 해야 할까 생각하고 있었을 뿐이니까."

손바닥을 문 위에 살짝 올렸다.

당연하지만 감촉은 차갑고, 단단했다.

"좀처럼 잘 풀리지 않네. 역시 마이는 대단해. 그렇지만 나도 열심히 노력은 했어. 그러니까 조금, 시간만 있으면……."

"……응. 사츠키 양이 노력했다는 거, 나는 잘 알고 있어. 봐, 그 정도로 잘하게 됐는걸."

잠깐의 틈.

"……하지만 마이에겐 이길 수 없어."

"그건……."

아무 말도 할 수 없었다.

가끔이지만 있다. 어떤 게임을 시켜도 다 잘하는 사람이.

나도 몇 번이나 봐왔다. 몇 판 하지도 않았는데, 레이팅을 쭉쭉 올려나가는 천부적 재능을 타고났다고밖에 생각할 수 없는 사람을.

마이는 어렸을 때부터 모델로 활약하고 있다. 그건 분명 같은 꿈을 가지고 노력한 비슷한 나이대의 상대에게 계속해서 승리를 거둬왔다는 뜻이다.

CPU 상대로 이기는 습관을 들일 필요 따위 없다. 마이는 언제나 승리자였다.

──그러니까, 어쩔 수 없어.

목구멍까지 올라온 말을 꿀꺽 삼켰다.

사츠키 양에게 어쩔 수 없다는, 그런 위로를 할 수 있을 리가 없다.

"나 말이지, 시험 기간 중에도 아르바이트를 했어."

"……어?"

"점장님은 쉬어도 괜찮다고 말씀해주셨지만 고등학교에 들어가면 가계에 돈을 보태겠다고 엄마랑 약속했으니까. 스스로 정한 뜻을 굽히고 싶지 않았으니까.

"그랬, 구나."

"공부도 게을리하지 않았고, 그러면서 게임도 연습했어."

그래서 눈 밑에 다크서클이…….

수면 시간을 쪼개서 여러 가지 일들을 전부 노력했구나.

"웅…… 그렇구나, 대단하네. 사츠키 양은 정말 대단해."

아르바이트는 고사하고 공부조차도 똑바로 노력하지 않았던 내 눈으로 보기에는 사츠키 양 또한 저 구름 위의 존재다.

언제나 머나먼 하늘 위에 떠서 아름답게 비치는 달님.

손이 닿을 리 없는 사람.

그게 내 입장에서 보는 사츠키 양이다.

"하지만 그건 분명, 도망칠 구석을 만들어뒀을 뿐이었던 거야."

"그런…….'"

그렇지 않아, 사츠키 양.

그런 식으로 말하지 말아줘.

"모든 걸 다 바쳐 마이와 승부를 하고, 그랬는데도 철저하게 패배해버린다면 나는 더 이상 기댈 곳을 잃어버리게 될 테니까."

"사츠키 양……."

정말로 즐거워. 그렇게 말하면서 마이와 싸울 날을 고대하고 미소 짓던 사츠키 양의 얼굴을 떠올리며, 나는 후회했다.

내가 바보였다.

두 사람에게 이기기만 하면 마이와 사츠키 양을 화해시킬 수 있을 거라고 생각했다.

하지만 사실은 전혀 달랐다.

이대로 시합을 재개해서 내가 이긴다고 한들, 사츠키 양은 두 번 다시 마이와 대등한 관계로는 있을 수 없다.

친구로는, 있을 수 없게 된다.

"……사츠키 양……."

사이를 가로막고 있는 두꺼운 벽에 절망하면서 고개를 떨궜다.

마이가 나를 쫓아와 줘서 기뻤던 건, 그게 마이였기 때문이다. 나는 마이처럼 말이 능숙하지 못하니까 사츠키 양을 잘 달래주는 것도 불가능하다.

이대로라면 차라리 내버려 두는 편이 더 나았다는 생각마저 든다.

사츠키 양이 스스로를 상처 입히는 말을 토해낼 일도 없었을 텐데, 하는 생각.

정말로 후회뿐이다.

하지만…….

"포기해서는 안 돼. 사츠키 양."

"……뭐야, 그게."

하나부터 열까지, 새삼스러운 일이다.

승부는 이미 시작됐고, 나는 이렇게 문 앞에 서 있다.

중학교 시절, 방 안에만 틀어박혀 있던 과거는 달라지지 않는다. 후회는 이미 질릴 만큼 했고, 반성회는 이불 속에서 연중무휴로 끊이질 않는다. 그럼에도 나는 고등학교 데뷔를 해서 사츠키 양과 만날 수 있었다.

고개를 든다.

바꿀 수 있는 건, **언제가 됐든, 오직 지금뿐**이니까.

"만약 오늘 이기지 못하더라도 내일은 이길 수 있을지도 몰라. 그다음에는 이길 수 있을지도 몰라. 따라잡을 수 있을지도 몰라."

무책임한 말을 늘어놓는다.

"나는…… 지금까지 항상 그렇게 생각해왔어. 하지만 상대는."

"상대는 마이지만! 그래도 포기해선 안 돼! 나는 사츠키 양이 포기하길 바라지 않아!"

이건 그냥 이기적인 수준이 아니다. 그저 나의 소원이었다.

사츠키 양이 계속 앞을 향해주기를 바라니까.

"마이에게 이기고 싶잖아. 항상 갚아주고 싶다고 생각했잖아. 그러니까 포기해선 안 돼. 왜냐면 나도 사츠키 양이 마이한테 이기는 모습을 보고 싶은걸! 그 마이가 사츠키 양한테 지고서 분해하는 모습을 반드시 보고 싶어!"

"……그런 걸, 이제 와서."

"이제 와서가 아니야! 그렇지만 원래 따지고 보면 사츠키 양이 나를 말려들게 한 거잖아! 나도 사츠키 양의 말에 넘어간 거라고! 친구를 배신하더라도 사츠키 양에게 손을 빌려주면서 말이야! 언제나, 항상, 엄청나게 속이 쓰렸으니까!"

그렇다, 우리들은.

처음부터, 남남 같은 게 아니었다.

공범자였다.

"그러니까 혼자서 포기하지 말라고! 오늘 진다고 해도 자신 있게 웃으면서 『다음은 이길 거야』라고 말하라고! 평소 같은 사츠키 양처럼 뻔뻔스럽게! 저런 얼굴밖에 내세울 게 없는 자의식 과잉 녀석 따위한테 마음이 꺾이지 마!"

탕, 하고 문을 때렸다.

"……너."

나는 위로하는 말도, 동정하는 말도, 가지고 있지 않았다.

그런 걸 내가 사츠키 양한테 말할 수 있을 리가 없다. 자기보다도 훨씬 노력하는 상대한테 『열심히 했구나』라니, 잘난 척하는 데도 정도가 있다.

내가 사츠키 양에게 해줄 수 있는 건 그저 기대하는 일뿐이다.

그게 평범하고, 시원찮은 내가 할 수 있는 최선의 응원이다.

달은 태양의 빛을 받지 않으면 스스로 빛을 낼 수조차 없다. 그렇지만 옛날부터 항상 사람은 달을 올려다보면서 마음을 그렸다. 해와 달. 둘 사이에 우열 같은 건 없다.

그저 나는 앞을 보면서 걸어가는 사츠키 양을 좋아한다.

"저기, 사츠키 양——."

한 번 더 문을 때린 순간이었다.

잠겨있지 않았던 모양인지 힘껏 안쪽으로 문이 열려버렸다. 어?!

있는 힘껏 화장실 칸 안으로 뛰어 들어온 나를 보고서, 변좌에 앉아있던 사츠키 양의 눈이 둥그레졌다. 그대로 안겨들고 말았다.

"아야야얏."

"뭘 하고 있는 거야, 너……."

사츠키 양이 지금 하의를 내린 상태가 아니라서 다행이다. 진심으로 다행이라 생각했다.

"미, 미안합니다…… 뭔가 너무 마음이 복받쳐버려서…….."

"물건을 마구 때리다니, 난폭해."

"그 말은 확실히 맞아! 어? 이 타이밍에 정론을 말하는 건가요?!"

품에 안겨든 상태로 나는 옴짝달싹도 할 수 없었다. 왜냐하면 사츠키 양이 나를 놔주지 않고 있기 때문이다……!

부드럽고, 탄력 있는 몸이다. 단단한 심지가 자리 잡은 것처럼 힘이 느껴지고, 거기다 기다란 머리카락이 모포처럼 나를 상냥하게 감싸준다. 시선을 어디로 돌려도 사츠키 양으로 꽉 차 있어서 달빛이 내리쬐는 밤과 같은 향기가 났다.

"어, 어째서 놔주지 않으시는 건가요…….."

"너의 큰 소리를 들으니, 한 가지 생각이 떠오른 것 같아."

"내 질문은 자연스럽게 무시! 새, 생각이라는 건……?"

"오우즈카 마이는 자기가 생각하는 것만큼 대단한 여자가 아니라는 점."

"사츠키 양…….."

고개를 들자 바로 가까이에 사츠키 양의 얼굴이 있었다.

그 입술이 초승달을 그리고 있다. 사츠키 양은 살짝 무서워지는 악당 같은 미소를 짓고 있었다.

"잘도 말하고 싶은 만큼 말해줬네. 아마오리 주제에."

"어?! 죄, 죄송합니다……!"

"됐어. 너의 그런 점은 싫지 않으니까."

그렇게 말하며 사츠키 양이 싱긋 웃었다.

그리고 그대로 내 얼굴을 향해 사츠키 양의 얼굴이 다가오더니, 어?

입술에 키스 당했다.

"어째서?!"

"딱히 의미는 없어. 기운 보충이네."

"사람의 입술에 자양강장 효과는 없는데요!"

"언제까지 내 품에 안겨 있을 거야. 이제 적당히 비켜줘."

"너무 불합리해! 그럼 좀 놔주지 않으시겠습니까?! 이, 이거, 이거 놔!"

좁은 화장실 안에서 버둥버둥 발버둥 쳤다. 조금도 팔에서 빠져나올 수 없다. 사츠키 양이 웃는다. 크으으윽.

조금 시간이 지나서 간신히 해방된 나는 헉헉 숨을 헐떡였다. 덕분에 조금 땀을 흘려버렸다.

"대체 뭔가요……."

개인 칸에서 굴러 나와 바닥에 무릎을 꿇은 채로 거칠어진 숨을 골랐다.

"아마오리, 고마워."

"아뇨, 잘은 모르겠지만, 천만에요……."

"잘 생각해보니 나만 마음이 꺾일 뻔했다니, 너무 부조리한 일이네. 마이의 마음도 확실히 우지끈 꺾어놔야지."

"대체 뭘 할 생각인가요?!"

킬러가 입은 검은 코트 자락처럼 긴 머리카락을 나부끼며 사츠키 양이 말했다.

"그야 당연히 정해져 있잖아. 전쟁의 속행이야."

나는 어쩌면 터무니없는 괴물을 각성시켜버린 걸지도 모른다.

"야아, 제법 늦었잖아."

오우즈카 마이는 내가 방을 나갔을 때와 조금도 달라지지 않은 미모로, 우아하게 우리들을 맞아주었다.

"어쩌려나, 나를 쓰러트리기 위한 작전이 떠올랐을까?"

사츠키 양은 아무렇지도 않게 말했다.

"그래, 덕분에 말이지."

뭣이.

"호오, 그거 기대되는군."

사츠키 양의 말이 진심인지, 아니면 단순한 블러프인지 판단이 서질 않는다. 사츠키 양은 내 마음을 술술 읽어내는데, 나는 사츠키 양에 대해서 조금도 알 수 없다는 점이 치사해…….

"그런데 화장실에서 대체 뭘 하다가 온 거지? 레나코도 상당히 땀을 흘린 것 같은걸."

그건 어째선지 사츠키 양이 나를 옴짝달싹 못 하게 꽉 붙잡고 괴롭혀서…….

그렇게 말하려고 했던 나보다도 먼저, 사츠키 양이 선수를 쳤다.

"그러네, 품에 안았으니까."

"호오?"

"아마오리를."

흘끗 던지는 사츠키 양의 시선이 날카롭게 박힌다.

아니, 아니아니, 아니아니아니아니아니아니!

좀 더 순화한 표현이 있잖아요, 사츠키 양! 뭐야 그거, 마이를 동요하게 만드는 작전 같은 건가?! 아무리 그래도 그런 뻔히 들여다보이는 수작이 마이한테.

"호, 호오, 호호호오?"

통하잖아!

마이가 마음을 다스리려고 들어 올린 찻잔이 부들부들부들부들 떨고 있었다. 엄청나게 효과 발군이다!

"아무리 그래도 표현이 너무 그렇군, 사츠키. 실제로는 그저 한 번 포옹했을 뿐이겠지? 그것도 상당히 부러운 일이지만……."

"하지만 입술에 키스는 했어. 그렇지? 아마오리."

"하기는 했지만요!"

그렇구나, 이걸 위해서였나! 무셔!

"레나코……?"

마이가 엄청난 눈으로 내 쪽을 바라본다. 당신의 소꿉친구가 퍼스트 키스를 한 지 2주도 지나지 않아 자기 목적을 위해서라면 입술쯤이야 바치는 악녀가 됐는데요! 이거 아무리 봐도 내 잘못은 아니지?!

견딜 수 없어서 나는 게임 스타트 버튼을 눌렀다.

길게 끌고 가지 않는 편이 좋을 거라는 느낌이 들었으니까요!

"게, 게임 스타트!"

이 타이밍에 등장한 맵은, 제일 일반적이고 유명한 맵, 시가지. 공장지대와 비즈니스 거리를 더한 다음 다시 둘로 나눈듯한 스테이지다.

"저기, 아마오리. 어째서 내가 이렇게나 마이를 라이벌로 여기게 됐는지 가르쳐 줄까."

"어?! 지금, 시합이 막 시작한 참인데요?!"

"옛날 마이는 그야말로 그림으로 그려낸 듯한 아가씨였어."

이야기를 시작했어!

"잠깐, 사츠키. 레나코한테 무슨 얘기를 하려드는 거야."

"네가 제일…… 아니 유일하게 귀여웠던 시절의 이야기야."

사츠키 양은 물론 손을 쉬지 않고 움직이고 있었지만, 마찬가지로 입도 멈추지 않았다.

프, 플레이에 집중……! 이건 사츠키 양의 함정임에 틀림없으니까 일부러 귀 기울여 들을 필요는 전혀 없어없어 없어용이라고…….

"그 시절 마이는 물론 지금처럼 인기인이었어. 주변에는 많은 사람이 모였지. 하지만 그건 학교에서의 이야기. 방과 후에는 항상 잘 어울려주질 않았어. 모델 일에다가 매일같이 뭘 배우고 있어서 어린 마음에도 참 힘들겠다고 생각했어."

"……마마는 나에게 영재교육을 해주고 계셨어. 아이의 가능성을 가능한 최대한 끌어 올려 주자는 교육방침이었겠지."

"하지만 답답했었잖아?"

"부럽다고는 생각했을지도 모르겠군. 너희들은 언제나 굉장히 즐거워 보였으니까."

"그래서 그런 말도 안 되는 짓을 한 거구나."

303

"젊은 혈기의 소치야."

큭, 헤드폰이 없어서!

싫어도 들려오니까 집중력이 엄청나게 깎인다!

"어느 날 마이가 말이야,『오늘은 괜찮으니까』라고 말을 꺼내서 우리들이 노는 데 참가했어. 여자아이들은 몹시 기뻐했지. 그야, 인기인인 마이와 방과 후에도 함께 놀 수 있게 됐는걸. 그렇지만 마이는 계속 마음이 딴 데 가 있어서."

"……정말로 전부 얘기할 생각인가."

"그래, 문제라도? 아니면 아마오리한테는 들려주고 싶지 않아?"

"……하지 말라고 해도 너는 계속하겠지?"

"잘 알고 있잖아."

"하루 이틀 알고 지낸 게 아니니까."

사츠키 양이 시원스럽게 웃자 마이가 어깨를 움츠렸다. 소꿉친구다운 대화다.

아니, 지금 두 사람을 쳐다보고 있을 때가 아니야!

"그래서 말이지. 해가 저물기 시작해서 한 명씩, 한 명씩 아이들이 집에 다 돌아간 뒤, 나와 마이만 남았어. 마이는 놀이터로 삼고 있던 신사의 공원에 쭈그리고 앉아서 울음을 터트릴 것 같은 얼굴로 말했어. 오늘은 집에 못 간다고."

신사라니…… 저번에 그 신사인가.

사츠키 양과 사귀기 시작한 그날 잠깐 들렀던 신사.

아아 정말이지.

"그, 그래서?"

결국엔 나까지 대화에 껴들고 말았다. 일단은 자주 써본 라이플을 습득한 덕분에 조금 안심했다는 점도 있다.

"마이는 사실 방과 후의 일정을 빼먹었던 거야. 그것도 개인 교습이 아니라 아역 모델 일을. 전화기 전원을 꺼놓고, 우리들과 노는 걸 선택했어. 역시나 이제는 참는 데도 한계였던 거겠지."

그런 일이.

"아직 어린애였던 거야. 일에서 실수를 하거나, 어른에게 혼이 나거나, 마마와 살짝 다투거나, 그런 일들이 여러 가지로 한데 뭉친 끝에 나온 반항이야."

"그래서 사츠키 양은?"

"마이를 데리고 집으로 돌아왔어. 혼자 있게 내버려 둘 수 없는걸. 다만 항상 근사한 옷을 입고서 반짝이는 아가씨라고 생각했던 마이에게 우리 집을 보여주는 건 상당히 창피한 일이었지. 알다시피 엄마는 그런 분이고, 아빠는 내가 철이 들 무렵부터 안 계셨으니까."

사츠키 양네 집. 그랬었구나.

"처음으로 친구네 집에 놀러 간 거였어. 그야말로 엄청 긴장했다고. 그래도 아주머니는 줄곧 상냥하게 대해주셨어. 물론 너도."

"최선을 다해서 환영하려고 했었지. 네가 불안해 보이는 표정을 지을 때마다 필사적으로 즐겁게 해줘야겠다고 생각했어. 나도 엄마도 싸우고서 집에서 뛰쳐나가곤 했으니까, 너의 불안도 조금은 이해가 갔는걸."

어디에선가 상냥한 음악이 들려오는 듯한 기분에 휩싸였지만,

내 착각이다. 여기는 전장. 오가는 건 탄환이고, 주변을 매운 건 초연의 냄새라고.

그런데도 자꾸만 마치 허물없는 친구와 함께 즐겁게 놀고 있는 듯한 기분이 든다.

"그, 그래서?"

"그러네. 저녁밥을 먹은 다음이었을까. 마이네 엄마가 찾아오셨어."

"우와아."

나도 모르게 목소리가 나와 버렸다.

"그거야 막 싸움으로 번져서 노성이 오가는 느낌……?"

"아니, 그건 마치 감정이 없는 로봇 같은 태도였지. 이번에 저희 딸이 폐를 끼쳐서 드릴 말씀이 없습니다, 라며. 그래도 어른이란 그럴 때 화를 내는 사람이라고 생각하고 있었으니까 오히려 정말로 무서워서. 어른이 그렇게나 무서웠던 건 처음이었어."

"나도 그런 마마는 처음이었다고. 하지만 지금 생각해보면 나에게 너무 무리를 시켰다고 마마도 반성하고 있었던 거려나. 겉으로 감정을 드러내는 데 서툰 사람이니까, 마음을 풀 곳이 없었던 거겠지. 하지만 확실히 무서웠어……."

"너는 특히 일을 땡땡이 쳐서 많은 사람한테 폐를 끼쳤다는 죄책감도 있었던 거네. 저기, 그거 알고 있었어? 그때 내 마음. 농담이 아니라, 여기서 끌려갔다간 네가 살해당할 거라고 생각했다고."

사츠키 양이 웃자 마이도 쓴웃음을 지었다.

방금 전부터 마이의 귀가 빨갛다. 예전에 말한 적 있었던 자신이 어리석던 시절의 이야기인 걸까.

"과장이라고. 나도 학교를 그만두게 될지 모른다는 생각까지는 했을지 모르지만 말이야. 초등학교인데도."

"그래서 어떻게 했어?"

내 물음에 대답한 사람은 마이였다.

"사츠키가 말이지. 나를 감싸줬어."

"어? 사츠키 양이……?"

"그래."

『데려가지 말아주세요!』하고 외치는 작은 여자아이의 목소리가 들린다.

흑발의 소녀는 금발의 소녀를 자기 등 뒤에 감싸고 있었다.

그리고 정장 차림의 여성을 올려다보면서 위협하듯이 외친다.

『마이는 그저 우리들과 함께 놀고 싶었을 뿐이고, 나쁜 짓 같은 건 안 했어요! 그치만 어린이는 노는 게 일이라고 우리 엄마도 말씀하셨는걸! 마이한테 심한 짓 하지 말아주세요!』

양팔을 크게 펼치고 있는 여자아이의 등을 바라보면서 금발의 소녀는 울고 있었다.

이 눈물이 어째서 흐르고 있는 건지는 자기 스스로도 알 수 없었다. 엄마가 무서워서, 그런데도 나를 감싸주는 친구가 소중해서, 그녀와 떨어지고 싶지 않아서, 그저 감정들이 둑이 터진 것처럼 넘쳐 흘러나왔다.

『마이는 어디에도 가지 않아도 괜찮으니까! 우리 집 애가 되면 된다고! 내가 언제나 함께 있어 줄 테니까——!』

　그래, 하고 작은 목소리가 흘러나왔다.
　마이가 나를 뜨거운 시선으로 바라보고 있다.
　"그런가, 그래서 나는 너에게……."
　"어?"
　"아니, 아무것도 아니야. 그렇구나, 아무리 그래도 이건 촌스러운 짓이야. 나는 너를 진심으로 사랑하고 있으니까."
　"가, 갑자기 뭐야……."
　사츠키 양은 이거 좀 보라는 듯이 한숨을 내쉬었다.
　"감싸줬지만 나는 아무런 사정도 듣지 못했던 엄마한테 혼이 났고, 마이는 당연히 집으로 끌려가는 바람에 정말로 심한 꼴을 당했어."
　"그때부터였구나, 사츠키."
　"뭐가?"
　"내가 고독해질 것 같으면 네가 언제든 다가와서 나를 깎아내렸지. 나 같은 건 대단치도 않은 여자라며."
　"그야 뭐. 그렇게나 엉엉 울고 있던 여자가 어른인척해 봤자 소용없잖아."
　"하지만 너야말로 나랑 경쟁하려고 어른인 척하는 짓을 그만두려 들지 않아. 어째서지?"
　"네가 어른인 척하니까 그런 거야. 내가 어울려주는 거라고."
　"어째서 그런 짓을."

"그야."

사츠키 양이 컨트롤러를 테이블 위에 내려놓았다. 그건 마치 시합을 포기하는 것 같았다.

자리에서 일어나 마이를 내려다보면서 손가락을 치켜든다.

어째서 이런 것조차 모르는 거야? 라고 말하는 듯이 선언했다.

"그렇게 하지 않으면 언젠가 또 네가 외톨이가 됐을 때 곁에 있어 줄 수 없잖아."

나도, 마이도, 사츠키 양을 올려다보았다.

즉, 사츠키 양은 마이의 옆에 나란히 서기 위해서, 그렇게 행동하는 것이다.

결코 마이가 외톨이가 되지 않도록.

"후."

마이는 쑥스러운 듯이 고개를 푹 숙였다.

"……그러면 그렇다고 처음부터 말해줬으면 좋았을 텐데. 네가 틀림없이 나를 꼴도 보기 싫다고 생각하고 있는 거 아닌가 하고. ……하지만 역시 너는 처음 만났을 무렵부터 변하지 않았어. 변함없이 상냥한 사람이야."

나도 모르게 중얼거렸다.

"사츠키 양, 마이를 너무 좋아하잖아……."

다시 자리에 착석한 사츠키 양은 커다랗게 한숨을 내쉬었다.

"딱히 아무래도 좋아. 이건 내가 정한 일이고, 마이한테 빚을

지게 만들기 위해서 이러는 것도 아닌걸. ……게다가 굳이 입 밖으로 내는 건 부끄러우니까."

"후후…… 하지만 이제야 알았어. 너의 진짜 마음을. 말해줘서 고마워."

마이가 여전히 시선을 숙인 채로 싱글싱글 웃으며 기쁜 듯이 턱을 문지르고 있다.

"다음은, 뭐."

사츠키 양은 어느새 다시 컨트롤러를 조작하고 있었다.

"이만큼이나 길게 떠들면 아무리 마이라도 나한테 정이 들어서 빈틈을 보여줄 테니까."

"……뭐라고?"

총성이 울려 퍼졌다.

중거리에서 저격. 사츠키 양이 연습을 통해 마음껏 갈고닦은 조준 실력에 마이는 단 한 방에 쓰러졌다. 『어?』 하는 나와 마이의 목소리가 하모니를 이뤘다.

사츠키 양이 또다시 자리에서 벌떡 일어나며 이번에는 의자 위에 한쪽 다리를 올렸다. 마치 난폭한 무법자처럼.

"바~~~~~~~~~보 자식! 방심했구나~~~~~~~~?!"

"뭐, 뭐, 뭐……."

역시나 마이조차도 절규했다.

"너는 나를 좋아했던 게……."

"그건 그거! 이건 이거야! 뭐가 '언제까지나 함께 있어 주겠어'야! 함께 있어도 말이지?! 지고지고지고지는 게 계속되면 화가 나는 것도 당연하잖아! 이러니까 머릿속이 꽃밭으로 가득 찬 여자는! 내가 선의 100퍼센트인 여자로 보여?!"

사츠키 양은 정말 시원스러울 정도로 손바닥을 뒤집었다.

"……나에게 패배를 안겨주겠다는 일념만으로 그 정도로 긴 이야기를 한 건가……? 계속 가슴속에 품었던 마음을, 단 한 발을 박아 넣겠다는 것만으로……?!"

"너의 그 표정을 보기 위해서였다면야, 싸게 먹힌 거였네~~!"

"너무해……!"

저 마이조차 눈물이 그렁그렁해져 있다.

"어때?! 나에게 속아서 땅을 기는 기분은?! 슬퍼? 분해? 아니면 상처받았어?! 저기, 가르쳐줘, 나한테 가르쳐주렴! 너의 감정을 전부! 나는 말이지! 지금 정말로 즐거워! 최고의 기분이야! 그날 너를 집에 데려와서 정말로 다행이야—!"

저 기세에 나도 모르게 박수를 보낼 것만 같았다.

"너는 어째서 그렇게나 심술궂은 거냐!"

이건가……. 사츠키 양이 마이의 마음을 우지끈 꺾어버리겠다고 말했던 건…….

하지만, 응.

사츠키 양이 마이를 좋아한다고 말했던 것도, 마이를 집에 데려와서 다행이라고 말했던 것도, 아마 진심이겠지.

나는 단숨에 돌변해서 서로를 향해 거친 욕설을 쏟아내는 두 사람을 바라보며, 저도 모르게 웃었다.

정말로 부럽다.

나도 언젠가 마이나 사츠키 양과 이런 식으로 전력을 다해 겨룰 수 있을 만한 관계가 되고 싶다.

아니…… 전력은 좀 곤란하려나. 사츠키 양한테 당하면 울음을 터트릴 것 같으니까 조금은 살살해 줬으면 좋겠다.

자, 그러면.

"그러면 사츠키 양. 이번엔 나랑 일 대 일이네."

"……."

사츠키 양이 조용히 자리에 착석하며 컨트롤러를 고쳐 쥐었다.

"아마오리?"

"왜?"

"어, 그러니까. 좋아해, 정말 좋아해, 이젠 너무 사랑에 빠져서 위험해 아마오리 러브."

"엉성해! 어디가 좋은데! 어디 말해보라고!"

"……그러네……."

잠시 생각하고서 사츠키 양은 나를 쳐다보았다.

그러고선 자못 점잔빼는 말투로 입을 열었다.

"하나도 생각이 없는 것 같고, 남들이랑 사귀는 것도 서툴고, 막무가내인 데다, 너무할 정도로 실력 부족이지만……."

"응."

"하지만 자기 자신의 약점을 잘 알고 있기 때문에 누구보다도 상냥하고…… 언제든 오히려 이쪽이 부끄러워질 정도로 직선적인 점…… 이려나."

왠지 굉장히 상냥한 음색이었다.

나는 누가 들어도 정말 진심처럼 느껴지는 저 말에—— 속지 않았다.

"——그렇구나! 고마워—!"

200미터 떨어진 옥상에서 감사의 헤드 샷을 박아줬다.

아마오리 레나코의 대승리—!

레나코

카호 짱, 좋은 저녁이야—

안녕하세요오드녹말반응— ‼️

카호

레나코

으, 응

레나코

저기 말이죠

오우즈카 양과 사츠키 양 말인데

걱정 마시마시마시길! 아직 찬스가 있어! 다음 수단을 생각하자!

카호

레나코

그게 아니라고?! 화해하는 데 성공했으니까!

?!

카호

리얼루 ?!

카호

레나코

응, 그러니까 내일은 괜찮습니다

+

레나찡, 대단해!
카호

노벨 아사가야상 감이잖아!
카호

어떻게 한 거야?!
카호

 레나코
그게, 뭐 이래저래 노력해서

노력했구나!
카호

 레나코
헤헤, 헤헤헤

 카호
굳이 거짓말 안 해도 실패했으면 그렇다고 말해도 괜찮으니까

화내거나 하지 않아
카호

다시 함께 힘을 내보자고
카호

 레나코
아니아니! 진짜로 화해 성공했으니까! 진짜로!

WATA-
NARE

Friends?
Lovers?

"수고하셨습니다—!"

높이 잔을 치켜든 카호 짱의 건배사가 울려 퍼졌다.

여기는 학교 근처의 카페. 우리들은 종업식을 마치고 학교를 나섰다.

우리들이라는 건, 나와 카호 짱, 아지사이 양, 그리고 마이와 사츠키 양까지 다섯 사람이다. 마이 그룹 전원 집합! 야호—!

카호 짱은 크림소다를 마시면서 싱글벙글 웃으며 몸을 흔들었다.

"이야, 내일부터는 드디어 여름방학이군요!"

"사츠키 짱은 뭔가 예정 있어?"

"그러네, 책에 파묻힐 정도로 책을 읽고 싶어. 시원한 욕조에 책을 들고 들어가서 하루 종일 활자를 탐닉하는 거야."

"욕조에서 책을 읽는다니, 책이 파손되지 않나?"

"그건 따뜻한 김 때문이잖아. 나는 창문을 열어둘 거고, 북 스탠드도 있으니까 괜찮아."

"저, 정말이야. 사츠키 양네 욕실은 진짜 대단하다고—."

구석 자리에 앉은 내가 겨우 대화에 끼어 들어갈 타이밍을 찾아서 웃는 얼굴로 한마디 보탰다. 마이도 "과연 그렇군" 하고 고개를 끄덕였다.

"확실히 코토가의 욕실은 제법 좋은 취미를 가지고 있지. 사츠키는 한번 몰두한 일에는 철저하니까 말이야. 그나저나—— 어째서 레나코가 그걸 알고 있는 거지?"

"어?"

마이가 웃으면서 고개를 갸웃거린다. 어쩐지 살짝 뜨인 눈에서는 웃음기가 느껴지지 않는다…….

"레, 레나 쨩……?"

아지사이 양도 마찬가지로 멍하니 나를 바라보고 있었다.

이, 이건……. 얼굴에서 핏기가 빠져나간다.

저, 또 뭔가 저질러 버린 걸까요…………? (나쁜 쪽으로.)

카호 쨩이 신나서 시끄럽게 떠들었다.

"무슨 뜻이야?! 무슨 뜻?! 사 쨩?!"

"별거 아니야. 그저 아마오리가 우리 집에 놀러 온 적이 있을 뿐."

"호오?"

추궁하는 마이의 시선을 뿌리치는 것처럼, 사츠키 양은 머리를 획 뒤로 넘기며 태연하게 말했다.

"딱히 신기하게 여길 일은 아니잖아. 친구를 집에 초대하는 일쯤이야."

머리를 한 대 얻어맞은 기분이었다.

나랑 사츠키 양의 계약은 끝났다.

연인 사이는 거북하고, 두근두근해서, 숨이 막히는 듯한 매일이었지만.

그렇지만 정숙한 아내를 연기하는 사츠키 양은 귀여웠고, 무엇보다도 사츠키 양과 함께했던 시간은 정말 즐거웠다.

그래서 꿈만 같았던 연인의 시간이 끝나고, 다시 같은 그룹에 속한 타인으로 돌아가게 될 거라고 철석같이 믿었던 나는.

사츠키 양의 그 말을 듣고서──.

"사, 사, 사츠키 양~~~~!"

"엇, 잠깐, 레나찡 우는 거야?!"

"레나 짱?!"

"대, 대체 뭐야, 너……?"

코를 훌쩍였다.

열심히 노력했던 지난 2주간은 헛되지 않았다.

"그, 그렇지만…… 사츠키 양이 친구라고, 친구라고 말해줬으니까~~."

"겨우 그런 걸로?"

"중요한 사실인걸~~~~~!!"

아아, 안 되겠다. 자꾸만 눈물이 흘러나온다. 멈추질 않아. 둑이 무너졌다.

분명 주위 모두가 질겁하고 있을 거라고 생각했는데, 한쪽 팔을 카호 짱이, 다른 한쪽 팔을 아지사이 양이 꼭 안아주었다.

"나도, 나도 레나찡이랑 친구니까!"

"으, 응. 나, 나도…… 치, 친구라구!"

"카호 짱, 아지사이 야앙……."

따뜻해……. 모두들, 정말로 따뜻해…….

한층 더, 눈물이 멎질 않는다.

아아, 엄마, 아빠, 여동생, 나는 정말로 좋은 그룹에 들어왔어……. 이런 나라도 모두는 상냥하게 대해줘……. 꿈만 같아…….

"정말로 이상한 녀석……."

사츠키 양의 눈이 차갑다…….

하지만 친구라고 말해줬어…… 말해줬으니까 말이지…… 헤헤헤…….

"뭘 울면서 히죽이고 있는 거야……."

"정말 재미있구나, 레나코는."

마이가 뺨을 괴면서 어른스럽게 웃었다.

"내 최애다워."

"네 취미는 옛날부터 잘 이해가 안 가."

"내 취향은 언제나 일관적이야. 나는 아름다운 걸 좋아한다고."

"눈물 콧물로 범벅이 됐는데, 저거……."

"아름답지?"

저거, 라고 지칭된 나를 보며 마이가 황홀하다는 듯이 미소 지었다. 마이의 취미가 도저히 이해가 가지 않는다는 건 나도 동감이었다.

앗, 사츠키 양이 나에게 티슈를 내밀었다……. 상냥해……. 친구…….

"보기 흉하니까. 눈에 띄는 데다."

"녜에……."

"아, 자, 내 것도."

"그러면 나도 나도."

아지사이 양한테서도, 카호 짱한테서도 티슈를 받아서 내 손

위에는 포켓 티슈가 세 장이나 있다……. 친구의 포켓 티슈…….

"그것보다도 대체 뭐야, 오늘은. 내 그룹 복귀 축하 같은 소리
는 하지 않겠지."

"물론 그런 걸로 일일이 축하하는 것도 바보 같겠지. 그랬다간
앞으로도 네가 그룹을 빠져나갔다가 돌아올 때마다 축하를 열어
야만 하니."

"……그렇게까진 안 한다고."

"나는 매주 한 번씩 해도 괜찮지만. 즐거우니까."

"그렇게까진 안 한다고!"

컹컹 짖는 개한테 뼈를 던져주는 것처럼, 반쯤 욱한 사츠키 양
앞에 마이가 길고 가느다란 꾸러미를 내밀었다.

"……뭐야 이거."

"생일 축하한다, 사츠키."

사츠키 양이 눈을 끔뻑였다.

"……그랬어. 바빠서 완전히 잊고 있었어."

"이걸로 잠깐 동안은 네가 언니구나."

"그러네. 하지만 연상이라고 으스대는 건 의미가 없으니까 이
제 그만뒀어."

선물을 받아 든 사츠키 양이 이쪽을 돌아보자, 우리들도 제각
각 선물 꾸러미를 꺼냈다.

"자, 사츠키 짱, 생일 축하해."

"고마워, 세나. 축하해줘서 정말로 기뻐."

"친구인 사츠키 양! 친구인 레나코가 주는 선물이야! 우정의 증거!"

"짜증 나……."

"너무해!"

마지막으로 카호 짱이 만면에 웃음을 지으며 엄지손가락을 치켜세웠다.

"어떻게든 시간에 맞출 수 있어서 다행이야! 나는 계속 전전긍긍하고 있었으니까!"

카호 짱이 어떻게든 화해시키려고 서두르고 있었던 건 그런 이유였다.

어떻게든 사츠키 양의 생일날을 다 함께 축하하고 싶어 했다. 그룹을 통해서 알게 된 친구의 첫 기념일이니까, 라면서.

"……너희들, 그래서."

"뭐! 그렇지!"

카호 짱이 다른 한쪽 엄지도 치켜세웠다. 혼자서 손가락 씨름을 하고 있는 것처럼 보인다.

"……고마워, 다들."

"사 짱이 부끄러워한다! 귀엽구만! 사진 찍어도 돼?!"

"절대 안 돼."

"알았어, 찍을게!"

"조각내 버릴 거야. 스마트폰에 너까지."

"나까지?!"

정말 시끌벅적하다.

사츠키 양의 태클이 있으면 뭔가 이렇게, 그룹을 바짝 다잡아 주는 느낌이다.

이야, 정말 좋은 일이다……. 역시 사츠키 양은 우리들에게 빠질 수 없는 존재였어.

후후, 친구…….

나도 모르게 얼굴 근육이 느슨해진다. 오늘은 이제 표정이 원래대로 돌아가지 못할지도 모른다.

행복에 빠져 있었을 때, 옆에서 사츠키 양한테 조용히 말을 거는 마이의 속삭이는 목소리가 들렸다.

"그때와는 달리 우리 주변에는 많은 친구가 있어. 외톨이 같은 건 되지 않아, 사츠키."

사츠키 양도 마찬가지로 어쩐지 차분한 음색으로 중얼거렸다.

"그러네. ……정말로 그럴지도 모르겠네."

테이블 위에 놓인 네 개의 선물이 마치 마이의 말을 뒷받침해 주고 있는 것 같다.

응…… 맞는 말이야. 나도 그렇게 생각해.

물론 마이라고 해도 그러니까 이제 자기한테 신경 쓸 필요는 없다는 소리를 하려는 건 아닐 터. 그저 사츠키 양이 이제 조금 더 어깨에 힘을 빼고 살아주기를 바라고 있는 게 분명하다.

황금빛 족쇄는 너무나도 튼튼해서 사츠키 양의 몸을 꽁꽁 옭아매고 있었다.

하지만 사츠키 양은 이미 예전부터 그 족쇄를 풀어낼 열쇠를 쥐고 있었을 테니까.

"그러고 보니."

거기서 사츠키 양이 화제를 바꾸더니 가방을 뒤적인다.

"마이. 나도 너한테 건네줄 게 있어."

"그런가. 뭘까? 트로피라든가?"

"……무슨 트로피?"

"지금 받으면 기쁠 만한 물건을 생각하니 자연스럽게 떠올랐어."

"……너의 생일 때는 고려해 볼게. 자."

사츠키 양이 내민 건 빨대 종이처럼 생긴 종이.

아, 시험 결과다.

"이건?"

"어디 한번 보도록 해."

마이는 종이에 적힌 숫자에 시선을 던졌다. 그러고는 어안이
벙벙해졌다.

"……어?"

"너, 보나 마나 게임 연습에 정신이 팔렸었겠지. 말했잖아. 나
는 빠짐없이 전부 노력했다고."

사츠키 양은 깍지 낀 손 위에 턱을 올리고서 생긋 웃었다.

"처음으로 이겼네, 너한테."

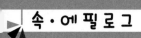

"그렇게 됐으니, 위로해줬으면 한다."

"아니 뭐가 그렇게 됐다는 건지."

여름방학 첫날의 오후. 나는 마이의 맨션에 와 있었다.

넓은 L자형 소파에 나란히 앉아있는 중이다. 마이는 시무룩하게 어깨를 떨구고서 나한테 엉겨 붙고 있다. 가까워. 거리가 가까워.

그냥 단순히 어제 깜빡 잊은 플레이스테이션4를 가지러 들렀을 뿐인데⋯⋯. 당연하지만 그냥 용무만 마치고 끝날 리가 없었던 거구나⋯⋯.

"그렇지만 결국 너에게 게임으로 졌는데, 거기다 사츠키한테도 시험에서 져버렸다고⋯⋯. 아무리 나라도 심한 충격을 받았어."

"사츠키 양은 둘째 치더라도, 나를 상대론 다른 종목으로 99억 개쯤은 앞서잖아⋯⋯."

"그렇지 않아. 게다가 너를 반려로 삼을 찬스도 놓치고 말았어."

진짜로 의기소침해져 있는 목소리에 나는 입을 다물었다.

그 원인을 만든 건 나니까⋯⋯ 뭐라고 말을 꺼내기 힘들다⋯⋯! 전력으로 거부하고서 헤드샷을 날렸던 죄책감이⋯⋯!

하지만 마이의 입이 어느새 미소를 짓고 있었다.

"⋯⋯이런 소릴 해도, 게임으로 이긴 걸로 너랑 결혼할 생각은 없었지만."

"그, 그랬어?"

"그래. 결투로 너의 마음을 따낸다니, 무슨 셰익스피어 시대도 아니고. 나는 너의 의사로 나를 고르게 만들 생각이니까."

가슴을 펴고 당당히 말하는 마이는 변함없이 일관된 자세라서 살짝 멋있긴 했지만.

"그렇게나 전력을 다한 주제에……."

"승부에는 언제나 진심이야. 그러지 않으면 상대방에 대한 실례니까 말이지…… 라고 말은 해도."

마이는 양손을 배 앞에 깍지 껴 모으고서 앞으로 힘없이 몸을 푹 숙였다.

"나는 결국 져버리고 말았지만……. 너와 사츠키한테 2연패다……."

"으으음."

오늘의 마이는 머리를 스트레이트로 풀어 내리고 있는 연인 모드라서 너무 간섭하지 않는 편이 좋을지도 모르지만…….

전에 없을 정도로 풀이 죽어있는 마이를 보니 어쩐지 가엾다는 생각이 드는 것도 사실이다. 특히 최근에는 사츠키 양과 계속 붙어 있느라 마이를 방치해두기도 했고.

그래서 뭐…… 조금이라면…….

"아아, 정말이지 어쩔 수 없네―."

나는 과장된 한숨을 내쉬었다. 어디 위로를 해주도록 할까. 바로 이 내가.

긴 치마로 덮인 허벅지를 톡톡 두드렸다.

"무릎베개."

"어?"

"해 줄 테니까."

마이가 나를 멍하니 바라본다.

"⋯⋯."

어라. ⋯⋯틀림없이 기뻐서 달려들 거라고 생각했는데, 뭐야, 이 침묵.

식은땀이 흘러내렸다.

무릎베개라면 여동생한테도 해준 적이 있으니까 딱히 상관없겠지, 이거면 되겠지 했는데⋯⋯.

그 순간, 중학교 시절의 아싸에다 음습하고 음울한 레나코가 나에게 속삭였다.

『자주 있잖아, 봐봐, 만화 같은 데서 나오는 답례의 키스 같은 거 말이야. 하지만 그거는 자신의 키스가 상대에게 있어서 답례의 가치를 가진다는 걸 알고 있는 여자라는 뜻인데. 무지무지 자신의 가치를 잘 알고 있다는 거잖아. 우—와, 자의식 과잉이 너무 심해서 완전 무리야—.』

하지 마!

아니야, 이건, 어쨌든 아니야! 나는 그런 여자가 아니야! 그치만 마이는 이렇게 해주면 기뻐하는걸! 너는 마이에 대해서 아무것도 모르고 있어!

"자, 무릎베개, 자."

"아니, 하지만."

"무릎베개!"

마이의 팔을 휙 잡아당겼다. 결국에는 야자수 열매라도 따내는 것처럼 억지로 허벅지 위에 머리를 얹었다. 무릎베개 완료!

"으…… 억지잖아……."

"마이야말로 웬일로 거부를 하잖아……. 사츠키 양이 마이한테서 이제 떨어진 것처럼, 마이도 좀 더 남한테 의지할 수 있게 되어야지."

요정에서 했던 말을 들먹이자, 마이는 입을 우물거리면서 신음했다.

"으음……. 그건 확실히 맞는 말이지만……."

키스나 그다음 과정은 괜찮았던 주제에……. 어째서 무릎베개에는 이렇게나 부끄러워하는 걸까. 나라고 부끄럽지 않은 게 아닌데…… 수치심이 한 바퀴 빙 돌아서 오히려 괜찮아졌다.

마이의 머리를 쓰다듬어봤다. 그 머리카락에서는 해님의 향기가 난다.

"전에도 말했지만 그다지 몇 번이고 실패해도 괜찮잖아. 몇 번을 패배한들, 역시나 마찬가지야. 마이는 평소부터 열심히 하고 있으니까."

"큭."

마이가 내 허벅지에 얼굴을 파묻었다. 야, 야 임마.

하지만 마이는 엉큼한 짓을 하려고 들었던 게 아니라 그저 단순히 부끄러워하는 걸 숨기기 위해서였다. 얼굴을 보여주지 않으면서 다리만 버둥거렸다.

"뭐라 형용할 수 없는 감각이 치밀어 올라와!"

마이가 수치심의 늪에 빠져 허우적대고 있다…….

"평소엔 눈 돌아갈 만큼의 많은 사람한테 인정받고, 칭찬받고 있으면서……."

"나는 이기는 게 당연했으니까……. 지고도 노력을 인정받는 일은 없었어."

누군가가 자신의 어리광을 받아주는 데는 좀처럼 익숙하지 않은 모양이다. 과연 그렇구나.

어쩐지 살짝 즐거워지는데.

"그래, 그렇구나. 하지만 괜찮아. 나만큼은 마이의 노력을 잘 알고 있으니까. 후후후, 마이 쨩은 참 장하구나, 착한 아이구나…… 후후후후."

"너의 그런……, 너는 정말이지……!"

마이의 귀가 한층 더 빨개졌다.

훌륭한 사람을 타락시키는 것 같아서 기분이 고양된다.

괜찮아, 마이는 충분하고도 남을 만큼 강하니까. 조금 정도는 나태해지는 편이 좋아. 그편이 훨씬 더 친근감이 든다고. 슈퍼달링은 그만두고 가끔씩은 평범한 여자애가 되어보자.

특히 이번에는 자신의 욕심을 억눌러 죽이면서까지 사츠키 양과 함께 귀가하는 나를 배웅해주기도 했으니까 말이야. 덕분에 정말 큰 도움이 됐어.

"마이 덕에 사츠키 양과도 친구가 될 수 있었으니까."

"그 점에 관해선 의도한 건 아니지만…… 레나코가 기뻐해 준다면야 다행이야."

토닥토닥 마이를 쓰다듬었다. 마이의 시가 수십억 엔은 나갈 법한 완벽한 조형의 두상이 내 손 안에 있다는 점은 꽤나 긴장되지만…….

오직 나한테만 약한 모습을 보여준다는 사실에 가슴이 콩닥거린다.

아니, 이건 어디까지나 친구로서의 의미지, 연애적인 감정은 아니니 그 점 양해 바랍니다…….

"항상 이렇게 귀엽고 온순하게 있어 주면 나도 대하기 편할 텐데……."

"……너는 그러는 편이 더 기쁜가?"

그 물음에 나는 조금 망설인 뒤 고개를 저었다.

"음……. 아냐, 마이는 평소 같은 마이로도 괜찮아. 화내고 싶을 때는 화내고, 웃고 싶을 때는 웃고, 풀이 죽으면 솔직하게 시무룩해지면 돼. 그런 마이가 좋아."

누군가에게 호감을 사기 위해서 자신을 왜곡하거나, 무리하거나 하는 건 내 역할이다.

마이는 자연스러운 게 좋다. 나는 그런 마이와 친구가 된 거니까.

……뭐, 나 자신에게 불가능한 일을 남한테 요구하는 소시민적인 어리광일 뿐이지만요.

"지금, 레나코를 또 한층 더 좋아하게 됐어."

"으……."

마이는 있는 그대로의 자기 자신을 인정해주길 갈망하고 있다. 사츠키 양과는 정반대다.

괜히 쓸데없는 소리를 해버렸다는 느낌이 들어서 만일을 대비해 못을 박는다.

"이건 어디까지나…… 친구로서 하는 말이니까."

"네가 그렇게 생각하는 것도, 내가 너를 사랑하는 것도 자유. 그게 레마 프렌드잖아?"

"뭔가 그건 마이가 자기 입맛대로 해석하고 있는 듯한 느낌인데요―!"

마이가 천천히 몸을 일으켰다. 내려다보고만 있었던 마이의 얼굴이 가까이 다가오는 바람에 나도 모르게 심장이 고동쳤다.

"레나코. 너는 사츠키와 몇 번 키스했지?"

"어, 그게, 저기."

손목을 붙잡혔다. 뭔가 위험하다는 느낌이 든다.

조금 전까지의 여유는 단숨에 날아가 버렸다.

손가락을 꼽으며 세 보았다. 사츠키 양 집에 묵으러 갔을 때랑, 사츠키 양이 우리 집에 묵으러 왔을 때, 그리고 마이네 집 화장실에서…….

"세, 세 번이려나……?"

"2주 사이에 세 번이나…………? 너는 얼마나…….."

"자, 잠깐! 오해가 있어!"

전부 사츠키 양한테 키스 당한 거니까! 내가 성욕이 강한 게 아니니까! 결단코 아니야!

변명을 쏟아내려고 했던 내 입술에 마이의 입술이 겹쳐졌다.

으……. 마이와 2주 만의 키스.

아니, 뭐…… 레마 프렌드는 친구끼리 하는 뽀뽀까지는 인정하니까……. 이 정도는 괜찮아…… 완전…… 괜찮기는 한데…….

마이는 상스럽게 자신의 입술을 핥으면서 내 뺨에 손을 올렸다.

"그대로의 나라도 상관없다는 말은…… 그래, 한마디로 이 가슴에 품고 있는 싫은 기분을 이제 더 이상 참지 않아도 된다는 뜻이겠지?"

엇, 그런 뜻이 되는 거야? 욕망의 해방 같은 느낌?

"아니, 조금은 참는 편이……. 뭐든 가리지 않고 드러내는 건 아무리 친구라도 다 받아들일 수 있을지 없을지 모르는 거라서……."

"물론 너를 상처 입힐만한 짓은 하지 않아."

다시 한번 키스. 서로 입술을 겹친 채로 소파 위에 쓰러졌다.

즉, 이건 내가 상처받지 않을 거라고 확신하는 키스라는 뜻이고…….

게다가 그건 틀린 말이 아니라서…….

두 번째 키스는 길었다.

마이의 입술이 몇 번이고 내 아랫입술을 감싸고서 마치 맛을 보는 것처럼 음미했다.

온몸의 힘이 쭉 빠져버렸다. 내 허리 위를 덮쳐 누르고 있는 마이를 흐리멍덩해진 눈빛으로 올려다봤다. 마이는 요염하게 미소 짓고 있었다.

싫어, 역시 얼굴을 보여주는 건 부끄러워.

양손으로 얼굴을 가리고서 자백했다.

"으, 으으…… 저기, 사실은 조금이지만 죄책감이 있어서요. 너무 강제로 몰아붙이지 않는 범위라면 마이를 밀쳐내지 못하는 상태인지라, 부디 살살 부탁드릴 수 있을까요……."

마이가 복잡한 표정을 지었다.

"그건 내 이성에 도전장을 내밀고 있는 걸까."

"아니, 결코 그럴 의도는!"

"정말이지, 너는 치사한 아이야."

마이는 내 위에서 뒤덮는 것처럼 양손으로 내 뺨을 감싸 쥔 채로 키스했다.

그러나 억지로 밀어붙이는 게 아니었다. 내 입술을 비집고 들어오는 혀도, 오늘은 어딘가 상냥해서, 하지만 그건 내가 마이를 받아들이고 있으니까…… 같은 이유는 절대 아니니까?!

어쨌든, 실컷 입 안을 농락당하고 말았다. 내 안이 전부 마이로 가득 차서, 머리가 멍해진다.

하아, 하아…… 가, 강렬한 체험…….

"일단은 이걸로 세 번."

위력으로 따지면 300번쯤은 됐는데…….

마이는 일단은 기분이 풀린 모양인지 웃었다.

"사랑해, 레나코, 함께 즐거운 여름방학을 보내보도록 할까."

"네, 그게…… 네."

사츠키 양이 마이한테 대항심을 불태우는 것처럼 마이 또한 사츠키한테 대항심을 불태우고 있다. 나는 그 사실을 몸으로 아주자—알 깨닫게 되었다.

정말, 앞으로 또 다른 사람과 연인 계약 같은 걸 또 맺을까 보냐. 나는 후회와 실패를 거듭해서 과거로부터 배우는 여자…….

아니, 아니지. 다른 사람이 아니라 누가 됐든 아무와도!

마이와도 연인 같은 건 되지 않을 거다. 가슴이 두근두근하거나, 괴로워지거나, 밤에도 잠을 이루지 못하거나 그런 관계는 딱 질색이다.

나는 위에 올라탄 마이를 양손으로 밀어내면서 새삼 다시 외쳤다.

"친구로서 여름방학에도 부디 잘 부탁드리겠습니다!"

이렇게 나와, 마이와 사츠키 양이 한데 얽힌 승부가 끝나고…….

다시 새로운 소동이 막을 올리는 것이었다.

사츠키

아마오리

메시지 송신을 취소했습니다

메시지 송신을 취소했습니다

사츠키

고마워

후기

평안하신가요, 미카미테렌입니다.

이번에는 후기가 1페이지입니다. 본문에 쓰고 싶은 것들이 너무 많아서 이제 그냥 후기는 필요 없지 않을까……? 싶은 텐션에 빠졌습니다만, 정신을 차리고서 어떻게든 페이지를 확보했습니다.

자 그런고로 『와나타레』 2권입니다. 읽어주신 분들 모두가 사츠키 양을 좋아하게 됐으면 좋겠네, 하는 마음으로 이야기를 엮어냈습니다.

만약 계속된다면 3권에서는 아지사이 양 편을 써낼 생각이라서 다음 권을 목표로 노력하고 싶네요. 열심히 하겠습니다! 링피트 어드벤쳐 같은 것도 빼먹지 않고!

그러면 인사입니다. 한정된 공간 안에서도 똑바로 인사를 하는 작가의 귀감.

──다들 고마워!

제 역사 안에서 가장 짧은 인사였습니다. 아, 맞다 그렇지, 와타나레의 만화판도 시작했어요! 뭇슈 선생님이 작화를 담당해주고 계십니다. 기뻐!

7월 15일 발매 예정인 『아리오토』(백일함락) 2권도 함께, 걸즈 러브코미디를 즐겨주신다면 기쁘겠습니다.

그러면 또 어디선가 다시 만날 수 있기를 바라며!

미카미테렌이었습니다!

후기

안녕하세요. 타케시마 에쿠입니다. 와타나레 2권입니다.
이번에도 이리저리 휘둘리는 레나코⋯⋯ 수고했어⋯⋯!!
계속 이어서 정말 좋아하는 와타나레와 함께할 수 있어서 행복했습니다.
작가인 미카미테렌 선생님
담당의 K하라 씨
디자이너 님
정말 감사드립니다!!

Takeshima
Eku

WATASHIGA KOIBITONI NARERUWAKE NAIJAN, MURIMURI!(MURI JA
NAKATTA!?) 2
©2020 by Teren Mikami
First published in 2020 by SHUEISHA Inc., Tokyo
Korean translation rights in Korea arranged by SHUEISHA Inc.
through THE SAKAI AGENCY, INC.

내가 연인이 될 수 있을 리 없잖아, 무리무리! (※무리가 아니었다?!) 2

2022년 9월 30일 1판 3쇄 발행

저   자 미카미테렌
일 러 스 트 타케시마 에쿠
옮 긴 이 정백송
발 행 인 유재옥
본 부 장 조병권
담당편집 정영길
편 집 1 팀 김준균, 김혜연, 박소연
편 집 2 팀 정영길, 조찬희, 박치우, 정지원
편 집 3 팀 오준영, 곽혜민, 김해빈
미   술 김보라, 박민솔
라이츠담당 맹미영, 이승희, 이윤서
디 지 털 박상섭, 김지연
발 행 처 ㈜소미미디어
인쇄제작처 코리아피앤피
등   록 제2015-000008호
주   소 서울 마포구 토정로 222, 403호(신수동, 한국출판콘텐츠센터)
판   매 ㈜소미미디어
마 케 팅 한민지, 최정연, 박종욱
물   류 허석용
전   화 편집부 (070)4164-3962, 3963 기획실 (02)567-3388
          판매 및 마케팅 (070)4165-6888, Fax (02)322-7665

ISBN 979-11-6611-761-9 (04830)
ISBN 979-11-6611-240-9 (세트)